MARTIN STADE
DER NÄRRISCHE KRIEG
ROMAN

KLETT-COTTA

Für Marina

I. KAPITEL

Unsereiner, wenn er Adjutantendienst macht, ist übel dran, zumal wenn es keinen Krieg gibt. Ich hätte davonlaufen sollen aus des Herzogs Dienst, als der Preußenkönig gegen Österreich marschierte. Gewiß wäre ich schon Major, denn vom Retirieren habe ich zeitlebens nichts gehalten. Meine Parole ist: drauflos und den Feind geschlagen, wo er sich sehen läßt. Angst vor einer Kugel kenne ich nicht. Wenn sie pfeift, wird mir warm ums Herz. Ich zieh meine Klinge aus der Scheide, denk weder an Blessur noch Tod und hau sie dem Feind um die Ohren, daß das Blut herausspritzt.

Mein Herzog hat sechstausend Mann im holländischen und kaiserlichen Dienst, auch tausendfünfhundert von der Kavallerie. Gegen Subsidien, versteht sich. Ich meldete mich. Denkt ihr, er ließ mich dazu? Kein Gedanke. Noch immer sitz ich auf dem Friedensstein, bin Leutnant und mach Adjutantendienst.

Wie ich es hasse, dieses Hin- und Herlaufen mit den Ordres, in denen von Fourage und Vorspann die Rede ist und von derlei Nebensachen mehr, die mit einem ordentlichen Krieg nichts zu tun haben. Wie ich diesen Dienst verachte, dieses ewige Einerlei und diese tagtäglichen Märsche von der Schreibstube auf den Exerzierplatz, da kann man geradezu stumpfsinnig werden mit der Zeit, denn es geschieht durchaus nichts, was einem tapferen Soldaten das Herz erhebt.

Es kommt auf den Herrn an, den man hat. Ist er zaghaft und beschäftigt er sich nur mit trockener Wissenschaft oder mit dem Sammeln von Büchern und Bildern, dann Soldatentum ade. Man hat Mühe, den Sold zu bekommen. Die Taler werden an die Wände gehängt oder von den Musikern durch den Ballsaal geblasen.

Und noch mehr kommt es auf die Herrin an. Ich sage nur den Namen: Luise Dorothea. Wenn sie vor einem Bild steht, das man ihr gerade aus Holland geschickt hat, möchte man glauben, sie betet. Ich denke, die Hälfte der Subsidien geht für solchen Firlefanz weg.

Oder das Theater. Die Akteure und Aktricen, die da auf dem Podium herumhampeln, sie schneiden Grimassen und kriegen sie am Ende noch bezahlt. Und was sie von sich geben, gleich ob Manns- oder Weibspersonen, ist der blanke Unsinn. Irgendein Dummkopf denkt sich was aus, und auf der Bühne wird es herausgeplappert von anderen Dummköpfen, die den Bürgern auf der Tasche liegen. Dabei sind es lockere Vögel, deren Lebenswandel sattsam bekannt ist. Aber ich will nichts sagen, zu den Menschern erst recht nicht, die sich auf infame Art herausputzen und dem Herzog schöne Augen machen. Man erzählt sich manches, und mich deucht, daß hier des Pudels Kern zu finden ist. So gehen die Taler drauf für Kostüme und Schminktöpfe und gepuderte Perücken, während der Soldatenstand sich mit Groschen begnügen muß.

Warum, frage ich, geschieht so etwas? Wer weiß nicht, daß dieser Stand der allerwichtigste ist? Was wäre das Herzogtum ohne seine Dragoner und Musketiers? Es wäre doch ein Nichts! Es würde doch zerfallen wie ein Haus ohne Fundament! Wir Soldaten sind das Fundament des Landes, auf dem es so sicher ruht wie in Abrahams Schoß. Es weiß doch jeder, daß die Bauern und die Landstreicher, das Diebsgesindel und Bettelvolk, die Deserteurs und Vagabunden allerorten lose Reden im Maule führen, so daß es bald aussähe wie Kraut und Rüben, wenn wir Soldaten nicht zur rechten Zeit bei der Hand wären.

Ich will nur an den letzten Sommer erinnern. Heiß und trocken war er, wochenlang zog nicht eine einzige weiße Wolke übers Firmament, und wir rückten von einem Dorf ins andere und rissen den Bauern und Knechten die Pfeifen aus den Mäulern, da sie Tabak rauchten entgegen des Herzogs Befehl. Da bekam man was zu hören! In der Flur zu Siebeleben stürzte sich so ein Mistbauer auf mich und wollte partout seine Pfeife wiederhaben. Dabei hatte er geraucht beim Heuaufsammeln, was doch aufs schärfste geahndet werden soll. Nun, ich versetzte ihm solche Schläge und Ohrfeigen, daß er gleich hintenüber ins Heu fiel und seine Hängelippen aufplatzten. Da lag er dann, starrte dumm ins Blaue und leckte sein eigenes Blut.

Dieser letzte Sommer, das muß ich sagen, war überhaupt der lustigsten einer. Da hatte sich die verdammte Spitzbubenbande auf der zerfallenen Gleichenburg verkrochen, und der Schultheiß von Mühlberg kam auf einem alten Klepper zum Friedensstein geritten. Der Gaul stolperte und war am Zusammenbrechen, und der Schultheiß selbst fiel von seiner Mähre, rappelte sich mühsam wieder auf und stotterte mir was vor von der Burg Gleichen und daß die Spitzbuben sich in den Gewölben versteckt hielten und in der vorhergehenden Nacht bei ihm ein Schwein aus dem Stall und ein Faß Wein aus dem Keller gestohlen hätten.

Ich holte mir auf der Stelle die Ordre, und in der Nacht ritt ich mit dreißig Dragonern übern Seeberg. Im Freudental ließen wir die Pferde zurück und schlichen sachte zur Burg hinauf. Als wir oben standen vor der zerfallenen Mauer, begann es zu tagen. In der Ebene zum Roten Berg hin krochen Morgennebel über Wiesen und Weiden, und im Osten, am Horizont hinter Arnstadt, stieg die Sonne aus dem Dunst, verbeult und glühend, und wie sie auftauchte, färbte sich der Himmel blutig rot.

Die Dragoner starrten nach Osten, und auch ich stand wie gelähmt und dachte einen Augenblick lang: Morgenrot, Morgenrot, schenkst mir einen frühen Tod. Aber ich riß mich in eben dem Moment zusammen, stieß einen leisen Fluch heraus, daß die Kerls zusammenzuckten, und befahl, das Pulver auf die Pfannen zu schütten.

Ach Gott, wie klopfte mir das Herz, da seit langem wieder geschossen wurde, auf Menschen – Gott sei Dank, wenn es auch nur Strauchdiebe und Vagabunden waren.

Also, was soll ich sagen, Kreuzsakrament, der dumme Dragoner Hempel stieß mit seinem Säbel an irgendeinen Ring in der Mauer, der da eingelassen war, und das gab ein ganz fatales Klirren von sich, was uns den Spaß ein wenig verdarb. In ebendem Augenblick nämlich, wir dachten, die Bande läge vollgefressen von dem Schwein und besoffen vom Wein in den Gewölben, erscholl ein Pfiff, so einer auf zwei Fingern, wißt ihr, und schon war der Teufel los. Ich dachte: Der dumme Hempel wird Spießrutenlaufen, so wahr ich Leutnant bin und Rauch heiße, und schon waren wir auf dem Burghof und schossen auf alles, was sich bewegte.

Gott, sie sprangen wie die Hasen aus Ritzen und Spalten und hinter Steinquadern hervor, rieben sich die verquollenen Augen und glotzten blöde ins Mündungsfeuer. Mit meiner Pistol schoß ich einem der Kerle mitten ins erstaunte, pockennarbige Gesicht. Er war klein und rundlich, hatte schwarzbraune, gestutzte Haare, trug gelbe, lederne Beinkleider und fiel auf der Stelle tot um, worauf ein Frauenzimmer, das offenbar das Mensch von ihm war, laut jammernd an seiner Seite niederfiel und um Pardon schrie. Es war, wie sich herausstellte, der Galgenkaspar und sein Mensch Grethe. Der Kerl ward deshalb so genannt, weil er in allen Quartieren, wo er hinkam, Galgen und Rad an die Wand schmierte.

Nun, es blitzte und krachte eine Weile, da war unser Pulver verschossen, und wir setzten nach mit Säbel und Messer. Aber die meisten, Gott sei's geklagt, sprangen über Stock und über Stein die Mauer hinab, nahmen die Beine unter den Arm und liefen, was sie konnten, mit dem Wind um die Wette in alle Himmelsrichtungen davon. Nur einer, so ein langer Hagerer, mit Spitznamen Zippelfleisch, wie sich herausstellte, der sprang zwar auch, aber geradewegs in einen dürren Baum, der unterhalb der Mauer stand, und er stach sich, dem Himmel sei Dank, so einen spitzen Ast mit Vehemenz in den Hintersten. Da hing er, aufgespießt sozusagen und aus vollem Halse schreiend, und meine Völker machten sich einen Spaß daraus und schossen so lange, bis sie ihm die Rübe abgeschossen hatten und er endlich still war.

Ich übersah das Schlachtfeld, und siehe da, außer dem Galgenkaspar und dem Zippelfleisch lagen noch vier von den Wegelagerern mausetot im kühlen Gras des Burghofes, aber auch ein Dragoner, was mir im Herzen leid tat. Fünf Menscher kamen noch dazu, eine zerlumpter als die andere, die winselten uns was vor. Auf eine junge, die recht fest im Fleische war, auf die warf ich gleich ein Auge. Ein Pursche, er war nicht schnell genug gewesen, den hatte einer meiner Dragoner eben noch bei den Hinterläufen gepackt, als er über die Mauer setzen wollte. Er stand da, wurde festgehalten und zitterte vor Angst oder vor Wut.

Sie wurden gebunden und auf die Erde geworfen, und da die Menscher noch immer schrien und winselten, ließ ich ihnen Sacktücher ins Maul stopfen. Da lagen sie dann, rollten ihre Augäpfel hin und her und schnitten Grimassen.

Ich befahl, ein Feuer zu machen. Die Dragoner brieten die Reste vom Schwein des Schultheißen. Auch das Faß Wein fand sich, und während wir es leersoffen, obwohl der Wein so sauer war, daß einem übel werden konnte, sah ich mir die sechs Kreaturen genauer an. Sie waren allesamt, mit Ausnahme des jungen Weibsbildes, das mir recht gut gefiel, so mager, daß der Wind durch ihre Rippen blasen konnte. Der Pursche, der als einziger keinen Knebel trug, fletschte die Zähne, als ich vor ihm stand. Er war kurzer und untersetzter Statur, hatte dunkelbraune, wirre Haare und trug eine weißwollene, schmutzige Jacke. Wie er heiße, fragte ich ihn. Denkt ihr, er hatte so viel Anstand, seinen Namen zu sagen! Er blieb so stumm wie ein Fisch. Na warte, du Teufel, sagte ich zu mir, ich bring dir das Schwatzen schon noch bei. Wirst mir ein schönes Lied singen, dachte ich, hab schon andere zum Singen gebracht.

Und damit wandte ich mich ab und meiner Jungfer zu. Sie lag auf dem Rücken und starrte mich mit schwarzen Kulleraugen an, war blassen Gesichts, trug ein violettes Kattunhalstuch und rotwollene Strümpfe. Ich zog ihr den Knebel aus dem Mund und fragte, wie sie heiße. Zuerst schwieg sie und wandte den Kopf zur Seite. Doch dann erfuhr ich, daß sie die Anna Elisabetha Marten sei. Der Pursche schrie dazwischen, sie solle das Maul halten. Sie aber sprach munter weiter, ohne sich um ihn zu scheren, und ich hörte mit Staunen, daß sie die weggelaufene Tochter des Schulmeisters zu Schelmerode aus dem Erfurtischen war. Wie sie in eine Diebsbande komme, fragte ich. Und sie darauf: Es sei keine Diebsbande, es seien nur unglückliche Leute, die nach mancherlei Affären mit der Obrigkeit weggelaufen wären und sich gesammelt hätten, um bestehen zu können. Sie sprach ganz artig und setzte die Worte so hübsch fein hintereinander, daß ich mich nicht genug wundern konnte.

Um es kurz zu machen, wir trieben die Gefangenen nach Mühlberg. Den Pursche ließ ich an einen Pferdeschweif binden, so kurz als möglich. Er stolperte hinter einem Gaul her, von dem ich wußte, daß er beständig hinten ausschlug, und so brachte ich ihn zum Singen.

Es war der Fritz Johann Knippel, auch der tolle Fritz oder der Knippelhusar genannt, aus Marode gebürtig. Nachdem das an den Tag gekommen war, ließ ich ihn kürzer binden und verlangte, er solle zur Unterhaltung der Dragoner ein Landstreicherlied singen. Da sprang er dann nach rechts und nach links, um den Pferdehufen zu entgehen, und sang voller Wut und Grimm das Lied vom Bettelvogt:

Ich war noch so jung und war doch schon arm,
kein Geld hatt ich gar nicht, daß Gott sich erbarm!
So nahm ich meinen Stab und meinen Bettelsack
und pfiff das Vaterunser den lieben langen Tag.
Und als ich kam vor Erfurt hinan,

da packten mich die Bettelvögte gleich hinten und vorne an;
der eine packt mich hinten, der andere packt mich vorn:
Ei, ihr verfluchten Bettelvögte, so laßt mich ungeschorn.

Als er soweit gekommen war, traf ihn ein Huf des Pferdes am linken Schienbein. Er schrie Zeter und Mordio, brach in die Knie und wurde von nun an im Staub der Straße hinterhergeschleift, so daß er ganz zerschunden und halbtot in Mühlberg Einzug hielt.

Meine Dragoner aber sangen wärend unseres siegreichen Einmarsches:

Es ist nicht lustger auf der Welt
und auch nicht so geschwind,
als wir Dragoner auf dem Feld,
wenn wir beim Schlachten sind.
Wenns blitzt und kracht dem Donner gleich,
wir schießen rosenrot,
wenns Blut uns in die Augen läuft,
sind wir sternhagelvoll.

Also, was soll ich sagen, wir zogen auf den Dorfplatz, wo die alte Linde steht und der Brunnen vor sich hinmurmelt, und da kamen nun die Bauern und ihre Weiber mit offenen Mäulern und hörten mit großer Verwunderung das Lied der Dragoner. Sie besahen sich gründlich die Gefangenen, und als ich sie so stehen sah und schwatzen hörte, kam es mir vor, als bestünde kein so großer Unterschied zwischen ihnen und den Hohlwegslaurern. Sie sahen aus, wie von einer Sau geferkelt. Mir schien es fast, als täte es ihnen leid, daß wir sie gefaßt hatten. Und wie ich sie aus den Augenwinkeln heraus observierte, die Bauern wie die Gefangenen, da war mir tatsächlich, als sei ein geheimes Einverständnis vorhanden und als würden Blicke des Hasses auf uns geworfen.

Nun ja, ich wußte, daß der Schultheiß nicht geachtet war,

weil er gewaltig viel Land besaß und immerfort seinen Vorteil bedachte, aber was ging mich das an? Ich hatte meine Pflicht getan und würde sie auch weiterhin tun. Es muß Ordnung und Ruhe sein im Land. Wo kämen wir hin, wenn jeder Mistbauer daherstolzierte wie ein Schwadroneur, der sich den Teufel um die Ordnung schert? Da würde ja das Unterste zuoberst gekehrt.

Kaum hatten wir die Pferde an die Mauer des Gasthofes gebunden, kam auch der Schultheiß, manierlicher diesmal als am vorhergehenden Tag auf dem Friedensstein. Er hatte tatsächlich sein bestes Pferd gesattelt und trug einen himmelblauen Tuchrock und ein knallrotes Halstuch. Ich fuhr ihn gleich mit einem kräftigen Donnerwetter an, da er auf dem Friedensstein versprochen hatte, mit einem Trupp Bauern in aller Frühe im Freudental zur Stelle zu sein. Der Tropf besaß bei Gott die Impertinenz, mir zu entgegnen, die Bauern hätten sich geweigert mit der Ausrede, ihnen sei nichts gestohlen worden.

Nun, ich ließ ihn stehen und ging in die Schenke, wo sich der Wirt die Hände rieb vor Vergnügen, als er mich samt meinen braven Dragonern in die Stube stampfen sah. Ich befahl ein Fäßchen Bier auf meine Rechnung, woraufhin die Völker ein Hoch auf mich ausbrachten und sogleich auf eine Weise anfingen zu saufen, daß ihnen die Tränen in die Augen traten.

Da nun die Zeit vorangeschritten war, befahl ich, Quartier zu machen, die Gefangenen gut zu verwahren und erst am nächsten Tag wieder aufzubrechen. Um ehrlich zu sein, ich war froh, für ein paar Stunden dem Gamaschendienst entronnen zu sein, und ließ mir's wohl gehn bei Bier und Braten, zumal der Schultheiß versicherte, daß er für die Rechnung aufkommen wolle.

Aber, um es kurz zu machen, um die neunte Abendstunde packte mich der Rappel, und ich befahl, die Anna Elisabetha Marten auf mein Zimmer zum Verhör zu bringen. Sie kam mir urplötzlich in den Sinn. Ich sah auf einmal ihre schwarzen Kulleraugen vor mir und setzte mir in den Kopf, sie auszufragen. Gott allein weiß, daß es lautere Absicht war und zu meinem Dienst gehörte, aber ich war wohl ein wenig wirr im Kopfe, so daß dieses hundsgemeine Weibsstück beim Verhör in Gotha undankbarerweise behaupten konnte, ich hätte ihr Gewalt antun wollen, und nur weil ich betrunken gewesen sei wie ein Bürstenbinder, hätte sie sich meiner erwehren können.

Natürlich log sie der Kommission die Hucke voll und wollte mich zur Bank hauen. Ich verteidigte mich wacker, konnte aber nicht verhindern, daß geschwatzt wurde. Die Offiziersweiber, jeder weiß es zur Genüge, haben nichts anderes zu tun, als ihre Mäuler zu wetzen. Sie trugen die Fama schließlich meiner lieben Frau ins Haus. Da könnt ihr euch denken, wie ich mich abschinden mußte, um den Haussegen wieder zurechtzurücken. Nicht reden will ich hier von der peinlichen Befragung durch den Regimentsauditeur, der es sich sonderbarerweise in den Kopf gesetzt hatte, dem dummen Weibsstück beizustehn. Ich mußte über ganze Wochen hinweg wild um mich schlagen, um jeden Verdacht zu entfernen.

II. KAPITEL

Diese Affären in Rechnung gesetzt, war keiner froher als ich, da um den Anfang des Februar Gerüchte aufkamen, daß die Gothaische Garnison ins Feld rücken würde. Ich spitzte die Ohren und horchte herum, wohin es gehen sollte. Ein Krieg, dachte ich, endlich ein Krieg. Aber denkt ihr, ich erfuhr etwas? Nichts dergleichen. Der Capitain Richter war verschwiegen wie ein Grab, er zuckte mit den Achseln und meinte, daß es gleich wäre, wohin der Marsch sich richten würde, wenn nur etwas geschähe, das den Soldatenstand etwas anhöbe. Da stimmte ich ihm bei, sagte aber, daß ein Marsch doch nicht ins Leere gerichtet sein dürfe. Ein Feind müsse schon vorhanden sein, und wenn keiner da wäre, müsse einer geschaffen werden auf Teufel-kommraus. »Ja, ja«, brummte er, »da hat der Herr Leutnant recht, aber wo so schnell einen Feind auftreiben. Der Herr Leutnant sehen ja, daß im Augenblick selbst zwischen Preußen und Österreich Frieden herrscht.« Er könne sich jene Gerüchte deshalb nicht recht erklären.

Doch gleich danach, am 14. Februar, einem kalten und trockenen Tag – in der herzoglichen Residenz hatte die Sonne den Schnee verzehrt, aber die Erde war gefroren, und am Morgen zerbrach das Eis unter den Stiefeln – an diesem nämlichen Tag wurde ich in aller Herrgottsfrühe aus den Armen meiner Frau gerissen, in deren Bett ich gerade gekrochen war. Da könnt ihr euch denken, mit welcher Mannhaftigkeit ich dieses Vergnügen hinter mich ließ und es auf der Stelle vergaß, da der Capitain mir die Nachricht zukommen ließ, die Truppen seien alarmiert und würden in Marsch gesetzt. Ich nahm mir nicht einmal die Zeit, meinen Haferbrei zu verschlingen und der Frau ein Adieu zuzurufen, in solcher Windeseile warf ich mich in die Montur. Ich begab mich spornstreichs auf meinen Posten und sah die fürstliche Leibgarde, die ganze Schloßgrenadiergarde und an die hundertdreißig Köpfe vom Erbprinz Friedrich in hellem Aufruhr. Es war die Ordre erteilt, flugs auf Tambach zu marschieren. Der Oberstleutnant von Goldacker war zum Chef aller drei Korps ernannt worden, und ich war sein Adjutant. Wer beschreibt mein Vergnügen, als wir uns in Marsch setzten, als das Knarren und Quietschen der Munitionskarren und der umfangreichen Wagenkolonne einsetzte mitsamt den drei Geschützständen! Das Klirren der Pferdegeschirre war Musik in meinen Ohren, und eine viel schönere als jene auf dem Ballsaal oder im fürstlichen Theater. So wälzten wir uns aus der Stadt in den Wintertag hinein, und in der Ferne sahen wir die Höhenzüge des Waldes verheißungsvoll emporragen, als warte dort auf uns der Ruhm und die Ehre, alles Dinge, auf die ich mit Ungeduld hoffte. Doch wußte ich noch immer nicht, worum es ging. Es war tatsächlich ein Marsch, bei dem nur die Berge vor uns zu sehen waren, der Feind aber war unsichtbar. Ich horchte herum, aber denkt ihr, es wußte einer etwas? Der Geheimrat Buddens und sein Sekretär Schneider waren mit von der Partie. Sie saßen in einer Kalesche und fuhren in der Kolonne, profane Zivilisten, die etwas zu wissen schienen, aber sie schliefen offenbar und ließen sich nicht einmal während der Marschpausen blicken.

Unterdessen wuchs das Gebirge immer höher, und das Land rund um uns her wurde so weiß wie ein Leichentuch. Der Schnee knirschte unter den Stiefeln der Grenadiere, und es wurde kälter, je mehr wir uns Tambach näherten. Nur um die Mittagszeit, als wir zum dritten Male haltmachten und schon ringsum vom Wald umgeben waren, wärmte die Sonne ein wenig, und die Völker wurden um eine Spur munterer. Aber diese Munterkeit, das wurde mir bewußt, saß nicht so tief bei ihnen, da sie ebensowenig wie die Offiziers ahnten, wohin es ging und wie unser Marsch enden würde.

Um die dritte Nachmittagsstunde zogen wir in Tambach ein, die fürstliche Leibgarde immer vorneweg, da sie sehr auf sich hielt und allerorten an der Spitze stehen sollte. Nun, es war ein Schauspiel ganz eigener Art, an das die Tambacher nicht gewöhnt waren. Daher standen sie auch in den Türen oder hingen in den winzigen Fenstern und gafften uns an, als kämen wir aus einem anderen Land.

Aus dem Gasthof »Zum Roten Hirsch« taumelte so ein Saufaus und geriet mitten unter die Truppe. Er sah aus wie ein Waldschrat und war wohl ein Kohlenbrenner, der noch nie einen Grenadier gesehen hatte. Von denen wurde er hin und her geschubst, bis er in der gefrorenen Gosse lag und immerfort schrie, daß Krieg wäre. »Gevatter«, schrie er lauthals und übertönte sogar das Knarren der Wagenräder, »vergrabt die Schinken und die Würste, es ist Krieg, Gevatter.« Die Umstehenden lachten und ließen ihn jammern.

Ein Stück weiter stand ein halbes Dutzend Kinder mit dem Rücken an einer Hauswand und hielten die Zungen herausgestreckt, als wollten sie uns verhöhnen. Doch als ich genauer hinsah, schien es mir, daß sie darin wetteiferten, das Wasser von den Eiszapfen aufzufangen.

Und wie ich die Bauern mitsamt ihren Knechten und Mägden sah, auch die Holzfäller und die zerlumpten Kinder, da spürte ich, daß es allesamt Habenichtse waren im Gegensatz zu den Bewohnern des flachen Landes. In der Ebene können manche Bauern zu Wohlstand kommen, auf dem Wald hingegen, da hockt das blanke Elend, nur angetan mit einem schmutzigen Hemd oder einer zerrissenen Kittelschürze. Auch waren die Leute schreckhaft und voller Aberglauben, als stünde hinter jedem Baumstamm ein böser Geist oder als sitze er in ihnen selbst.

Als das Kommando hielt und die Quartiere vergeben wurden, sah ich den Geheimrat Buddens und seinen Sekretär Schneider aus der Kalesche steigen, wobei der Wirt vom »Roten Hirsch« hinzusprang und ihnen heraushalf, während er seine Hülfe mit Bücklingen verzierte. Der dicke Geheimrat hatte ein schwammiges Gesicht und trug ein gewaltiges

Doppelkinn vor sich her, und seine Augen waren so klein und winzig, daß man sie kaum sah vor lauter Fett. Sein Sekretär hingegen war von hagerer Gestalt. Er hatte Vogelaugen und eine Habichtsnase, die er beständig emporreckte, als röche er immerfort Unrat oder wittere etwas, von dem er glaubte, es müsse ihm auf der Stelle mitgeteilt werden. Und so bewegten sich beide, der Mußjöh Geheime Rat in watschelndem Gange und sein Sekretär schreitend wie ein Storch, auf den Eingang des Gasthofes zu, mit wichtigen Gesichtern beide, da sie das Geheimnis des künftigen Krieges mit sich umherschleppten. Der Wirt aber mit seiner weißen Schürze sprang neben den gelben Beinkleidern des Geheimrats und neben den lila Röhrenhosen des Sekretärs einher, unentwegt Kratzfüße machend, weil er schon im voraus einen guten Gewinn roch. Da fragte ich mich, der ich ein einfacher Kriegsmann war, wie es kommen mochte, daß solch ordinäre Zivilisten und Schreibstubenhocker derart estimiert wurden, während wir Offiziers doch eigentlich das Korsett waren, das den Staat zusammenhielt.

Doch mir blieb nicht allzuviel Zeit, darüber nachzudenken, da alle Offiziers zum Herrn Oberstleutnant befohlen wurden.

Es steht mir nicht an, die Kriegskünste meines Herrn zu beurteilen, aber ich muß hier sagen, daß er schon alt und manchmal nicht recht beisammen war, besonders nach dem Genuß von Wein und Bier, und daß er beides nicht verabscheute. So hatte er, Gott sei's geklagt, darauf bestanden, daß einige Fäßchen seines Lieblingsweines mitgeführt werden müßten, wofür sein Pursche auch gesorgt hatte.

Den Kriegsrat hielt der Herr Oberstleutnant im Pfarrhaus, wo sein Quartier war, und gerade als ich vorm Haus vom Pferde stieg, keuchte der Pursche heran, ein Fäßchen vor dem Bauch und leise fluchend. Ich untersagte ihm das, und er schwieg auf der Stelle still, stieg mühsam die Eingangstreppe empor und meinte, als er oben stand vor der

Tür: »Mit Verlaub, Herr Leutnant, immer schlepp ich ein Fäßchen mit mir herum, ist das eine leer, läßt sich mein Herr ein neues kommen, und so geht es schon über Jahre hinweg. Mein Kreuz, Herr Leutnant, ist schon ganz krumm davon, und so ist es weder für meinen Herrn noch für mich von gutem Nutzen.« Ich mußte inwendig ein wenig lachen, verbot ihm aber seine Rede und sagte, er solle das tun, was ihm zukomme und wofür er sein Geld erhalte. In alles andere hätte er sich nicht einzumischen und auch nicht darüber nachzudenken. Und ich dachte, daß es schon weit mit dem einfachen Volk gekommen war, wenn es über die Schwächen seiner Herrschaft nachzudenken beginnt. Früher, in meiner Jugend, hätte weder Knecht noch Pursche gewagt, an ihrer Herrschaft herumzukritteln.

Als alle Offiziers in der Wohnstube des Pfarrers saßen, der mit sorgenvollem, blassem Gesicht das Schurren der Stühle gewahrte und endlich vom Herrn Oberstleutnant aus dem Zimmer gewiesen wurde, hielt unser Obrister eine wohlgesetzte Rede, die er des öfteren durch einen Schluck aus seinem Weinglas unterbrach und die etwa so anging: »Meine lieben Kinder, trinken wir zu Beginn unseres Feldzugs auf den glorreichen Ausgang desselben zum Ruhme unseres Fürsten und zu unserer eignen Ehre.« Er unterbrach sich und packte sein Glas, hob es hoch, wir ergriffen unsere vollen Biernäpfer, die der Pfarrer herbeigeschafft hatte, hoben sie ebenfalls hoch über den Tisch, und alle soffen schweigend und auf einen Zug ohne Absetzen und Bartwischen die Töpfe leer. Wie das gluckste und schlürfte in der Pfarrstube, an deren einer Wand unser Herr Christus mit gütigem Blick und segnenden Händen hing und in keiner Weise sich verwunderte, daß in der Stube des Herrn ein solches Saufen anhob.

»Fürchte Gott«, sagte unser Obrister, indem er sein Glas absetzte, »ehre deinen Herrn, tue Recht und scheue niemanden.« Sodann rückte er seinen Hintern zurecht, wischte sich nun doch übers Maul und hob erneut an zu sprechen: »Ihr wißt, meine lieben Kinder, daß wir uns auf einem gefahrvollen Zug befinden. Da kommt es auf Courage und Tapferkeit an, besonders bei den Herrn Offiziers und allen Unteroffiziers. Das Haus Gotha ist allerorten berühmt für seine tapfere Streitmacht, die sich für ihren Herrn hinlänglich und in Ehren geschlagen hat. Ich erwarte nun von Ihnen, daß Sie Frau und Kinder vergessen und Ihr Leben in die Schanze schlagen, wo immer Sie sich befinden!« An dieser Stelle unterbrach er sich, hob erneut sein Glas, das der Pursche in aller Eile wieder gefüllt hatte, und soff es aus, so schnell er konnte.

»Und nun«, fuhr er fort, indem er sich über den Bart strich, »möchte es wohl manchen geben, der seine Sorgen bei mir abladen will, was er auch tun kann, denn ich will euer aller Vater sein, an den ihr euch in euren Nöten wenden könnt.«

Er griff erneut zum Glas und trank so geschwind, daß ihm wohl ein Dritteil davon in die falsche Kehle kam. Er prustete eine Weile, wir sahen uns betreten an, weil er seine Rede schon beendet, aber wenig gesagt hatte, bis sich schließlich der Herr Major von Benneckendorff zu Wort meldete und folgendermaßen sprach: »Mit Verlaub, Herr Oberstleutnant, ich will in aller Namen, wenn's gestattet ist, mich bedanken für die freundlichen Worte, die uns so recht zu Herzen gegangen sind. Aber mir will scheinen, daß es an der Zeit ist zu wissen, in welchem Krieg wir uns befinden und wo der Feind steht. Noch tappt unser tapferes Kommando im Dunkeln umher, gleich einem Maulwurf, der sich voranschaufelt und nicht weiß, wo er herauskommen wird.«

Rund um den Tisch wurde murmelnde Zustimmung hörbar.

»Nun ja«, brummte der Oberstleutnant und verzog sein Gesicht ein wenig, »da haben Sie nicht so ganz unrecht, Herr von Benneckendorff.«

»Ach Gott«, schrie da auf einmal der Garnisonsleutnant von Witzleben, »mir soll's gleich sein, wo wir herumtappen. Die Kriegszulage ist auch nicht zu verachten.«

Ich sah, daß der von Witzleben schon ein wenig schwankte. Er hatte wohl ein paar Gläser Branntwein getrunken, und er war dafür bekannt, daß er soff.

»Nun ja«, brummte der Oberstleutnant erneut, sah ihn mißbilligend an und begann, ein strenges Gesicht aufzusetzen. »Wenn es ins Feld geht, Herr Major, so muß nicht von vornherein ein jeder Kriegsplan als Neuigkeit durchs Land trompetet werden.«

Aber der von Benneckendorff, der sich etwas darauf einbildete, die fürstliche Leibgarde unter Kommando zu halten, und sich darüber ärgerte, nichts zu wissen, hielt mutig Widerpart. »Herr Oberstleutnant von Goldacker, das mag schon recht sein und für den gemeinen Soldaten zutreffen, doch wir sind allesamt Offiziers, die unserem Herrn ergeben sind und ihr Leben opfern wollen, so es nötig wird. Vertrauen gegen Vertrauen, Herr Oberstleutnant, nur wer den Feind kennt, kann ihm etwas anhaben.«

Wieder erscholl Zustimmung, diesmal lärmender, so daß ich zu sehen glaubte, wie der Oberstleutnant die rechte Braue um eine Spur in die Höhe zog. Dann senkte er den Kopf, trank sein Glas aus, hob den Kopf wieder, und ich sah, daß sein Gesicht voller Kummer war und ein wenig betreten wirkte. »Nun ja«, brummte er, leiser diesmal, »ich kann es nicht verhehlen, Messieurs, es ist schon eine seltsame Sache. Um ehrlich zu sein, ich weiß ebensowenig wie Sie, was gehauen und gestochen ist.«

Da war die Katze aus dem Sack. Wir starrten uns an. Die einen machten ein entsetztes, die anderen ein amüsiertes Gesicht. Dem Major von Benneckendorff, ich sah es mit aller Deutlichkeit, schwoll eine Zornesader, und er wurde rot im Gesicht.

Kapitain Rupprecht hingegen schlug eine vergnügte

Lache an, sog heftig an seiner Tonpfeife, riß sie aus dem Mund, beugte sich vor und schrie laut über den Tisch: »Der Teufel auch, als ich vor fünf Jahren im preußischen Dienst stand, da setzten wir uns über Nacht in Bewegung, marschierten aus der Residenz, und es ging in Eilmärschen nach Südosten, auch ohne daß Offiziers und Soldaten ahnten, was gehauen und gestochen war. Und am Ende, jedermann weiß es zur Genüge, besetzten wir Schlesien, als wäre es ein Kinderspiel.«

Der Garnisonsleutnant von Witzleben, der gerade ein wenig eingeschlummert war, schreckte bei den letzten Worten des Kapitains zusammen und rief trunken: »Was ist die Ordre? Schlesien ist die Ordre? Darüber wird der Sommer samt dem Winter ins Land gehn. Meine Frau wird mir Hörner aufsetzen, so lang wie Zaunpfähle.«

In der Runde entstand ein Gelächter. Der Leutnant sah dumm über den Tisch, ergriff seinen Tonkrug, nahm einen tüchtigen Zug und schlief auf der Stelle wieder ein.

Der Herr Major von Benneckendorff wandte sich an Rupprecht und meinte voller Zorn und Hohn: »Mir ist erinnerlich, mein lieber Kapitain, daß zu jener Zeit die Zahl der Völker fünfzigtausend betrug. Wir hingegen zählen kaum fünfhundert Köpfe. Und damals, vergessen Sie dies nicht, fuhr ein König vorneweg, manchmal ritt er sogar, wie mir zugetragen wurde. Bei uns hingegen ist es nur ein Herr Geheimrat mit seinem Sekretär, und beide wissen nicht einmal, wie ein Pferd gesattelt wird. Das Pfeifen einer Kugel aber, fürchte ich, haben sie ihr Leben lang nicht einmal aus der Ferne gehört.«

Diese kluge Rede des Majors erregte die Runde aufs äußerste. Der Oberstleutnant von Goldacker, der mit jener sonderbaren Eile, die wir alle an ihm kannten, erneut zwei Gläser Wein geschluckt hatte, mutierte urplötzlich auf seltsame Art. Er verlor sozusagen alle Kontenance, rutschte in seinem Lehnstuhl zusammen und bekam, wie mir schien, ein blödes Gesicht und zuckende Mundwinkel. Seine Augen wurden kleiner und kleiner, doch manchmal riß er sie weit auf, glotzte über den Tisch und starrte uns der Reihe nach an, als wolle er in Erfahrung bringen, wer da vor ihm säße. Zwischendurch lallte er Worte, die uns alle ein Rätsel blieben. Sie waren, scheint's, kindische Urlaute, die sich abgehackt aus seinem Bart zwängten und ohne Sinn und Zweck im Pfarrzimmer umherflogen.

»Da goldackert's wieder«, sagte der Major, »ein schöner Feldzug und ein schöner Feldherr und zwei profane Schreibstubenhocker, die über ihrem Braten sitzen und nichts verstehen von Wetter und Wind. Gott behüte uns, wenn es stürmt oder schneit.«

»Ja, zum Teufel auch«, schrie der Major von Voß, »gibt's denn überhaupt eine Ordre für die Nacht?«

Ich meldete mich zu Wort. »Vor dem Kriegsrat, Herr Major, befahl mir der Herr Oberstleutnant, daß niemand, von den Offiziers bis zum letzten Grenadier, nicht mehr als ein Hemde und die Tasche mit sich führen soll. An alle Unteroffiziers aber soll ich Ordre geben, daß sich das Volk nicht so viel auskleiden und sich nicht besaufen soll, weil der Marsch morgen früh punkt ein Uhr wiedrum soll fortgesetzt werden. Um Mitternacht soll der Tambour schlagen. Soweit die Ordre, Messieurs!«

Der Major von Voß, der für seinen Jähzorn bekannt war, fuhr sich mit den Händen in die Perücke, riß sie von seiner Glatze und warf sie auf den Tisch. »Verdammt«, schrie er, »da sitzen wir hier und deliberieren über Sachen, von denen keiner was weiß, und fünfzig Klafter entfernt liegen zwei Zivilisten in ihren Himmelbetten, wissen über alles Bescheid und schnarchen um die Wette dem künftigen Krieg entgegen. Was soll denn das? Ich hab schon Schlachten geschlagen, als der Sekretär des Herrn Geheimen Rates noch Ladenschwengel war!«

Er nahm seine Perücke vom Tisch, stülpte sie auf den

kahlgeschorenen Kopf und sah grimmig von einem zum anderen, unterdessen er sich erhob.

Der Kapitain Rupprecht murmelte, während er ebenfalls aufstand: »Ein Hemde und die Tasche? Da werden wir in drei Tagen aussehen wie die Säue vorm Trog. Meine Bagage kommt mit, dafür will ich sorgen.«

Der Major von Benneckendorff wandte sich an mich und meinte, diesmal versöhnlicher: »Herr Leutnant, tun Sie Ihre Pflicht und erteilen Sie den Unteroffiziers die Ordre. Melden Sie sich sodann bei mir.«

Und den Purschen des Oberstleutnants fuhr er an: »Sorg dafür, daß dein Herr um Mitternacht zu sich kommt. Er wird es nötig haben.«

Der Pursche nickte eilfertig und grinste verschmitzt. »Zu Diensten, Herr Major, keine Sorge, ich weiß schon, wie es gemacht wird.«

Dem Major schwoll wieder die Zornesader an. »Halt Er sein Maul, Pursche, gar nichts weiß Er. Und wag Er nicht, seinen Herrn herabzusetzen.«

Der Pursche schwieg, senkte den Kopf, trat zum Stuhl des Oberstleutnants, hob seinen Herrn samt dem Stuhl hoch und trug ihn so geschickt und flink ins Nebenzimmer, daß es aussah, als hätte er jeden Griff auf dem Exerzierplatz geübt.

Nun, jeder sah, daß wir keinen Schritt weitergekommen waren. Die Offiziers standen dumm herum und gingen schließlich, um noch eine Mütze voll Schlaf zu nehmen. Und während ich die Unteroffiziers zusammentrommeln ließ, durchfuhr mich eine böse Ahnung. Die Truppe war durchaus nicht für einen Krieg gewappnet. Die Offiziers waren nicht die besten, keiner wußte, wohin es gehen sollte, in den Stuben der Bauern saßen die Grenadiers und soffen Bier, aus den Gasthöfen schallten trunkene Lieder und das Gekreisch der Troßweiber. Es dauerte wohl eine Stunde, ehe ich mit Hilfe der Unteroffiziers und Wachen Ordnung geschaffen hatte. Die Unteroffiziers bekamen von mir eine derbe Reprimante zu hören und begaben sich eilends zu den Völkern, um sie in die Kur zu nehmen. Zur neunten Abendstunde kehrte Ruhe ein. Aus dem »Schwarzen Bär« taumelten die letzten fünf Grenadiers, sie waren von der Schloßgrenadiergarde zu Fuß und grölten ein Lied durch die Gassen, daß ich fuchsteufelswild dazwischenfuhr und die fünf von der Wache in ihr Quartier expedieren ließ. Und wißt ihr, was sie schrien? Das Sauflied vom Dessauer:

»So leben wir, so leben wir, so leben wir alle Tage,
in der allerschönsten Saufkompanie!
Des Morgens bei dem Branntewein.
Des Mittags bei dem Bier.
Des Abends bei dem Mägdelein –
Ist das nicht ein Pläsier?
So leben wir, so leben wir, so leben wir alle Tage
in der allerschönsten Saufkompanie!
Die Trommel wird geschlagen, die Pauke wird gerührt,
Macht euch fertig und marschiert.«

Ach Gott, dachte ich, wenn es so weitergeht, wird es ein böser Krieg werden. Das Volk muß man in der Zucht halten, aufs Wort muß es parieren, wenn ein Offizier Furore machen will.

III. KAPITEL

Ich ging zum Major ins Quartier, todmüde schon, und ich hoffte, er würde mich nicht allzulange aufhalten.

Aber der Major von Benneckendorff, Gott sei's geklagt, kannte keine Müdigkeit, sondern stampfte dröhnenden Schrittes über die rohen Dielen, immer hin und her, als drückten ihn schwere Sorgen. Als ich eintrat, schrie er nach dem Purschen und verlangte seinen Mantel, unterdes er immer weiterstampfte, mit Zorn im Gesicht und grimmige Blicke auf mich werfend.

»Was halten Sie von unsrer detestablen Situation, Herr Leutnant?« Er blieb stehn, fixierte mich, und ich sah, daß er voller Ärger war bis obenhin.

»Sie ist ein wenig lächerlich, Herr Major.« Ich trat einen Schritt weg von der Tür in die Stube und ließ den Purschen herein, der den Mantel des Majors überm Arm trug.

»Lächerlich? Sagten Sie lächerlich? Es ist eine Schmach, Herr Leutnant! Ich bin im Begriff, den Herrn Geheimrat aufzusuchen, und bitte Sie, mich zu begleiten. Es müßte doch mit dem Teufel zugehn, wenn ich nicht Aufklärung erhielte.«

Der Major brachte mich in Verlegenheit. Meine Aufgabe war es nicht, Aufklärung zu fordern. Ich hatte nur die Befehle des Oberstleutnants auszuführen und ansonsten stillzuhalten. Nun war mein Herr freilich im Augenblick außer Gefecht gesetzt, und es war für mich so, als hinge ich zwischen Himmel und Erde, aber eine Bitte des Majors abzuschlagen, würde zur Folge haben, daß er mich schnitt. Davon konnte ich nur Ungelegenheiten haben, und so marschierten wir beide aus der Stube und auf die Straße, ich immer einen Schritt hinter dem Major, der schnaubend und mit vorgerecktem Kopf dem »Roten Hirsch« zustrebte, entschlossen zum Äußersten, wie es schien.

Im Schankzimmer fiel mein Blick zunächst auf einen

großen, runden Tisch, an dem die Honoratioren saßen und offenbar über die Zeitläufte deliberierten. Im Augenblick, als wir zur Tür hereintraten, schwiegen sie stockstill und starrten uns an.

An einem langen Tisch linkerhand hockte das niedere Volk, soff Bier und glotzte ebenso.

Im Hintergrund der Schankstube aber, neben einem ungefügen Kachelofen, der schwarz und mächtig die halbe Wand einnahm, saßen tatsächlich der Herr Geheimrat und sein Sekretär an einem viereckigen, weiß gedeckten Tisch, auf dem ein zinnerner Leuchter stand und die Gesichter beider aus dem Halbdunkel riß, was ein schönes Bild ergab.

Ach Gott, sie hockten tatsächlich über Braten und Wein, wie es der Major gesagt hatte, die Servietten hingen von den Hälsen herab, von dem kurzen, dicken des Geheimrats, über dem sich das Doppelkinn im heftigen Auf und Ab bewegte, und von dem dürren Hals des Sekretärs, wo der spitzige Adamsapfel den Takt zum Doppelkinn seines Gegenüber schlug. Dem Rat lief vor Anstrengung der Schweiß in Strömen übers Gesicht, es glänzte wie eine Speckschwarte, während der Sekretär trockenen Antlitzes verbissen an einem Knochen nagte.

Im Augenblick, als sie uns sahen, hielten sie inne, der Sekretär mit erhobenem Knochen und der Herr Rat mit einem aufgespießten Batzen Fleisch, beides nahe den Mündern, als ob sie gleich wieder zuschnappen wollten.

Und so war alles für eine Weile still, die drei Tische schienen erstarrt, und auch der weißbeschürzte Wirt stand in diesem Moment reglos neben dem Faß, einen Krug Bier in der Hand, den er gerade gefüllt hatte.

Soviel ich sah, bewegten sich nur zwei Dinge. Es flackerten die Lichter, und es stieg der Schaum im Krug des Wirts. Er stieg und stieg, floß endlich über den Rand, und von dem Augenblick an ging es weiter wie vorher. Der Wirt nahm ein flaches Holz, strich den Schaum herunter und setzte sich behende in Bewegung. Die Honoratioren steckten die Köpfe zusammen und begannen zu murmeln, das niedere Volk griff zu den Bierkrügen und soff, und der Herr Geheime Rat samt Sekretär schnappten zugleich nach Fleisch und Knochen, daß man es bis zur Tür hören konnte.

Der Wirt schoß geradenwegs auf uns zu, in der Rechten das Bier und in der Linken ein ehemals weißes Wischtuch, mit dem er wedelnd auf- und niederfuhr.

»Was belieben die Herrn Offiziers für ein Plätzchen?« Er wies mit dem ausgestreckten Bierkrug auf die andere Seite des Ofens, aber der Major stampfte schon zum Tisch des Geheimrats, ich immer einen Schritt hinter ihm und dem Wirt abwinkend, und schon machten wir unsere Reverenz, der Major steif und ein wenig abrupt, und ich hernach so, wie es mir zukam als Adjutant des Obristen.

»Wünschen einen guten Abend, Herr Geheimrat, und hoffen, daß Sie sich wohlfühlen.«

Der Major nahm den Hut vom Kopf, ich tat es ihm nach und starrte dabei in die Schüsseln, die auf dem Tisch standen. Mit einem Mal spürte ich einen solch entsetzlichen Hunger in meinen Eingeweiden, daß mir geradezu übel wurde davon. Ich hätte auf der Stelle in die Schüsseln grabschen und mir das Maul stopfen können.

Der Herr Geheime Rat hob den Kopf, sein Sekretär ebenso, beide Gesichter nahmen einen impertinent hochnäsigen und herablassenden Ausdruck an, und wie der Herr Geheime Rat den Mund öffnete, bekam ich zu dem Hunger noch eine solche Wut in meinen Bauch, daß mir der Kopf davon hätte platzen können. Ich glaube, er wurde so rot wie eine Blutwurst.

»Ah, der Herr Major von Benneckendorff. Was bringt Sie zu mir? Ich hoffe, es ist keine üble Nachricht?«

Der Monsieur Buddens, das muß ich hier sagen, hatte die Stimme eines quäkenden Kindes. Es schien, als würde sie von seinen Leibesmassen so gequetscht und gequält, daß sie nur auf diese Art ins Freie entwischen konnte.

Der Rat heftete den Blick wieder auf den Tisch, gleichermaßen sein Sekretär, und beide griffen nach ihren Zahnstochern und führten sie zum Mund.

Ich stand rechts vom Major, einen Schritt hinter ihm, und ich sah das Profil seines Gesichts, das gleichsam versteinerte, als er sah, wie beide anfingen, in ihren Mäulern herumzustochern, als gelte es, einen Goldschatz zu finden. Der Major holte mühsam Luft, riß ein Sacktuch aus der Manteltasche und trocknete sich das Gesicht ab.

»Wenn's gestattet ist, Platz zu nehmen?« Er stockte einen Moment, stopfte das Sacktuch zurück und fuhr fort: »Auf gewisse Weise, Herr Geheimrat, ist die Nachricht übel.«

Der Rat sah ihn an, nahm den Zahnstocher heraus und rief nach dem Wirt, den er Stühle herbeischaffen ließ.

»Die Völker sind doch wohl in guter Hut, Herr Major?« Und schon hatte er wieder den Zahnstocher im Mund. Sein Sekretär hingegen hing mit seiner großen Nase direkt über einer Schüssel, die noch halb mit Fleisch gefüllt war, und schnupperte am Rauch, der sachte hochstieg.

Wir setzten uns, ich immer mit dem Blick auf die Nase des Sekretärs, der sich wohl nicht entscheiden konnte, ob er noch einmal zubeißen sollte oder nicht, und plötzlich geriet mir doch tatsächlich, da ich neben ihm saß, der Bratengeruch mittenwend ins Gesicht und in die eigene Nase, was mir außerordentlich wehtat. Alle meine Wut kehrte sich gegen den Sekretär Schneider, der endlich den Kopf hob und mich ansah, als glaube er nicht, daß ich imstande wäre, mich neben ihn zu setzen. Teufel, dachte ich, diesem impertinenten Ladenschwengel, der auf Gott weiß welche Art avancierte, wirst du bei nächstpassender Gelegenheit eine hinter die Löffel geben, damit er seinen Hochmut verliert und den Soldatenstand achtet.

Zur gleichen Zeit hörte ich, wie der Major, der sich offenbar ein wenig beruhigt und gefaßt hatte, zum Mußjöh Buddens sprach: »Sie sind es nicht, Herr Geheimrat, die Völker sind es nicht, und die Offiziers sind es nicht.«

Der Zahnstocher hatte auf- und abgewippt, jetzt schlossen sich die Schweinsäuglein zu einem Spalt, und der Mußjöh Rat riß mit einer heftigen Bewegung den Zahnstocher aus dem Mund. »Was heißt das, Herr Major, sie sind es nicht?«

»Sie sind nicht in guter Hut, Herr Geheimrat. Es weiß keiner, wohin es geht und was die Glocke geschlagen hat!«

Ich sah, daß das Doppelkinn des Rats zu zittern anfing. Er griff in die Rocktasche und brachte ein überaus weißes Sacktuch zum Vorschein, fuhr sich damit über Stirn und Wangen, vergaß auch sein Kinn nicht, wo sich die Schweißtropfen gesammelt hatten und mitzitterten. Wie er das Sacktuch wegsteckte und sein Gesicht wieder zum Vorschein kam, sah ich, daß es sich wie zum Hohne verzogen hatte und fast den Anflug eines Grinsens bekam. Um Gotteswillen, dachte ich und sah zum Major, der steif aufgerichtet und mit durchgedrücktem Kreuz auf dem Stuhl saß.

»Herr Major, ich bin Ihnen keine Rechenschaft schuldig. Das Supremat hat der Herr Oberstleutnant von Goldacker. Er wird Ihnen, wenn es an der Zeit ist, sagen, wohin es geht und was zu beachten ist.«

Und damit wandte sich der Rat erneut seinem Zahnstocher zu, aber während er ihn noch zum Munde führte, gab sich der Major nach einem kurzen Augenblick der Fassungslosigkeit einen Ruck und sagte mit erhobener Stimme und mit sonderbarer Schärfe: »Monsieur Buddens, der Oberstleutnant weiß so wenig wie ich und wie alle Offiziers einschließlich des Adjutanten.« Er wies auf mich und fuhr fort, diesmal noch lauter: »Ich weiß nicht, Herr Geheimrat, in welchem Maße Sie mit den Kriegsregeln bekannt sind. Ich trage im einundzwanzigsten Jahr die Uniform und habe in dieser Zeit gelernt, daß die Offiziers die Marschroute kennen müssen, daß sie den Zustand desjenigen Landes, das zu attackieren ist, wohlweislich studieren müssen, daß ihnen die Stärke des Feindes und seine Verbündnisse, seine Gebräuche und Sitten, seine Festungen und ihre Stärke bekannt sein muß, auch, wie die Situation und die Qualität des Landes beschaffen ist, in das sie ziehen sollen. Wir stehen vor dem Gebirge, und es scheint fast, als wollten wir es übersteigen. Auf welchem Weg, Herr Geheimrat? Auf welchen Pässen und Passagen? Um Mitternacht soll der Marsch wiedrum fortgesetzt werden, und es gibt noch keine Ordre. Was ist das für ein Krieg, Herr Geheimrat? Das Offizierskorps tappt im dunkeln, weiß nicht, was es davon halten soll, und fordert Aufklärung. Eine Armee muß mit Hoffnung auf gute Belohnung ermuntert werden, gewisse Vorteile, die bei einer glücklichen Campagne zu erwarten sind, soll man ihr vorstellig machen, damit das Verlangen, dergleichen Vorteile zu besitzen, mit dem Marsche wächst zur Begierde, den Feind ohne Scheu zu überrennen, um Fortune zu machen. Der Oberstleutnant, Herr von Goldacker, schläft und weiß soviel wie ein Blinder von der Farbe, nämlich nichts.«

Der Major hielt erschöpft inne, packte den Bierkrug, der vor ihm stand, leckte die trockenen Lippen und nahm einen solch tüchtigen Zug, daß man es in seiner Gurgel rauschen hörte, als wäre dort ein Wasserfall am Werke.

Die schöne Rede des Majors hatte meinen Heißhunger um ein Geringes gedämpft, und ich gedachte mit Wehmut meines eigenen Redevermögens, das nicht so groß und wohl auch nicht so geschliffen war. Kurz gesagt, ich verspürte eine gewisse Intention, dem Major beizuspringen und mein Unbehagen ebenso zu formulieren. Aber indem er endete und sein Bier soff, sah ich den Herrn Geheimrat und seinen Sekretär in höchster Aufregung. Der Mußjöh Schneider warf unruhige, spähende Blicke nach den anderen Tischen, während seinem Vorgesetzten vor Ärger die winzigen

Augen aus den Fettpolstern traten. Sie schossen heftige Blitze auf den Major, der sich, als ob er jetzt seinen Zorn zur Genüge entladen hätte, fast zufrieden zurücklehnte und seinem Gegenüber offen ins Gesicht sah.

Ich raffte mich trotz der bedrohlichen Situation auf und sagte eilig: »Herr Geheimrat, es ist gewiß so, wie es der Herr Major zu sagen beliebt. Ich als Adjutant habe ...« – »Herr Leutnant Rauch, schweigen Sie!« Der Geheimrat zischte diesen Satz über den Tisch, ohne mich anzusehen und machte eine heftige Handbewegung, als wäre ich ein Insekt, das es zu verscheuchen galt.

»Und Sie, Herr Major, halten Sie auf der Stelle Ihre Zunge im Zaum. Sehen Sie nicht, daß das Lumpenpack aufhorcht? Es möchte wohl sein, daß Parthiegänger oder Partisans des Feindes mit am Tische hocken und die Löffel spitzen.«

Ach Gott, ich sah verblüfft zum Tisch des niederen Volks, am Gesicht des Sekretärs vorbei, das eifrig nickte zu den Worten seines Herrn, und ich sah nichts als zerlumpte Bauern und am unteren Ende des Tisches noch zerlumptere Knechte, die ihre wenigen Groschen versoffen und dabei offenbar über die Fruchtbarkeit des Viehs schwatzten, denn ich hörte eine rauhe Stimme, die vermeldete, daß Vetters Sau am Morgen elf Ferkel geworfen habe, worauf er, Vetter, eilends zum »Bären« gelaufen sei, um sich eine Flasche Branntwein anschreiben zu lassen. Ein Bauer an der Stirnseite des Tisches meinte darauf, daß er sich hüten würde, auf die Gasse zu laufen und hinauszutrompeten, daß seine Sau mit elfen oder mit zwölfen niedergekommen sei. So etwas, meinte er, müsse man hübsch fein für sich behalten. Und die anderen nickten zu diesem Spruch und sahen dabei durchaus nicht Parthiegängern irgendeines Feindes ähnlich.

»Wie ich höre«, sagte der Major in das peinliche Schweigen am Tische hinein, »parlieren die Bauern über ihre Säue und wie man mit ihnen verfahren soll.«

Und tatsächlich schwatzte jetzt ein Dritter von dem Umstand, daß ihm die Ferkel vom vorjährigen Wurf um ein Haar verreckt wären, wenn er sie nicht mit in sein Bett genommen hätte, weil es so fürchterlich kalt war und seiner Sau die Milch fehlte. Und ein Glück wäre gewesen, daß die Frau damals ebenfalls in den Wochen gelegen hatte und daß bei ihr hingegen die Milch im Überfluß vorhanden gewesen wäre, so daß es ihm gelungen war, die Ferkel aus dem Gröbsten herauszubringen.

Da ich noch immer am Gesicht des Sekretärs vorbeisah, bemerkte ich bei den letzten Worten des Bauern, wie es sich verzog und sich verwandelte auf eine erstaunliche Art. Es war vorher von einem grimmigen Ernst gewissermaßen in die Länge gezogen, jetzt fing es an zu grinsen, wurde zusehends breiter, und die Nase verkürzte sich ein wenig. Der Mund, ein akkurater Strich vorher, begann sich zu wölben. Rechts und links von ihm entstanden eine Unmenge Falten, und es schien, als lache der Sekretär, wenn dieses Lachen auch nicht so recht an die Oberfläche kommen wollte.

Er meinte, zu seinem Herrn gewandt: »Der Kerl von Bauer hat die Ferkel an den Brüsten seiner Frau genährt, Herr Geheimrat. Da sieht man's wieder, was einem Bauer sein Vieh wert ist. Lieber läßt er seine Kinder verhungern, weil er die im Gegensatz zu den Ferkeln nicht verkaufen kann.« Jetzt endlich lachte er meckernd, wobei seine Nase auf- und abwippte.

Der Geheimrat sah ihn abweisend und fast strafend an. »Schneider, Sie sollten besser achtgeben! Wer weiß, was dahinter steckt. So mancher Bauer sagt das eine und meint etwas ganz anderes.«

Und schon mutierte das Gesicht des Sekretärs erneut. Es fiel in sein vorheriges Aussehen zurück und zwar mit einer Plötzlichkeit, die mich erstaunte. Es wurde von einem Augenblick auf den anderen ebenso lang und grimmig wie vorher, der Mund wurde zu einem harten, schmalen Strich, und die Nase richtete sich steif auf, ebenso wie der Adamsapfel, der hervorsprang und achtsam in dieser Stellung verharrte. »Sehr wohl, Herr Geheimrat, es scheint tatsächlich hinter all dem etwas zu stecken.« Und er starrte mit eulenhaftem Blick zu dem Tisch des Bauern.

»Herr Major«, begann der Rat erneut und mit gesenkter Stimme, »ihre Argumentationes in Ehren, doch ich habe Ordre vom Herzog, die Sache unter Verschluß zu halten. Soviel will ich Ihnen sagen, daß unser Kriegszug von allerhöchster Stelle, das heißt vom Kaiser in Wien, angeordnet und erbeten wurde. Und noch etwas will ich Ihnen anvertrauen: Es geht gegen Meiningen und damit basta. Kein Wort mehr. Machen Sie sich einen Reim daraus. Es gibt nur eine Straße dorthin, und eine große Strategie ist in diesem Falle wohl nicht nötig.«

Er lehnte sich zurück, sah den Major beschwörend an und führte den Zahnstocher, mit dem er während seiner Worte dirigiert hatte, flugs zum Mund, um mit seiner Stocherei fortzufahren.

Da wurde es offenbar, und die Hacke bekam endlich einen Stiel. Wir beide, der Major und ich, waren so konsterniert, daß wir offenen Mundes den Geheimrat anstarrten, der seelenruhig in eben dem Moment einen Rest seines Bratens im Zahngehäuse gefunden hatte und ihn, offenbar mit Behagen, zerkleinerte und verzehrte. Und in meiner Confusion geschah es mir, Gott sei's geklagt, daß sich wie von selbst meine Rechte zu der halbgefüllten Schüssel begab, ein Stück Rindfleisch packte und es geschwind in den Mund schob. Als meine Zähne auf und niederfuhren, wurde mir bewußt, was ich tat, zumal alle drei, der Herr Geheime Rat, sein Sekretär und der Major, mir mit einem Mal entsetzt aufs Maul starrten.

Ich schrak zusammen und wollte alles rückgängig machen, aber es war schon zu spät, denn mein Gebiß hatte sich selbständig gemacht. Es kaute wacker drauflos und hatte mit meinem Kopf nichts mehr zu tun. Ähnlich mein Magen, der knurrend die Fleischbrocken erwartete. Ein Gedanke jagte allerdings den anderen, und schließlich raffte ich mich auf und sagte ganz ruhig, aber mit rotem Kopf, glaube ich: »Herr Geheimrat, ich bitte um Nachsicht für meine Aufführung, aber ich habe noch nicht zu Abend gespeist. Es waren der Dinge zuviel, die ich hinter mich bringen mußte. Ich will mich gern an den Kosten beteiligen, so es nötig ist und wenn Sie erlauben.«

Kreuzsakrament, dachte ich, als meine Rede beendet war, jetzt hast du dich vor dem Rat aufgeführt wie ein Schwein vor dem Trog. Er wird diese Fama in die Residenz schleppen als Beweis für das unmögliche Benehmen der Offiziers, und er wird sagen, daß sie nur ans Fressen und ans Saufen denken und im übrigen ihre Pflichten vergessen.

Alle drei glotzten mich noch immer an. Im Blick des Majors schien eine gewisse Hochachtung zu liegen, die beiden anderen hingegen waren entsetzt wegen meiner Kühnheit.

Der Geheimrat warf seinen Zahnstocher auf den Tisch. »Herr Leutnant, nach allem, was ich von Ihnen höre, rundet sich mein Bild. Doch es soll verziehen und vergessen sein. Von den Kosten brauchen Sie nicht zu sprechen. Wir befinden uns im Krieg, da geht alles aus einem Topf.«

Mit seiner ersten Bemerkung wollte er mich an meine Affäre erinnern. Schon stieg wieder die Wut in mir hoch, obwohl ich mich noch immer schämte. Aber ich hielt mich zurück und schwieg von nun an, als hätte ich die Sprache verloren.

Der Major aber kam hartnäckig auf den vorigen Gegenstand zurück. »Herr Geheimrat, was soll uns Meiningen. Die armen Schlucker haben nicht einmal einen richtigen Herzog und noch weniger eine Armee. Sie haben dort, soviel ich weiß, ein wenig Miliz, die aus Schustern und Schneidern und vielleicht noch aus Bartputzern besteht. Das wird kein

Krieg, Herr Geheimrat, sondern ein Spaziergang, der uns nichts einbringt.«

Der Rat wurde ärgerlich. »Ordre bleibt Ordre! Und unterschätzen Sie den Feind nicht, Herr Major! Die letzten Zeitungen vermelden, daß Meiningen mobilisiert. Aber nun entschuldigen Sie uns. Es ist Zeit, ans Bett zu denken. Morgen wird es einen schweren Tag geben.«

Du Halunke, dachte ich, du wirst mit deinem Sekretär in der Kalesche sitzen und schlafen, wärend die Pferde sich übers Gebirge quälen und die Soldaten sich durch den Schnee kämpfen müssen. Und bei der ersten Kugel wirst du retirieren bis nach Tambach und bis in den »Roten Hirsch« hinein. So wird es kommen.

Wir erhoben und verabschiedeten uns, der Major noch grimmiger als zuvor, und während wir voller Wut durch das Schankzimmer zur Tür stapften, wurde es wieder totenstill. Die Honoratioren saßen da, als seien sie erstarrt, und glotzten uns an, der Wirt hatte die Hand am Faßhahn und vergaß ihn aufzudrehn, derweilen er den Krug darunterhielt, das niedere Volk rechterhand glotzte ebenfalls, und wiederum waren es nur die Lichter, die sich bewegten, und das Drehen der Köpfe kam noch dazu, da wir zur Tür gingen und aller Augen uns verfolgten. Weiß Gott, dachte ich, als ich letzten Sommer in der Flur zu Siebeleben an den Schafen der Bauern vorüberritt, glotzte das Viehzeug genauso und drehte die Köpfe wie von einer Hand bewegt. Der Wirt an seinem Faß machte noch einen Bückling in unsere Richtung, das war das letzte, was ich sah, und schon waren wir auf der Straße.

»Kreuzsakrament und Schwerenot«, schrie der Major auf einmal los, »ich müßte doch verdammt sein, wenn ich mit meinen Völkern gegen die Meiningische Miliz zöge. Sie ist das Pulver nicht wert, das wir mitführen. Ich dachte, es sei ein ordentlicher Krieg, Leutnant. Was sagen Sie zu dieser Misere?«

»Ich bin schockiert, Herr Major. Aber vielleicht gelingt es uns, aus einem kleinen Krieg einen großen zu machen. Wer weiß, wer sich noch einmischt.«

Er blieb stehen, starrte mich an und schien zu überlegen, wer ich sei und woher ich käme. »Donnerwetter«, murmelte er, »da können Sie recht haben, mag sein. Der Herzog von Meiningen ist, soviel ich weiß, ein fataler Streithammel. Er hat wohl zeit seines Lebens in den Gerichten herumgesessen und immerfort Prozesse geführt. Das kann sich tatsächlich auswachsen zu einem kapitalen Feldzug. Nun, wollen wir zu Gott beten und ihn bitten, daß er uns einen schönen Krieg beschert. Die Völker können ihn gebrauchen und wir erst recht.«

Damit trennten wir uns, und jeder ging in sein Quartier. Ich sagte meinem Purschen, daß er mich in einer Stunde wecken solle, schlief auf der Stelle ein, und da träumte mir doch tatsächlich, ich sei an der Spitze der Völker in Meiningen einmarschiert und der General hätte mich auf dem Marktplatz zum Kapitain ernannt. Mein Pursche aber unterstand sich, mich weiterhin mit Leutnant anzureden. Ich gab ihm eine gewaltige Maulschelle und wachte darüber auf. Der Kerl war dabei, mich am Arm zu rütteln. »Herr Leutnant«, schrie er, »es ist Mitternacht. Der Tambour schlägt.« Verdammt, dachte ich, du bist doch noch nicht Kapitain. Aber so Gott will und aus dem kleinen einen großen Krieg macht, wirst du wohl die nötigen Meriten erwerben und das Kapitainspatent gewinnen.

IV. KAPITEL

Nun, ich warf mich geschwind in Rock und Hosen, befahl dem Purschen, er möge mir in Eile das Pferd satteln und die Bagage zurechtmachen, und während ich mir das Gesicht in einer Schüssel kalten Wassers wusch, stand schon der Quartierwirt mit einem Topf heißen Punsch hinter mir, den ich rasch hinunterschlürfte.

Ich war zerschlagen wie ein Hütehund, der den ganzen Tag auf seine Herde achtgegeben hatte, aber der Punsch, Gott sei's gedankt, ermunterte mich ein wenig.

Ich sagte dem Quartierwirt Dank und Lebewohl, bestieg das Pferd und hörte, wie der Tambour zum zweitenmal schlug. Daraufhin fingen die Hähne wie wild an zu krähen, und ein Rumoren erhob sich in den Quartieren, als käme ganz Tambach auf die Beine.

Ich ritt zum Pfarrhaus, um die nächste Ordre vom Oberstleutnant in Empfang zu nehmen, aber siehe da, mein oberster Kriegsherr saß noch im Bett. Sein Pursche hatte ihn zwar aufgerichtet, ich sah es durch die geöffnete Tür, aber ich sah auch, daß er Mühe hatte, etwas zu erkennen. Er stierte aus verquollenen Augen auf das flackernde Licht eines Kerzenleuchters und auf den Purschen, der flink herumfuhrwerkte und die Sachen des Oberstleutnants aufsammelte.

Ach Gott, dachte ich, welch seltsamer Anblick. Da sitzt der Chef aller drei Corps, der Inhaber des Supremats, wie der Herr Geheime Rat zu sagen beliebte, da sitzt er und weiß nicht, wo er sich befindet, und draußen sammeln sich die Völker und wissen auch nicht, was werden soll. Und du, der Adjutant, wartest hier auf die Ordre und stehst da wie ein Ölgötze, obwohl du doch weißt, daß der Oberstleutnant nichts weiß. Ein Grund, warum es gegen Meiningen gehen sollte, war durchaus nicht erkennbar, und während ich noch darüber nachdachte, was wohl der Herzog von Meiningen in seiner Halsstarrigkeit angestellt haben mochte, schrie der

Oberstleutnant, als sei er nun zu sich gekommen: »Wo bleibt der Wein, Gottlieb? Er soll mir augenblicklich den Wein bringen.«

Der Pursche schoß an mir vorüber, füllte in der Stube ein Glas und trug es schnell zu seinem Herrn, der es ohne Absetzen aussoff, woraufhin er aufstand, sich umblickte, mich in der Tür stehen sah, die Augen weit aufriß und mit Donnerstimme rief: »Leutnant Rauch, wo sind wir?«

»Wir sind in Tambach, Herr Oberstleutnant, der Tambour hat geschlagen.«

»In Tambach?« schrie er und riß die Augen noch weiter auf. Auf seiner Stirn erschienen Falten, und er überlegte angestrengt. »In Tambach sagt Ihr? Was wollen wir in Tambach?«

Er ging zwei Schritte auf mich zu, blieb aber mit einem Ruck stehen und schlug sich vor die Stirn. »Jetzt war ich doch, weiß Gott, ganz woanders, Leutnant. Mir träumte, ich sei General und ritte mit meinen Völkern in Nürnberg ein.« Er sah an sich herab und auf sein weißleinenes Nachthemd, wurde rot im Gesicht und schrie nach seiner Uniform. Sie lag neben dem Bett auf einem Stuhl. Der Pursche half ihm hinein, während ich noch immer in der Tür stand und ungerührt zusah, wie der Oberstleutnant Mühe hatte, in seine Hosen zu steigen.

Da sieh einer an, dachte ich, du träumst vom Kapitainspatent, der Oberstleutnant sieht sich als General, und dein Herzog, der sich in diesem Augenblick auf dem Friedenstein in seinem Himmelbett auf die andere Seite wälzt, wird wohl davon träumen, wie er in Wien zum Kaiser gekrönt wird. Auf diese Art wird die Zeitgeschichte bewegt, ohne daß sich in Wahrheit etwas ändert.

Ich trat einen Schritt in das Schlafzimmer, bat um Entschuldigung wegen der Störung und erkundigte mich nach der Ordre, da die Völker in wenigen Augenblicken bereit wären.

Die Miene des Oberstleutnant verfinsterte sich, er fuhr wütend in den rechten Stiefel, sodann in den linken, sprang hoch und stampfte heftig auf, um endgültig hineinzurutschen.

»Sie sollen Aufstellung nehmen und warten. Die Offiziers sollen vor mein Quartier kommen, und Sie, Herr Leutnant, sorgen dafür, daß die Flambeaus ausgeladen und verteilt werden!«

Ich machte auf der Stelle kehrt und wollte losmarschieren, aber justament in dem Augenblick brachte der Herr Pfarrer den Sekretär Schneider in die Stube. Er war schon in vollem Wichs, wieder mit seinen lila Röhrenhosen, die seine Beine so storchenhaft lang erscheinen ließen, und er stelzte herein wie ein Graf und trug einen Brief seines Herrn bei sich, worauf der Oberstleutnant mir befahl zu bleiben. Der Sekretär hingegen stolzierte, von dem finsteren Blick des Oberstleutnants verfolgt, wiederum hinaus, und erst, als sich die Tür hinter ihm schloß, erbrach der Oberstleutnant das Schreiben und las es. Ich hörte ihn murmeln: »Übers Gebirge ... Straße nach Nürnberg, aha«, machte er, und seine Miene begann, ihren finsteren Ausdruck zu verlieren, ja, sie wurde geradezu freundlich. »Dachte ich's mir doch«, murmelte er, »mein Traum hat mich nicht betrogen.« Und er las weiter: »durch Schmalkalden und hernach scharf laden.« Er hob den Kopf und sah mich an. Sein Gesicht wurde streng. »Leutnant Rauch, die Völker sollen sich fertig machen. Punkt ein Uhr ist Abmarsch, immer geradezu übers Gebirge auf Schmalkalden. Die Flambeaus anzünden zur Rechten und zur Linken, damit keiner von den Kerls desertiert.«

Oh Jammer, dachte ich, er denkt, es geht auf Nürnberg, und glaubt, er wird General.

Und wieder machte ich auf der Stelle kehrt und begab mich hinaus, um seine Anordnungen zu befolgen. Wenn er wüßte, dachte ich, daß es nur bis Meiningen geht, würde er gewiß in Tränen ausbrechen, da ein solcher Kriegszug nicht ausreicht, um General zu werden.

Kapitain schon, dachte ich, aber General niemals.

Kaum war ich zwanzig Schritte geritten, als ich erfuhr, daß vom Erbprinz Friedrich drei Kerls verschwunden waren. Der Unteroffizier Helbig von den Grenadieren stand da und zitterte wie Espenlaub, als er mir diese fatale Meldung überbrachte. Die drei Grenadiers hätten sich eine Stunde vor Mitternacht unter Zurücklassung ihrer Unter- und Obergewehre aus dem Quartier entfernt und seien nicht mehr aufzufinden.

Ich fing an zu fluchen wie ein Türke, denn wenn auch der Grenadier nur ein gemeiner Soldat ist, so gehört er doch zu den ausgewählten Kerls, die bei gefährlichen Aktionen gebraucht werden. Es sind gemeinhin die stärksten und dauerhaftesten Leute, um die man sehr besorgt sein muß. Ich warf dem Unteroffizier vor, seinen Dienst vernachlässigt zu haben, und befahl ihm, dem Kapitain Rupprecht umgehend Meldung zu erstatten, sowie den Quartierwirt aufs schärfste zu verhören.

Ich mußte mich wundern über den Mut der drei Deserteurs, die bei ihrer Ergreifung mit der Todesstrafe rechnen mußten, da wir uns auf dem Kriegszug befanden. Aber sie glaubten offenbar, daß die umliegenden Wälder ihnen genügend Schutz geben würden.

Die Völker marschierten Schlag ein Uhr aus Tambach. Es war so stockfinster, daß man nicht einmal die Leute sah, die in den Fenstern hingen und uns nachsahen. Ich hörte nur, daß sie einander zuriefen und sich freuten, weil wir weiterzogen. Dabei hätten sie sich ärgern sollen, denn wo Soldaten und Offiziers liegen, kommt Geld unter die Leute, und die Geschäfte nehmen sogleich einen Aufschwung. Das hatten sie offenbar nicht bedacht.

Nur der Wirt zum »Roten Hirsch«, der es sich nicht nehmen ließ, den Geheimrat samt seinem Sekretär mit einem

Windlicht zur Kalesche zu begleiten, war offenbar traurig über den kurzen Aufenthalt seiner Gäste. Ich hörte, wie er um sie herumflattierte, wie er liebedienerte, allen beiden eine gute Reise wünschte und zu guter Letzt versicherte, stets mit Bett und Tisch und Keller zur Verfügung zu stehn, so es den Herrn gefiele, erneut einzukehren. Und dabei machte er im Dunkeln Kratzfüße, das Windlicht in der Linken und noch immer angetan mit seiner weißen Schürze, die im Winde flatterte.

Der Wind war schneidend kalt und wehte vom Osten. Unser Weg stieg hinter Tambach steil an und war voller Schnee mit tiefen Rinnen vom Wasser und von den Holzfuhrwerken. Zwar wurde schnell losmarschiert, aber kaum war das Volk auf dem steilen Weg, stockte alles, und es war, als krieche eine Schnecke auf den Berg.

Da zog sich das Kommando derart in die Länge, daß Anfang und Ende nicht abzusehen waren. Es war dunkel wie in einem Pferdehintern, nur die Flambeaus loderten gleich Irrlichtern in der Nacht. Rechts und links stand der schwarze, schweigende Wald, mit weißen, gespenstischen Flecken versehen. Der Flüche waren kein Ende, Pferd und Soldat keuchten, und so zogen wir mühsam immer höher und höher, wo der Wind noch schneidender und kälter wurde.

Da hättet ihr sehen sollen, wie alles noch weiter auseinanderriß. Als ich oben auf der Höhe war, das schweißnasse Pferd dampfte unter mir, wandte ich mich um und sah die Flambeaus auf dem Weg umhertaumeln, als seien Betrunkene mit ihnen unterwegs, die unentwegt Flüche in den Wald schrien. Der aber stand ungerührt und wie eine Mauer rechter- und linkerhand vom Weg.

Es wurde befohlen, auf der Höhe zu halten, damit das Kommando sich sammeln konnte. Die Packknechte mit dem Troß hatten es am schwersten, auch die Kanoniere mit ihren Geschützen. Das war ein Geschiebe und Geschnaufe, untermalt von allen Donnerwettern, deren diese Kerls fähig waren. Und sie waren, wie mir ganz deutlich in die Ohren geriet, zu Ausdrücken imstande, die mich förmlich erstaunten und mir fast Angst machten. So schrie einer der Packknechte, daß er lieber dem Teufel in den Arsch kriechen, als noch einmal einen solchen Berg erklimmen wolle, und dabei schlug er die Pferde zum Gotterbarmen.

Einer der Kanoniere, ich konnte ihn in der Dunkelheit nicht ausmachen und fassen, schrie so laut, daß es alle hörten: »Sakrament und Teufel auch, für nichts und wieder nichts rackern wir uns ab, damit die Herren Offiziers ihren Spaß haben und wieder einmal eine Kugel pfeifen hören. Der Teufel soll sie holen. Sie reiten vorneweg, damit sie um so schneller in der Schenke sitzen.«

Während ich heranritt, um den Halunken aufzufinden, schrie weiter hinten ein anderer, daß er bei nächstbester Gelegenheit den Kram hinschmeißen wolle. Wenn er zuhause den Schweinstreiber mache, dann wisse er wenigstens, daß die Sache einen Nutzen habe. »Hier«, so rief er, »greif ich in die Speichen, schinde mich ab und weiß nicht einmal, wohin die Räder rollen und wofür.«

Unter den Kanonieren gab es keinen, der widersprach. Nur der Stückjunker Seebach brüllte dazwischen, daß keiner räsonieren soll, sonst wolle er ihm die Löffel langziehn, daß er am Ende aussähe wie ein Karnickel.

Ich stellte den Fähnrich Seebach zur Rede und fragte ihn, wer die beiden Übeltäter wären. Zuerst erschrak er, als ich neben ihm auftauchte, doch dann faßte er sich und meinte, daß er nicht wisse, wer da räsoniert habe. »Herr Leutnant«, sagte er, »sie fahren manchmal grobes Geschütz auf, aber in Wahrheit ist es nicht so gemeint. Wenn es ans Schießen geht, Herr Leutnant, kann ich mich auf die Kerls verlassen.«

Nun geschah etwas, wodurch meine Aufmerksamkeit gewaltig abgelenkt wurde. Hinter den Geschützen fuhr die

Kalesche mit dem Geheimrat und dem Sekretär. Der Mußjöh hätte einen schwereren Wagen wählen sollen, denn wenn er selbst auch gewichtig genug war, so war doch der Wagen zu leicht und wurde von den vier Pferden an der letzten Steile aus der Fahrspur gezogen.

Kurz gesagt, der Kutscher drosch auf die Gäule ein, die zogen gewaltig an und warfen das Gefährt auf der Stelle um.

Als ich herankam und die Bescherung sah, hätte ich mich ausschütten können vor Lachen. Der dicke Geheimrat lag auf dem hageren Sekretär und schimpfte schnaufend auf den Kutscher, während er sich vergebens abmühte, hochzukommen. Der Sekretär hingegen ertrug geduldig und schweigend das Gewicht seines Herrn. Einige Kerls eilten mit Flambeaus herbei, und so trat allen das dramatische Bild deutlich vor Augen.

Der Rat kam endlich mit Hilfe seines Kutschers hoch, schimpfte immer weiter und trampelte unterdessen auf dem Sekretär herum, da er doch anders nicht herauskommen konnte. Ich glaubte, der Sekretär sei schon tot, weil er nichts von sich hören ließ, doch dann hörte ich ihn ächzen. Mein Gott, dachte ich, der Hofdienst ist so leicht nicht, wenn man das Gewicht seines Vorgesetzten ohne Murren und Widerspruch ertragen muß und hin und wieder nur ein Stöhnen von sich geben darf.

Der Sekretär wurde schließlich herausgezogen, ein bleiches, schlotterndes Gespenst im flackernden Schein der Flambeaus, das mit trüben Augen in die Runde sah und zu husten und zu spucken anfing, woraufhin, wie mir schien, sich der Schnee ein wenig rot färbte.

Der Geheimrat wird ihm wohl die Rippen zertreten haben, ganz gewiß aber hat er ihm das Rückgrat durchgebogen, dachte ich.

Die Kalesche wurde aufgerichtet. Sie hatte im Gegensatz zum Sekretär das Unglück gut überstanden. So konnten wir, dem Himmel sei Dank, das erste Opfer des Krieges verzeichnen, ohne Schuß zwar, aber mit ein wenig Blut immerhin. Ich ritt sehr befriedigt zur Spitze des Kommandos, um dem Major von Benneckendorff diese frohe Nachricht brühwarm zu überbringen.

V. KAPITEL

Nun, wir waren ein Uhr losmarschiert und mochten für die halbe Meile bis zum Rennweg wohl vier Stunden gebraucht haben. An der Ausspanne am Rennweg sammelte sich das Kommando im schärfsten Oststurm, der durch den Wald fuhr wie die wilde Jagd. Nebelfetzen jagten über den Kamm des Gebirges, es sauste und krachte im Gehölz, der weiße Atem wurde von den Mäulern der Pferde und der Kerls gerissen, und alles fror auf eine Art, daß man es zittern und klappern hörte. Die Flambeaus erloschen im Sturm, keiner sah den anderen, und mir schien fast, als heulten Wölfe, wenn der Sturm für einen Augenblick stockte, um aufs neue Atem zu schöpfen.

Die Offiziers sammelten sich in der Ausspanne, wo ein verschlafener und mürrischer Wirt widerwillig Branntwein und Bier auf den langen Tisch stellte und ein ebenso verschlafenes Weibsbild sich am Ofen zu schaffen machte, der ewig nicht brennen wollte wegen des Sturms. Immer dann, wenn die Tür aufschlug und ein Offizier hereinkam, fuhr die Flamme aus dem Ofenloch und warf Funken auf die Dielen.

Ich trank im Stehen zwei Branntwein, ebenso der Major von Benneckendorff.

Der Oberstleutnant von Goldacker saß am Tisch, sah auf eine Karte, soff zwischendurch von seinem Wein und meinte zu mir, nachdem er lange genug gesucht und studiert, daß wir bei Tagesanbruch beim hessischen Dorf Flohe anlangen müßten, es sei nicht mehr als eine Meile.

Der Kapitain Rupprecht setzte seinen Bierkrug ab und sagte seelenruhig, daß er es besser fände zu warten, bis sich der Sturm gelegt habe, das Volk würde sonst hinweggeweht und womöglich bei Finsterbergen wieder herauskommen, wenn es nicht vorher von den Wölfen gefressen würde.

Der Major von Voß soff wütend seinen Branntwein und rief, daß es gleich sei, wo das Volk hingeweht würde, da sowieso keiner wisse, wo es hingehen solle.

»Ich sage Ihnen doch, Herr Major«, schrie der Oberstleutnant und rappte dabei seinen Schafspelz zusammen, »daß es nach Flohe geht und weiter auf Schmalkalden. Marsch, marsch, immer weiter, die Herren. Und ich verbitte mir Ihr renitentes Gebaren, Herr Major. Sie aber, Herr Kapitain, sorgen Sie lieber dafür, daß Ihre Deserteurs eingefangen werden, und räsonieren Sie nicht gegen die Ordre.«

In diesem Augenblick wurde der Sekretär Schneider mehr hereingetragen als geführt. Er war totenblaß und hustete von der Tür bis zur Bank, auf die man ihn legte.

Meine Neuigkeit hatte längst die Runde gemacht, und die Offiziers begannen zu lachen, als sie das Gespenst von einem Sekretär sahen. Er war nur noch ein Schatten seiner selbst.

Der von Witzleben hob sein Glas und sagte laut in das Gelächter hinein: »Auf Euer Wohl, Herr Sekretär, und damit auf das Wohl des ersten Blessierten dieses ominösen Krieges. Schade, daß es ein Zivilist ist oder vielmehr: gut, daß es einer ist.« Und er soff den Branntwein, leckte sich die Lippen, rappte seinen Mantel zusammen und marschierte hinaus, gefolgt von den anderen.

Wie hatte Benneckendorff gesagt? Gott behüte uns, wenn es stürmt oder schneit. Wahrhaftig, er hatte recht.

Ich machte mich an den Wirt heran und fragte ihn, ob es Wölfe gäbe auf dem Gebirge. Er sah mich mürrisch an und antwortete, ja, es sei der Fall, besonders in diesem Winter. Sie wären um die Jahreswende sogar bis an die Ausspanne gekommen und hätten ihm seinen besten Hund zerrissen. Es sei ein großer Hund gewesen, wegen dem Räubervolk, aber der Wölfe wären zu viele geworden. Nur die Knochen seien übrig gewesen.

Der Major von Benneckendorff war unterdes herangetreten und hatte die Worte des Wirts gehört.

»Ihr lügt, Alter«, rief er, »es mögen verwilderte Hunde sein, aber keine Wölfe.«

Der Wirt wurde zornrot im Gesicht. »Wollt Ihr mich beleidigen, Herr Offizier? Mein Hund hat zwei von ihnen totgebissen, bevor die anderen über ihn hergefallen sind. Ich will Euch die Felle zeigen.«

Damit verschwand er in den hinteren Teil des Hauses und kam bald darauf mit zwei riesigen Fellen zurück, die er wütend auf den Tisch warf, worauf der Oberstleutnant erschrocken zurückfuhr. Tatsächlich, es waren Wolfsfelle mit schwärzlich-graugelbem Haar, die der Major dem Wirt sofort abkaufen wollte. Der Alte aber wehrte ab. »Ums Verrecken nicht verkauf ich die«, sagte er, »und wenn sie mir Taler noch und noch bieten.« Und er packte die Felle, zog sie vom Tisch und trug sie geschwind wieder davon.

»Ein widerborstiger Patron«, knurrte der Major und trank sein Glas leer, »widerborstig und hoffärtig, dabei sind es Hungerleider und könnten jeden Groschen gebrauchen.«

»Je ärmer, um so stolzer!« stimmte ich ihm bei und trank ebenfalls aus.

Die Völker kamen jetzt trotz des Sturms besser voran, weil es keine Steigungen mehr gab und der Weg eher ein wenig abfiel. So erreichten wir tatsächlich bei Tagesanbruch das Dorf Flohe, das aber nur aus einigen elenden Holzhütten bestand. Wir sahen die geduckten Behausungen aus dem Nebel auftauchen. Die Bewohner waren wohl eben erwacht und wurden von unserem tapferen Kommando auf eine Weise überrascht, die ihnen sicher noch lange im Gedächtnis bleiben wird. Unsere Völker stürzten sich nämlich als erstes auf die Holzvorräte, die als Pyramiden an jeder Hütte gestapelt waren. Sie rissen sie auseinander und fingen an zu biwakieren, da eine Marschpause befohlen war.

Kaum brannten die ersten Feuer, da fing das Geschrei an. Die alten Weiber kamen aus den Hütten gerannt, angetan mit Wolltüchern und flatternden Röcken, und jammerten um ihr Holz, das sie im Sommer akkurat aufgestapelt hatten. Die Männer, verwitterte Gestalten, die alten Baumstämmen glichen, standen reglos in den Türen und sahen mit offenen Mäulern dem Treiben zu. Endlich packte sie die Wut, was ihnen aber auch nichts half.

Einer von ihnen ließ seine zwei Hunde los, als die Musketiers begannen, seinen Zaun niederzureißen, um dem Feuer etwas nachzuhelfen. Ein anderer lief auf den Hof und packte die Axt, als zwei Kanoniers eine Henne fingen und ihr den Kopf abschnitten.

Von den zwei Hunden wurde einer erschlagen. Der andere hing einem Musketier am Oberschenkel und wollte partout nicht mehr loslassen. Da erstach ihn ein zweiter Musketier. Die zwei Kanoniere konnten der Axt des Holzfällers, oder was es war, gerade noch ausweichen und brachen ihm den Arm, bevor er wiedrum zuschlagen konnte.

Die Unteroffiziers hetzten hin und her, um weitere Tumulte zu verhüten, aber alle Mannschaften waren so desperat von der Kälte, dem Sturm und den Mühen der vergangenen Nacht, daß sie am Ende ebenso wie die Offiziers hilflos zusahen, wie weiterhin das Holz verbrannte und Hühner geschlachtet wurden.

Da hättet ihr hören sollen, was die Waldleute in ihrem Kauderwelsch den Kerls alles in die Ohren schrien. Das geringste war noch, daß sie der ganzen Armee die Pest an den Hals wünschten. Ein Schafhirt, der sich mit seinen Hunden umgeben hatte, so daß sich keiner an ihn herantraute, schrie, sie sollten mit allen Teufeln in die Hölle fahren, wenn es zum ersten Treffen käme. Die Verwünschungen nahmen kein Ende, bis schließlich nach einer starken Stunde das Volk weiterzog. Da sah es aus, als verließen sie das erste Schlachtfeld dieses Krieges, da es hinter ihnen noch immer brannte und rauchte, und da der weiße Schnee mit dem Blut geschlachteter Tiere befleckt war.

Wir machten uns auf die Socken, begleitet von den Flüchen der Einwohner und dem wütenden Bellen ihrer Hunde, und kamen nun schnell voran, da durch die Marschpause die

Stimmung ein wenig gehoben war und der Weg immer mehr abfiel zur Stadt Schmalkalden.

Noch vor den Mauern der Stadt kam der Befehl vom Oberstleutnant an die Offiziers, keinerlei Übergriffe zu dulden. Die Stadt wäre hessisch und hätte mit dem Krieg nichts zu tun.

Als wir ans Tor kamen, das geöffnet war, standen die Stadtsoldaten rechter- und linkerhand und salutierten. Es waren trübe Gestalten, die aussahen, als ob sie sich nur mit Mühe auf den Beinen halten konnten.

Wir zogen, um uns ein reputierliches Ansehen zu geben, mit klingendem Spiel durch die Stadt, die Pfeifer und Trommler bliesen und schlugen, was das Zeug hielt, so daß es von den Häusern widerhallte und die Leute wie angewurzelt stehenblieben und uns anstarrten. Die Kinder aber rannten nebenher und pfiffen mit den Musikanten um die Wette.

Schmalkalden, das muß ich sagen, ist eine ansehnliche Stadt, die für ihr vorzügliches Bier berühmt ist. Als wir an Stadtkirche und Rathaus vorüberzogen, begab sich der Oberstleutnant samt dem Mußjöh Buddens in den Ratskeller, und der Herr von Goldacker teilte mir mit, daß sachte weitermarschiert, aber hinter der Stadt angehalten und scharf geladen werden solle. Er wolle inzwischen ein kleines Frühstück einnehmen, um sich für den Tag, der recht stramm werden könne, ein wenig zu stärken. Ich solle, wenn scharf geladen sei, Rapport geben. Nun, was ein kleines Frühstück war in den Augen des Oberstleutnant und erst recht in denen des Zivilisten Buddens, das wußte ich schon. Was aber sachte marschieren heißen sollte, das wußte ich nicht und ging mir ab. Sachte fortmarschieren? Der liebe Gott allein wußte, warum, aber offenbar geschah es nur, um unseren beiden Suprematinhabern genügend Zeit für ihr kleines Frühstück zu lassen.

Wir marschierten also, immer noch mit Pfeifen und Trommeln, durch das untere Tor, wo die kümmerliche Stadtmiliz stand und heroisch salutierte. Hinter uns atmeten die Stadtbewohner auf, da man sie nicht gerupft hatte, und auf halbem Wege zwischen der Stadt Schmalkalden und Mittelschmalkalden ließ ich anhalten und scharf laden. Da hättet ihr sehen sollen, wie Soldaten und Offiziers tuschelten und in Aufregung gerieten. Die Offiziers liefen gleich strammer und gewichtiger daher, ihre Mienen wurden strenger und die der Völker unruhiger.

Alles stand still und hantierte an den Waffen. Die Grenadiers öffneten ihre Patrontaschen und erhielten für die hölzernen Granaten jeweils drei gefüllte eiserne. Auch bekamen sie Befehl, die Lunte in Bereitschaft zu halten. Da stand nun das Kommando und glotzte in die Gegend, wo wohl der Feind sei. Aber da war keiner. Nur ein Bauernkarren kam von Mittelschmalkalden her und hatte Mühe, an den Völkern vorbeizukommen. Der Fuhrmann wurde zu guter Letzt ganz rabiat und schlug seinen Gaul, der doch gar nichts dafür konnte.

Ich ritt flugs zurück und stieg vorm Ratskeller vom Pferd. Ach Gott, der Sekretär hatte sich an den Tisch der hohen Herrn begeben und war offenbar wieder ein wenig beieinander. Ich hatte Hunger wie ein Wolf und sah das kleine Frühstück auf dem Tische stehen. Nun ja, ich rapportierte, das rechte Auge auf den Oberstleutnant gerichtet und das linke auf die Teller der Herren, und der Herr Oberstleutnant war daraufhin so gnädig, mich an den Tisch zu bitten und zu einer Hühnerkeule einzuladen sowie zu einem Humpen Schmalkaldischen Biers. Da stand ich freilich zwischen Baum und Borke, denn draußen standen die Völker in der Kälte und im Wind und glotzten vergeblich nach dem Feind. Es kam mir sauer an, der ich ein einfacher und ehrlicher Kriegsmann war, sie allein zu lassen und mich statt dessen zu Tische zu begeben. Ich wagte das dem Herrn Oberstleutnant anzudeuten, aber er fuhr mir unwirsch übers Maul und meinte, daß ein Soldat das Warten lernen muß wie das Vaterunser und das, ohne zu murren. Wenn es heißt stillstehen, so muß alles stillstehen, selbst wenn es drei Tage und drei Nächte dauert.

Ich schwieg daraufhin, setzte mich, aß eine Keule und danach noch einen fetten Stiez, soff aus dem Humpen, dachte: Bier und Barmherzigkeit sind zwei schöne Sachen, und ich hörte mit großer Verwunderung den Ergüssen zu, die an diesem Tisch stattfanden.

Der Geheimrat schien seine Rede, als ich an den Tisch getreten war, unterbrochen zu haben. Als ich endlich saß, fuhr er nämlich mitten im Satz fort, und das hörte sich so an: »in die Pfanne, Herr Oberstleutnant von Goldacker, und beachten Sie wohl, daß es kauern muß und nicht älter sein darf als vierzehn Tage, und der Ofen, Herr Oberstleutnant, muß höllisch heiß sein, die Köchin aber muß dazu angehalten werden, immerfort zu gießen, an die zwei Stunden muß sie es begießen, so daß es eine schöne braune Farbe annimmt. Und wissen Sie auch, Herr von Goldacker, daß die Sauce durchaus nicht ohne Zitronensaft auskommen kann?«

»Was Sie nicht sagen, Herr Geheimrat? Wer hätte das gedacht? Aber der Zitronensaft soll ja der sauersten einer sein?«

»Das ist schon wahr, Herr von Goldacker. Aber gerade deswegen doch, verstehen Sie? Er gibt der Sauce eine sonderbare Schärfe, die sehr reizvoll ist und den Appetit auf die angenehmste Weise anregt.«

»Tatsächlich, Herr Geheimrat?«

»Wenn ich es Ihnen sage, Herr Oberstleutnant. Und das Schwein, so klein es auch ist, macht eine vorzügliche Figur, wenn es hernach kauernder Weise auf den Tisch kommt. Sie können, beachten sie wohl, an die acht Personen bewirten, und alle werden voll sein wie die Maltersäcke und Nase und Messer an einem Ärmel wischen.«

»Nun ja«, brummte daraufhin der Oberstleutnant, »das

mag alles sein, Herr Geheimrat, doch wie ich Ihnen schon sagte, meine Welt ist das Geflügel und das Wild.«

»Gut, gut, Herr Oberstleutnant, es gibt darunter exquisite Sachen, das will ich Ihnen zugestehn, doch meinen Sie nicht auch, daß manches so trocken und so zäh ist wie eine alte Schuhsohle?«

Ich saß neben dem Sekretär, der vor sich hinfraß, und starrte an die gewölbte Decke, über den Humpen hinweg, den ich aussoff und der wie meine Augen zur Decke zielte. Gott, dachte ich und leckte den letzten Tropfen, es wird eine Freß- und Sauftour werden, aber kein Kriegszug, der dir das Kapitainspatent einbringen wird. Und ich hatte eine Wut wie lange nicht mehr, während noch immer die allerzierlichsten Worte von der einen Seite des Tisches zur anderen flogen. Ich hörte was von gedämpften und gebratenen Wachteln sowie von dem Umstand, daß bei Lerchen einige Wacholderbeeren durchaus nicht fehlen dürften und Schnabel und Magen zum Verspeisen nicht geeignet wären.

Gottsdonner, dachte ich, während der Sekretär neben mir seine Augen rollte und einige Seufzer hören ließ, als von den Wachteln die Rede war, Gottsdonner auch, hinter der Stadt stehen meine braven Soldaten und warten und sind begierig auf den Feind, und an diesem Tisch wird geschlachtet und geröstet, daß einem das Wasser gleich eimerweise im Maule zusammenläuft. Die Völker würden, könnten sie diese Unterhaltung vernehmen, so desperat wie dreitausend Teufel auf einem Haufen.

Da konnte ich's nicht mehr leiden, wischte mir übers Maul und erhob mich, sachte freilich, weil es sich wohl nicht ziemte, vor dem Oberstleutnant die Tafel zu verlassen. Der sah mich denn auch starr an, während der Geheimrat erstaunte Blicke um sich warf, weil er mit seiner Schnurre, die er offenbar schon hatte, nicht so schnell zurechtkam.

»Mit Verlaub, Herr Oberstleutnant, doch ich muß zu den

Völkern und bitte um die Ordre, da sie noch immer stehen und warten wie die Ochsen vor dem Tor.«

Der Oberstleutnant runzelte die Stirn, während sich der Geheimrat einen Ruck gab und mich fixierte. Er kniff die winzigen Augen noch mehr zusammen. »Wo Rauch ist, ist auch Feuer«, meinte er und lachte durch die Fistel. »Der junge Mann tut seinem Namen alle Ehre und ist voller Eifer. Aber blinder Eifer schadet nur. Setzen Sie sich, Herr Leutnant Rauch, und werden Sie ruhiger.«

Ich spürte, wie mir die Galle überlief. Diese Hofwanze, die da dicken Leibes vor mir saß und solch greuliche Reden führte, hätte ich an das nächste Scheunentor nageln können. Was wollte der verdammte Zivilist von mir? Hatte er mir etwas zu befehlen? Das Blut stieg mir zu Kopfe, und Schweißtropfen traten mir auf die Stirn, da ich mich anstrengen mußte, ihm nicht die Nase zu zerschmettern.

Ich setzte mich nicht und versuchte unterdes meine Wut zu bändigen. »Herr Geheimrat, das Supremat hat der Herr Oberstleutnant. Er ist mein Ober-Offizier, und ihm will ich gehorchen.«

Ich sagte dies, es war ein großes Wunder, ganz ruhig und gefaßt. Ich dachte im gleichen Augenblick: Zum Teufel auch, wie hast du dich doch in der Gewalt. Einem anderen hättest du den Degen in den Leib gestoßen. Bist du schon so lammfromm geworden, daß du alles über dich ergehen läßt? Wie sich doch ein Mensch schmiegen und biegen kann. Und ich sah auf den Sekretär und auf seinen hageren, gelenkigen und geduldigen Leib. Der hat seine Lektion schon gelernt, und du bist nahe dran, ihm zu folgen, wenn es so weitergeht.

Und ich blieb stehen und sah zum Oberstleutnant, der noch immer die Stirn runzelte und mich mißbilligend anstarrte.

»Herr Leutnant Rauch, setzen Sie sich und hören Sie die Ordre. Ich will Ihren Eifer achten, aber vergessen Sie dabei nicht den Anstand und die Achtung Ihrem Herren gegenüber.«

Ich setzte mich und dachte: Entschuldigen wirst du dich nicht. Wo Rauch ist, da ist auch Feuer ... Dieser fette, jämmerliche Zivilist, der in Schweinsgerichten schwelgt und an Saucen denkt, hat diesmal ein wahres Wort gesagt, dem ich Ehre einlegen will.

Der Oberstleutnant erwartete wohl, daß ich etwas sagte, doch das tat ich ums Verrecken nicht, und so zog er einen Brief aus der Tasche und übergab ihn mir.

»Hören Sie, Herr Leutnant, dieses Schreiben übergeben Sie dem Major von Benneckendorff. Er soll es vorweisen, wenn die Garde, die die Vorhut bildet, aufgehalten wird. Die drei Kommandos marschieren hundert Schritt voneinander separiert durch Mittel- und Niederschmalkalden und sodann auf Meiningen. Hören Sie, Herr Leutnant!« Er sah mich beschwörend an. »Es geht gegen Meiningen, leider geht es nur gegen Meiningen. Ich bedaure das ebenso, wie Sie es sicher bedauern werden, aber so Gott will, bleibt es nicht dabei.« Er lehnte sich zurück, zog seine silberne Taschenuhr heraus, hielt sie weit von sich ab und schrie erstaunt: »Ist es möglich? Die Uhr zeigt die zehnte Stunde! Herr Leutnant, sputen Sie sich. Der Tag ist um fünf zu Ende, und es wird dunkel. Bis Meiningen sind es wieviel Meilen?«

»Zweieinhalb starke Meilen sind es gewiß, Herr Oberstleutnant.«

»Das geht ja. Es soll aber dennoch geschwind marschiert werden. Ich will nicht noch einmal in einer trostlosen Ausspanne campieren, sondern diesmal im herzoglichen Palais in Meiningen. Also reiten Sie und überbringen Sie den Herrn Offiziers meine guten Wünsche für den Marsch.«

Ich stand schon, hielt den Brief in der Hand, salutierte und stiefelte hinaus. Das wird ein Scharmützel geben, dachte ich. Weder Fisch noch Fleisch, noch Saft, noch Kraft. Als ich die Tür aufriß und noch einmal zum Tisch sah, sprang der

Sekretär gerade hoch wie eine Elster, und der Rat schraubte mühsam seinen Füllwanst vom Stuhl, während der Oberstleutnant bereits stand und tapfere Blicke um sich warf.

Ich schwang mich aufs Pferd und dachte: Verdammte Fresserei und Sauferei, sie wird das Kommando noch ins Verderben stürzen. Und wie ich dem Gaul die Sporen gab und losritt, sah ich auch noch die Troßweiber und Marketender, die durch die Stadt zogen und Viktualien aufkauften. Auch der Huren wurde ich gewahr, die sich offenbar an unser Kommando hängen und die Soldaten ausnehmen wollten, stadtbekannte Huren, die in Gotha immerfort um unsere braven Soldaten herumscharwenzelten. Es geschah mir tatsächlich, daß eine jener blauäugigen Cousinchen mir eine Kußhand zuwarf. Schwach entsann ich mich ihrer Larve und galoppierte mit abgewandtem Gesicht, als hätte ich sie nicht bemerkt, flugs vorüber. Wie waren diese Weibsbilder so schnell übers Gebirge gekommen, und wie konnten sie so schnell wissen, wo es hinging? Diese Menscher schlugen aber auch nach jedem Speck mit ihren Tatzen!

Voller Zorn ritt ich aus der Stadt und sah die Völker schon von weitem. Sie hatten es sich inzwischen bequem gemacht, und ein Teil von ihnen war sogar geduldig in den Schlaf gesunken. Feuer rauchten, und die Offiziers standen zusammen und ließen eine Flasche immer rundherum gehen. Zwischen der Stadt Schmalkalden und dem Kommando war bereits ein schwunghafter Handel im Gange, der offenbar für beide Teile von Nutzen war.

Ich rasselte meine Ordre herunter, übergab dem Major den Brief vom Oberstleutnant und teilte den Offiziers mit, daß es gegen Meiningen gehen würde. Da hättet ihr sehen sollen, welch Gelächter sich erhob.

»Ach Gott«, schrie der von Witzleben, »da bin ich nächste Woche wieder bei meinem Weib. Ich dachte schon, ich wäre zumindest für ein halbes Jahr frei wie ein Vogel.«

Der Major von Voß setzte ein trübsinniges Gesicht auf und meinte: »Nun, man muß es nehmen, wie es kommt. Ist es kein großer Krieg, so muß man mit einem kleinen zufrieden sein ... Ich will mir abgewöhnen zu räsonieren, ähnlich dem Ackersmann, der dem Hagelschlag zusieht und weiß, daß er nichts dagegen tun kann.«

Aber als er aufgesessen war, schrie er wütend: »Zum Teufel, dennoch woll'n wir beuten gehn! Ich will wissen, wie der Brei gesalzen ist!«

Im gleichen Augenblick schlug der Tambour, die Soldaten schreckten aus dem Schlaf und formierten sich, und schon hörte man vereinzelte Rufe, daß es gegen Meiningen ginge.

»Was sollen wir in Meiningen«, rief ein Kanonier, »dort sterben selbst die Mäuse aus Mangel an Fourage. Mein Schwager lebt in Schwallungen und hat nicht einmal das tägliche Brot für seine Plagen.«

Und ein anderer antwortete darauf: »Wir werden unsere Tage mit Elend zubringen, was denn sonst. Die Not wird uns angreifen. Im Meiningischen gibt es nur öde Orte, wo die Bauern das Gras fressen.«

Und ein Grenadier von der Garde rief zurück: »Wenn es nichts zu holen gibt, warum marschieren wir dann? Laßt uns umkehren, solange noch Zeit ist. Es ist keine Schande, gut laufen zu können. Vor dem Elend ist genausogut laufen wie vor dem Feind.«

Und so entstand ein großes Gelächter von vorn bis hinten, und wir, die Offiziers, konnten nichts anderes tun als in das Lachen einzustimmen. Auf diese Art und Weise war gute Laune unter den Völkern, und wir zogen stracks durch Mittelschmalkalden, mit geladenem Gewehr allesamt und ohne einen Feind zu erblicken.

VI. KAPITEL

So marschierten wir fort, die Garde zu Pferde vorneweg. Aber kaum verließen wir Mittelschmalkalden, da sahen wir die Bescherung.

Vor Niederschmalkalden nämlich hatte sich feindliches Volk postiert. Es stand auf einem Haufen vor dem Dorf, rührte sich nicht und starrte uns entgegen. In dem Maße, wie wir uns näherten, breitete sich Ruhe aus im Kommando. Das Gelächter erstarb, alles Reden verstummte mitten im Satz, die Augen waren auf den Feind gerichtet, und es wurde totenstill, nur die Geschirre und Sporen klapperten, und die Pferde schnauften zuweilen.

Das feindliche Volk vor uns schlug die Gewehre an, und wir sahen, daß es meiningische Landmiliz war, alte Kerls mit totenblassen Gesichtern, abgelebte Großväter fast, die eigentlich hinter ihren Öfen sitzen sollten, aber, wie die Sache nun einmal stand, vom Heroismus angestachelt, sich vor dem Dorf Niederschmalkalden postiert hatten und anscheinend dem Befehl folgten, nicht zu weichen.

Da war guter Rat teuer. Als sie anlegten, sah ich, wie die Gesichter derer Kerls von der Garde sich veränderten. Der Major von Benneckendorff ritt vorneweg. Bei ihm zuckte kein Muskel. Er gab sich ein grimmig-ernstes Aussehen, aber die Gesichter der anderen machten allerlei Mutationen durch. Die Röte verschwand von Wangen und Stirnen, und eine verräterische Blässe machte sich breit. Die Körper richteten sich auf und wurden strammer. Manche Reiter wandten sich im Sattel, um zu wissen, ob das Kommando noch hinter ihnen herzog. Es schien auch, als ob die Pferde spürten, daß etwas in der Luft lag. Sie wurden unruhig und tänzelten, schnaubten und prusteten, und während alles andere stillschwieg, konnte man fast glauben, daß nur die Pferde existierten auf dem Weg zwischen Mittel- und Niederschmalkalden.

Plötzlich hob der Major die Hand und schrie: »Kommando

halt!« Alles stand im gleichen Augenblick. Die Miliz befand sich zwanzig Schritt vor uns, versteinerte Gestalten mit zusammengebissenen Zähnen und mit angeschlagenem, zitterndem Gewehr, wie es schien, und vier oder fünf Schritte vor ihnen stand der Milizoffizier, ein weißbärtiger, klappriger Leutnant, der wohl gut und gerne seine sechzig Jährchen auf dem Buckel trug. Er hatte einen Purschen bei sich, auf den er sich stützte, um vor Schwäche nicht umzusinken.

Die Landmilizer aber sahen aus, als wären sie soeben vom Acker gekommen. Es war ein bunt zusammengewürfelter Haufen, denen allen im gleichen Takt die Knie zitterten.

Ich ritt zum Major und sprang ebenso wie er vom Pferd. Der Pursche des Majors übernahm die Zügel, und wir marschierten beide, der Major einen halben Schritt voraus, zu dem alten Leutnant, der sein Gewehr absetzte, seinen Purschen zurückscheuchte und sich nun mühsam am aufgestützten Gewehr festhielt, wobei er uns tapfer entgegenblickte.

Wir blieben einige Schritte voreinander stehen, salutierten uns was vor, und sogleich begann der Major den alten Leutnant auf eine Weise anzufahren, daß der Milizer erschrocken zusammenfuhr.

»Was soll das, Herr Leutnant, wollt Ihr uns nicht frei passieren lassen?«

Der arme, alte Leutnant starrte den Major an. Er hatte wohl die Sprache verloren und brachte kein Wort heraus.

»Ich frage Sie, Herr Leutnant, ist dies eine freie Landstraße?«

»Ja, Herr Major, es ist eine freie Landstraße.«

»Und warum wollt Ihr uns nicht passieren lassen?«

»Ich habe Befehl, Herr Major.«

Der Leutnant streckte sich ein wenig in die Höhe. Ich hatte unterdes die Milizsoldaten gezählt. Sie waren ihrer vierundzwanzig.

»Ich werde schießen lassen, Herr Major, sollten Sie weitermarschieren.«

»Von wem habt Ihr Befehl?«

»Von meinem Herrn, dem Herzog zu Meiningen.«

Der Major machte ein geringschätziges Gesicht, griff in die Tasche und zog den Brief heraus. Er wollte ihn dem Leutnant übergeben, aber der wehrte ab und nahm ihn nicht an.

»Bleibt Ihr bei Eurem Entschluß, Herr Leutnant?«

»Ich habe Befehl, Herr Major, und es ist nicht mein Entschluß.«

»So lasse ich durchsetzen, wenn Ihr uns nicht passieren laßt. Überlegt es Euch.«

»Da gibt es nichts zu überlegen. Befehl ist Befehl. Ich bin ein treuer Untertan meines Herrn.«

Das Gesicht des Leutnants war fast traurig. Aber es war von einer entschlossenen Traurigkeit. Es war eine alte, ehrliche Haut, die seinem Herrn bis zum letzten Atemzug diente und wenn es dabei den Kopf kosten sollte. Der gute, alte Leutnant. Er war Milizer mit Leib und Seele, vom letzten spärlichen Kopfhaar bis zu seiner zerrissenen Stiefelsohle. So stand er und wich nicht von der Stelle, selbst dann nicht, als der Major einen Schritt zurücktrat und mit lauter Stimme kommandierte:

»Garde marsch! Setzt durch!«

Der Leutnant wurde um ein weniges bleicher, stand aber wie ein Fels auf sein Gewehr gestützt, während die Reiter ihren Pferden die Sporen in die Weichen stießen und losritten.

Wir sprangen beiseite, und ich sah den Wachtmeister Starke, wie er in den Steigbügeln stand und mit erhobenem Hintern auf den Leutnant zuritt ohne Furcht und Beben, während der Leutnant noch immer traurig und entschlossen wie angenagelt auf seiner meiningischen Erde stand. So wurde er denn, Gott sei's geklagt, vom Pferd des Wachtmeisters auf die Seite geworfen und fing an, auf dem Weg herumzutaumeln. Und der Wachtmeister, noch immer mit erhobenem Hintern, galoppierte auf die Milizer zu, doch das war sein Verhängnis, denn in diesem Augenblick, taumelnderweise sozusagen, fing sich der Leutnant, riß sein Gewehr in die Höhe und schoß von schräg unten dem Wachtmeister mit Donnerknall in den erhobenen Hintern. Das Pferd bäumte sich auf, der Wachtmeister faßte sich an die linke Hinterbacke und schrie vor Wut, riß den Gaul herum und attackierte den Leutnant, der seine alten Beine unter den Arm nahm und wie ein Wiesel in Todesangst davonsprang. Der Reiter aber war schneller und schlug von oben zu. Der Leutnant, nicht dumm, hielt sein Gewehr quer über den Kopf, und so hieb ihm der Wachtmeister den Polstersack halb durch. Schon sprang der Leutnant über den Graben, da legte der Grenadierunteroffizier Helbig, der wohl einiges gutmachen wollte wegen seiner Deserteurs, sein Gewehr an und schoß den Leutnant Knall und Fall übern Haufen, daß er am Boden lag und keine Ader mehr zuckte.

Derweilen standen die Landmilizer mit angeschlagenem Gewehr herum und sahen das Spiel. Da kroch ihnen die Angst in Hose und Hemd, und sie sprangen vor der Garde und vor den Grenadieren, die ein wenig Feuer machten mit ihren Granaten, über Zäune und Felder hinweg und warfen die Gewehre hinter sich.

So lag nun der gute, alte Leutnant jenseits des Grabens und hatte seine Lektion weg. Ich sprang hinüber und hoffte, daß er möchte nur blessiert sein, doch als ich genauer hinsah, sah ich das Loch hinterm rechten Ohr. Er war mausetot und rührte sich nicht mehr. Ich wälzte ihn herum und sah in sein Gesicht. Es war noch immer traurig und entschlossen. Seine Augen sahen mich an, als ob sie noch lebten und sagen wollten: Befehl ist Befehl, ich bin ein treuer Untertan meines Herrn. Ich schloß dem tapferen Leutnant die Augen und richtete mich auf. Da hoben sie gerade den stöhnenden Wachtmeister vom Pferd und legten ihn bäuchlings auf einen Bauernkarren, und der Feldscher zog ihm die Hose herunter und besah sich den blutenden Hintern.

Ich sprang über den Graben, trat hinzu und besah mir den Hintern ebenfalls. Ach Gott, wie er in der Sonne glänzte, die inzwischen hervorgekrochen war und das Schlachtfeld beschien. Es war ein prächtiges Hinterteil, das da ein wenig verunstaltet war. Der Wachtmeister stöhnte und fluchte wie ein Fuhrknecht.

»Es ist nicht so schlimm«, meinte der Feldscher, »die Kugel haben wir gleich. Dankt Eurem Gott, Wachtmeister, daß Ihr vom Reiten eine so lederne Haut habt.«

»Scheiße«, schrie der Wachtmeister, »ich kann wer weiß wie lange nicht mehr auf'm Pferd sitzen. Warum schoß mir dieser krasse Hornochse nicht in das Loch, das von der Natur her schon vorhanden ist, dann hätte ich die Backen zusammenkneifen und die Kugel auffangen können!«

»Ich zweifle sehr an der Schnelligkeit Eurer Hinterbakken. Eine Kugel ist geschwinder, Wachtmeister. Aber redet nicht soviel und beißt die Zähne zusammen. Gleich hab ich sie.«

Und der Feldscher bohrte ungerührt mit einem spitzigen Instrument in der linken Hinterbacke des Wachtmeister herum, der zu schreien anfing, als stecke er am Spieß und würde geröstet.

»Haltet ihn fest, so gut ihr könnt!« rief der Feldscher und stocherte solange, bis er triumphierend und mit verklärtem Gesicht sein Instrument herausziehen und hochhalten konnte.

»Ist es nicht eine schöne Kugel? Die erste dieses närrischen Krieges. Da habt Ihr sie, Herr Wachtmeister. Zeigt sie Euren Kindern, wenn Ihr alt geworden seid und hinter dem Ofen sitzt. Das wird ihnen Mut machen, in den Krieg zu ziehen wie Ihr.«

Er gab dem stöhnenden Wachtmeister einen Klaps auf

den Hintern, legte ihm ein Pflaster auf und meinte: »Ab mit ihm ins Spital nach Schmalkalden. In fünf Tagen ist er wieder beim Kommando und kann das Hinterteil wieder hinhalten für seinen lieben Herrn, den Herzog von Gotha.«

Der Feldscher hat Humor, dachte ich und sah den Bauernwagen in Richtung Schmalkalden davonrollen. Ich sagte dem Chirurgus, daß der Milizoffizier ins Gras gebissen habe, daß er aber doch nach ihm sehen solle, damit alles seine Ordnung habe.

»Schon gut, Herr Leutnant. Ich sehe schon von weitem, daß kein Leben mehr in ihm ist. So stark er ist, der rechte Held, zum großen Heer er sich gesellt.«

»Zu welchem Heer?« fragte ich.

»Zum Heer der Toten, Herr Leutnant. Die Tapfersten sterben zuerst. Sie haben das meiste Stroh im Kopf, Herr Leutnant!«

Ich sah ihn scharf an, auch ein wenig verwundert ob seiner Rede und wollte ihn zurechtweisen, doch wurde in eben dem Augenblick gemeldet, daß die Straße durch das Dorf Niederschmalkalden mit Bauernkarren versperrt sei. Da wurde ich ganz fuchtig, weil mir in den Sinn kam, daß der Oberstleutnant heute noch im herzoglichen Palais in Meiningen sein Nachtlager aufschlagen wollte und wir schon eine Menge Zeit vergeudet hatten. So ritt ich mit dem Major von Benneckendorff los, um das Hindernis in Augenschein zu nehmen.

Tatsächlich war die Straße derart mit Karren und Wagen verstellt, daß kein Durchkommen war. Daraufhin schrien der Major und ich den Bauern zu, daß sie ihren Schulzen oder wer sonst ihre Obrigkeit sei, auf der Stelle herbeirufen sollten. Wir würden sonst das ganze Dorf mitsamt allen Leuten in Brand stecken.

Da hättet ihr sehen sollen, wie die Bauern nach ihrem Schulzen rannten und ihn herbeizerrten. Halbtot vor Angst stand er vor uns und hörte sich an, was ihm der Major an den

Kopf warf. Und da sich die Grenadiers der Garde ein Vergnügen daraus machten, am Rande des Dorfes ein Haus in Brand zu setzen, liefen alle Bauern geschwind herbei und schafften Wagen und Karren mit einer Schnelligkeit beiseite, die selbst uns überraschte. So konnte das Kommando durchmarschieren mit aufgepflanztem Bajonett und in der allerbesten Laune.

Kaum aber marschierten wir aus dem Dorf und auf Schwallungen zu, kam ein Mann von daher und erzählte uns, nachdem wir ein wenig nachgeholfen hatten, daß dreißig Mann Landmiliz vor dem Dorf stünden, geführt von einem Fähnrich, der ein Schuster sei seiner Profession nach.

»Ob Schuster oder Schneider«, schrie der Garnisons-Leutnant von Witzleben, »wir werden ihm entweder das Fell gerben oder einen schönen Rock anmessen.«

So ging es tapfer weiter, rechts von uns murmelte die Werra, hinter uns lag das Gebirge, und vor uns befand sich der Feind. So war alles in schönster Ordnung, wenn nicht der Hunger im Kommando gewesen wäre. Allen bellte der Magen, daß man es förmlich hören konnte. Und da die Völker nun dachten, im nächsten Flecken endlich über die Würste und Schinken der Einwohner herfallen zu können, legten sie einen Schritt zu, und wir kamen schnell voran.

Was soll ich sagen? Wir kamen nach Schwallungen, und da war nicht ein einziger Mensch, der uns Widerstand tun wollte. Der Schusterfähnrich hatte Fersengeld gegeben und war ausgerissen. Nur ein paar von seinen Leuten standen in voller Montur und mit ihren Patrontaschen in den Bodenfenstern, schauten heraus und salutierten, wie es sich gehörte. Da dachte ich, daß es ein langweiliger Krieg werden könne.

Wir machten einen kurzen Halt und ließen die Leute sich fouragieren. Da schleppten manche ganze Schinken aus den Räucherkammern und schnitten sie an, sobald sie damit aus dem Hause waren. Ob sie bare Münze zahlten oder nicht, wurde mir nicht bekannt. Am Geschrei der Bauern und ihrer Weiber aber war zu erkennen, daß sie so gut nicht bezahlten. Nun ja, Krieg ist Krieg, und unsere Völker mußten auch leben.

Wir marschierten fort. Weit hinter uns rollten die Kutschwagen vom Oberstleutnant und vom Geheimrat, und ich dachte mir, daß er und sein Sekretär jetzt sicher ihren wohlverdienten Mittagsschlaf hielten, der ihnen auch zukam nach den Strapazen der vergangenen Nacht.

VII. KAPITEL

Endlich tauchte die Stadt Wasungen vor dem Kommando auf. Sie lag in Dunst und Nebel. Nur die Spitze eines Kirchturmes glänzte und blitzte in der Sonne, die eine handbreit über den Bergen hing und immer tiefer sank. Linker Hand von der Stadt, wo der Berg jäh anstieg, lag eine Burg und sah über die Stadt und das Werratal wie ein Wächter, der achtgab auf ihr Wohl und Wehe.

Wasungen war mir ein unbekannter Ort. Ich hatte nur gehört, daß Bürger und Ratsherren besonders dumm seien. So dumm sogar, daß sie glaubten, Pferde könnten Eier legen. Man erzählte sich, daß nichts als Narren in dieser Stadt wohnten, die recht lustig wären, und daß sie oft voller Wein und Bier steckten.

Nun, wir kamen dem Tor immer näher und sahen, daß es verriegelt und verrammelt war. Da war kein Spalt, durch den man hätte kriechen können.

Eine Schildwache stand allerdings draußen vor dem Pförtchen, die klapperte vor sich hin wegen der Kälte oder vor Angst ...

Der Major von Benneckendorff schrie schon von weitem, sie solle das Tor aufmachen, er wolle nicht anhalten lassen. Und der Major ließ die Musikanten, Trompeter, Pfeifer und Trommler, hervorkommen, daß sie an der Spitze des Kommandos in die Stadt ziehen konnten.

Aber die Schildwache, es war wieder so ein abgelebter Großvater, excusierte sich und rief mit angsterfüllter Stimme zurück, daß sie nicht könne aufmachen. Da hielt das Kommando dicht vor dem Tor, und wir standen wie die Ochsen und rührten uns nicht.

»Wer sonst kann aufmachen?« schrie der Major, und sein Gesicht lief rot an vor Wut.

»Ich kann es nicht«, stotterte die Schildwache.

»Wer sonst, du Narr?« brüllte der Major zurück.

»Der Leutnant kann aufmachen.«

»Dann hol deinen Leutnant, du Wasunger Rindvieh.«

Die Schildwache sprang im gleichen Augenblick erleichtert zur Pforte und schlug dagegen. Sie öffnete sich, die Schildwache verschwand, hinter ihr schlug die Pforte zu, und wir standen noch immer dumm vor der Stadt und starrten wie gebannt auf das geschlossene Tor. Da es still war im Kommando, waren hinter dem Tor Stimmen zu hören, die miteinander stritten.

Der Major sprang vom Pferd voller Wut und Ingrimm, wie ich sah. Ich tat es ihm nach, und unterdes nahmen die Musikanten Aufstellung und packten ihre Instrumente aus. Einige von ihnen fingen an, sie zu stimmen, so daß wir nicht mehr hören konnten, was sich hinter dem Tore tat.

Endlich öffnete sich die Pforte, und der Leutnant, welcher ein guter Bartputzer war und mich später balbieren sollte, kam herausgestiegen. Er war vor Angst halb tot und im Gesicht weißer als sein Hemde. Da stand er vor der Pforte und wußte nicht, was er sagen sollte.

Der Major fuhr ihn an, warum das Tor zu sei, und ob hier nicht eine ordentliche Landstraße durchginge.

»Ja«, sagte der Bartputzerleutnant und wagte nicht, dem Major ins Gesicht zu sehen.

»Dann machen Sie augenblicklich das Tor auf, Herr Leutnant!«

Der Leutnant wand sich wie ein Aal. »Ich bitte um Pardon, Herr Major, doch ich kann nicht aufmachen.«

»Warum könnt Ihr das Tor nicht aufmachen, zum Teufel.«

Der Bartputzerleutnant begann zu zittern und zu schlottern. »Die Ratsherren haben es zumachen lassen«, stotterte cr. »Ich kann nichts dafür, Herr Major, es ist nicht meine Schuld.« Er rang dabei die Hände.

Der Major sah ihn voller Verachtung an. Hinter uns lachten die Musikanten und die Reiter von der Garde. Die Pferde warfen ihre Köpfe hoch und prusteten. Es hörte sich an, als lachten auch sie.

Rechter Hand von der Straße, unten in der Niederung, wo die Werra floß, hörten wir Kinderstimmen, die aus Baum- und Gesträuchgruppen zu kommen schienen. Sie begannen zu singen:

»Duck dich, Hänsel, duck dich,
wenn die Soldaten kommen,
duck dich, laß vorübergahn!
Das Wetter will sein Wille han.

Duck dich, Balbier, duck dich,
wenn die Kanonen schießen,
duck dich, laß vorübergahn!
Das Unglück will sein Wille han.

Duck dich, Simon, duck dich,
wenn sie das Tor einschlagen,
duck dich, laß vorübergahn!
Der Krieg, der will sein Wille han.«

Als wir so standen und mit gespitzten Löffeln das Lied hörten, wußten wir noch nicht, daß der Barbierleutnant Hans Simon hieß. Wir wunderten uns nur, daß er dastand und während des Gesangs Grimassen schnitt, die sowohl Wut als auch Zerknirschung ausdrückten. Und die Angst hatte er wohl deshalb im Leibe, weil er an seinen Kollegen dachte, den guten, alten Leutnant, der tot auf seiner meiningischen Erde lag und von sich behaupten konnte, bis zuletzt ein treuer Untertan seines Herrn gewesen zu sein.

Im Kommando hinter uns wurden vereinzelt unmutige Stimmen hörbar. »Schießt den Kerl tot«, schrie einer, »wenn er uns nicht einlassen will.«

Ein anderer brüllte von ganz hinten über das Kommando hinweg: »Wir haben Hunger im Bauch, die Stadt soll uns was zu fressen geben.«

Der Major schien unschlüssig, was er tun sollte. Er machte einen Schritt auf den Barbierleutnant zu. Der wich erschrocken zurück. Der Major hielt inne und schrie ihn an: »So hol Er die Ratsherren, aber geschwind, wenn Ihm sein Leben teuer ist.«

Mein Gott, wer war froher als mein guter Barbier. Er lief, als ob ihm der Kopf brennte, durch die Pforte, die ebenso hinter ihm zuschlug wie hinter der Schildwache.

Da standen wir wieder wie eine Herde Kälber vor dem verschlossenen Tor, wenn sie der Hirte abends in die Stadt führen will. Im Kommando rumorte es. Die Sonne sank immer tiefer, und kälter wurde es auch.

Der Feldscher trat zu mir und fragte mich, ob es nicht besser wäre, das Tor mit grobem Geschütz entzweizuschießen. Das würde einen recht kriegerischen Eindruck machen und wäre ein großer Spaß für die Völker. Vielleicht bekäme er dann auch etwas mehr zu tun. Eine Kugel bis jetzt, das sei ihm zu wenig für die doppelte Gage, die er erhalte.

Der Feldscher redete ein wenig überzwerch daher, doch mitten in seiner Rede öffnete sich die Pforte, und heraus traten die Ratsherren von Wasungen. Sie quollen förmlich aus der Tür, einer dicker und behäbiger als der andere, aber angetan mit den schlimmsten Lumpen, die man sich nur vorstellen kann. Mein Gott, dachte ich, sind das Ratsherren? Ein Ratsherr möchte doch ein bißchen reputierlich aussehen. Aber es schien mir, als seien Arbeitsleute aufmarschiert. Einer war wohl ein Schreiner, er schleppte noch die Hobelspäne mit vors Tor. Und der Bürgermeister erst, der einzige wohl, der ein bißchen mager war, der mußte gerade vom Stallausmisten geholten worden sein, da er mit Kuhmist bespritzt war bis an die Kniekehle. Das möchten wohl feine Ratsherren sein, dachte ich, mit denen es sich gewiß wunderlich disputieren läßt.

Nun, sie waren alle totenblaß und halbtot vor Angst, so daß der Feldscher neben mir sagte, daß sie aussähen, als ob sie gleich der Schlag rühren wollte, und daß er sie womöglich noch zur Ader lassen müßte. Er ginge derweilen seine Schröpfköpfe holen, während sie mit dem Major daherdeliberierten.

Unser Major war baß erstaunt, als er die dreckichten Kerle sah, und er fragte sie, ob sie die Ratsherren seien.

Sie antworteten alle im Chor: »Jawohl, Herr Major!«

Unterdessen mußte der mit Kuhmist bespritzte Bürgermeister bemerkt haben, daß er keine gute Figur machte. Er trat sachte zurück in die hinterste Reihe und schabte sich doch tatsächlich den Kuhmist von seinen Röhrenhosen.

Was unser Begehren wäre, fragte der Ratsherr, der seine Hobelspäne bis vor die Stadt getragen hatte und sie nun abschüttelte. »Ist das nicht eine freie Landstraße auf Nürnberg?« fragte der Major mit gepreßter Stimme, da er offenbar darauf achten mußte, daß ihm nicht die Galle hochkam.

»Jawohl, Herr Major!« antworteten sie wieder im Chor.

Der Major stemmte die linke Hand in die Seite und glotzte einem Ratsherrn nach dem anderen ins Gesicht.

»Nun, warum machen Sie dann das Tor zu und versperren die Straße und lassen uns nicht durchpassieren?«

Die Herren sahen einander an und wußten wohl nicht, wer antworten sollte, da im Chor jetzt nicht gut antworten war. Sie sahen sich solange an, bis sie einen ausgeguckt hatten, und der mußte antworten. Es war so ein kleiner, dicker, der einen Wasserkopf auf seinen Schultern herumtrug, in dem sich aber wohl mehr Stroh befand als alles andere. Später stellte sich heraus, daß es der Ratsmeister war. Er trat einen winzigen Schritt vor.

»Herr Major, wir haben Befehl von unserer Herrschaft, kein Volk durchpassieren zu lassen, deswegen müssen wir die Tore zuhalten und müssen tun, was unser Herr befiehlt.«

Geschwind trat er wieder zurück in die Reihe der Ratsherren und tat so, als hätte er gar nichts gesagt.

Der Major sah wieder einen nach dem anderen an und

überlegte wohl, was er sagen sollte. Ich aber dachte mir indessen, wie es wäre, wenn ich schnell durch die Pforte schlüpfen und das Tor von innen öffnen würde.

Der Feldscher war unterdes zurückgekehrt und hielt seine Tasche in der Hand, bereit zu kurieren, falls es nötig wäre.

»Es ist so still hier«, sagte er zu mir, »was wird denn nun aus unserem Krieg?«

Ich sagte ihm, daß er möge das Maul halten, der Major werde es schon machen. »Wegen einem Stadttor«, meinte er darauf, »werden wir doch nicht etwa den Krieg aussetzen?«

Der Major lief inzwischen an der Reihe der Ratsherren entlang und musterte sie grimmig. Jetzt ließ er sich wieder vernehmen: »Ihr Ratsherren von Wasungen, da dies eine freie Landstraße auf Nürnberg ist und Euch die Stadt am Herzen liegt, so müßt Ihr das Tor offenhalten und uns durchpassieren lassen. Und wenn Sie nicht aufmachen, werden wir selbst aufmachen, und es wird der Stadt zum Schaden gereichen.«

Er hatte ganz verhalten und ruhig gesprochen, was mich ein wenig verwunderte.

Die Ratsherrn schwiegen still. Es mochte sein, daß sie überlegten, falls sie dazu imstande waren. Irgendwo rechter Hand über der Niederung schrien Krähen, auch die Kinderstimmen waren wieder zu hören.

Der Ratsmeister trat erneut einen winzigen Schritt vor. »Herr Major, Sie können machen, was Sie wollen, ich aber darf nicht aufmachen und auch nicht aufmachen lassen.«

Da drängte sich der hagere, mit Kuhmist bespritzte Bürgermeister hervor und sagte erleichtert, als sei ihm soeben eine Erleuchtung gekommen: »Sie können doch, Herr Major, mit Ihren Völkern, wenn es so pressiert, und wenn Sie marschieren wollen, dahinten weg marschieren.« Und er machte mit seiner Rechten eine weitausholende Handbewegung zum Berg hin und zur Burg hinauf, die still auf uns herabschaute.

Nun, ich gedachte bei mir im gleichen Augenblick, wenn du nur solltest den verfluchten, kotigen Kerl gleich umbringen. Aber der Major sah den Kuhbauer nicht einmal an und würdigte ihn keiner Antwort. Er wandte sich vielmehr um und rief mir zu, alle Zimmerleute vom ganzen Kommando sollten mit ihren Äxten hervorkommen.

Geschwind kehrte ich mich um und schrie: »Alle Zimmerleute mit den Äxten vor!«

Darauf drehten die Kerls von der Garde ihre Köpfe und brüllten alle mit einem Mal: »Alle Zimmerleute mit den Äxten vor!«

Und die Musketiers vom Erbprinz Friedrich wandten sich daraufhin ebenfalls um und schrien im Chor: »Alle Zimmerleute mit den Äxten vor!«

So pflanzte sich der Ruf fort durchs ganze Kommando, und die Ratsherren wurden noch bleicher, als sie es schon waren. Im Kommando aber entstand ein Gelaufe und Gedränge und Gestampfe, und ein Dutzend Zimmerleute kamen in größter Hast und Eile nach vorn gelaufen mit ihren Äxten, Brecheisen und Reißhaken, so daß es eine Lust war und uns allen der Stolz in die Glieder fuhr. Ha, da standen sie im Nu neben dem Major und den Ratsherren gegenüber, als wollten sie ihnen gleich die Köpfe einhauen. Die Ratsherren drängten vor Angst zurück gegen das Tor.

Der Major fragte sie nochmals, ob sie wollten im Guten das Tor aufmachen oder ob er es einhauen lassen sollte. Sie sähen ja, daß wir selbst könnten aufmachen. Ob sie ihr Tor nicht lieber ganz behalten wollten.

Die Ratsherren sahen einer zum andern und dann auf die Zimmerleute, die ihrerseits schon das Tor aus fünf Schritt Entfernung begutachteten, wie sie es am besten zerhauen möchten. Ich dachte, jetzt bedenken sich die Stadtgewaltigen und machen auf, aber denkt ihr, sie konnten ihren alten Stiefel wegwerfen und einen neuen anziehn? Die einen machten freilich bedenkliche Gesichter, die Mehrzahl aber sagte, sie möchten nicht aufmachen, weil sie tun müßten, was ihnen ihr Herr befohlen habe.

Da sprang der Major beiseite und schrie: »Allons, Zimmerleute, haut das Tor ein!«

Darauf stürzten die Zimmerleute vor, schwangen im Laufen schon die Äxte, und es begann ein so gewaltiges Hauen und Klopfen gegen das Tor, daß dahinter alles in Aufruhr geriet und ein Gerenne einsetzte, das man deutlich hören konnte.

Ach, die Ratsherren hättet ihr hören und sehen sollen, worunter der dreckichte Bürgermeister und der halbtote Barbierleutnant mit war. Sie schrien und liefen, als wenn sie der Teufel fortführte.

Man konnte die Augen gerade zu und wieder auf machen, da hatten sie sich allesamt durch die enge Pforte gequetscht.

Nur der Ratsmeister, der ein bißchen dick geraten war, wurde dabei wie durch die Mangel gedreht wegen des starken Andranges und lag am Boden, kroch aber dennoch als letzter auf allen vieren wie ein Hund durchs Loch.

Da entstand ein solches Gelächter im Kommando, daß es vom Berg widerhallte, über die Niederung flog, in die Stadt hinein und gar nicht mehr aufhörte, so daß es als Echo noch in der Ferne zu hören war. Aber der Widerhall, so schön er war, wurde dennoch übertönt von dem Gehaue und Gehacke der Zimmerleute, die sich wie die Berserker an dem Tor zu schaffen machten.

Sie hieben mit einer solchen Force ins Holz und mit einem so gewaltigen Eifer, daß sie sich bald selber zu Tode gehauen hätten. Die Bohlen und Balken krachten im Nu auseinander, und wir sahen alsbald durch die Lücken auf die Straße, die in die Stadt führte.

Da liefen die kurzatmigen Ratsherren in Eile die Straße entlang von dem Tor weg, und ihre Rockschöße flatterten hinterher. An den Bürgerhäusern rechts und links wurden die Läden zugeschlagen und die Türen verrammelt. Vereinzelte Rufe waren zu hören: »Die Gothschen kommen, sie hauen schon das Tor ein!«

Und einige sah man noch, die ihre Hühner einfingen und die Schweine in die Torfahrt trieben. Auch eine Schar Gänse flog entsetzt ins Innere der Stadt. Zuerst liefen sie unter Geschnatter davon, doch dann, als das Tor zusammenkrachte und als sie die fliehenden Ratsherren gewahrten, liefen sie schneller, breiteten ihre Flügel aus und schließlich erhoben sie sich und flogen unter ängstlichem Geschrei und Geschnatter über die Ratsherren weg, die leider nicht fliegen konnten, aber doch fast genauso schnell liefen, wie die Gänse flogen.

So bewegten sich Ratsherren und Gänse eine ganze Weile in hastiger Eintracht miteinander in Richtung Rathaus, bis die Gänse endlich die Vorhand gewannen und entschwanden.

VIII. KAPITEL

Das Tor wurde von den Zimmerleuten geradezu auseinandergerissen, und die Trümmer waren im Nu beiseite geschafft, so daß der Weg für das Kommando frei war. Rechts und links aber hinter dem Tor standen der Bartputzerleutnant und der Schusterfähnrich mit ihren Leuten aufmarschiert und machten ein Spalier uns zu Ehren. Und wie wir nun losmarschierten mit klingendem Spiel, standen sie in Hab-Acht-Stellung und präsentierten und salutierten vor unseren Offiziers, daß es nur so eine Art hatte.

So marschierten wir geradenwegs in die Stadt hinein. Die Trompeter bliesen gewaltig vorneweg, Pfeifer und Trommler pfiffen und paukten, daß sogar die Fensterläden zitterten. Aber denkt ihr, ein Mensch ließ sich sehen? Nur die meiningische Miliz bewunderte unseren Aufzug. Die Bürger schienen von panischer Angst ergriffen zu sein und hockten offenbar auf ihren Schinken und Würsten oder vergruben sie gerade in Höfen und Gärten. Ein Mann allerdings – wie wir später erfuhren, war es ein Gothscher Bürger – stand an der Straße und blinzelte uns zu, als befände er sich in geheimem Einverständnis mit dem Kommando. Mit der Zeit kamen auch Kinder zum Vorschein, die neben der Musik herliefen und wie die Trompeter ihre Backen aufbliesen.

Wie wir so fortmarschierten, schickte der Oberstleutnant von Goldacker nach mir und gab die Ordre, die Garde solle am Rathaus rechts aufmarschieren. Ich mußte vorgaloppieren und sogleich wieder zurückkehren, um den Vollzug zu melden. Daraufhin erhielt ich die Ordre, allen Unteroffiziers den Befehl zu geben, daß hier ein kleines Halt gemacht werde, daß aber kein Soldat sich unterstehen solle, aus dem Gewehr zu gehen. Hätten sie Durst, so sollten sie sich einen Schuß Branntwein oder Bier von den Bürgersleuten bringen lassen.

Das war leichter gesagt als getan. Die Soldaten durften

sich nicht fortbewegen, und von den Bürgersleuten ließ sich niemand sehen.

Zuerst stand die Mannschaft in der Kälte und im Schnee und glotzte von der Straße auf die Häuser, ob wohl jemand zu entdecken sei. Aber langsam geriet sie ins Zittern, und schließlich stampften alle Mann im Schnee herum und schlugen die Hände zusammen und an die Körper, um sich ein wenig zu erwärmen. Mit der Zeit wurde es eine hüpfende und rumorende Masse, die auf und nieder sprang und alle Wetter fluchte.

Wir Offiziers stießen endlich die Köpfe zusammen und deliberierten, was werden sollte. Ich sagte, daß ich es höchst gefährlich fände, so zu stehen und zu warten. Wir hätten bisher auf der ganzen Linie gesiegt, die Völker seien in Hochstimmung gewesen nach dem Zerhauen des Tores und müßten in Bewegung gehalten werden. Sie dürften nicht zum Nachdenken kommen. Und wie zu meiner Bestätigung schrien vereinzelte Soldaten, daß sie weitermarschieren, aber nicht in der Kälte stehen und frieren wollten.

Die Majore von Benneckendorff und von Voß stimmten mir zu. Schließlich kamen alle zu dem Beschluß, ich solle zum Gasthof gehn, um ihre Meinung dem Oberstleutnant zu hinterbringen.

Nun, wir waren um die dritte Nachmittagsstunde in Wasungen einmarschiert. Jetzt ging es stark auf vier Uhr. Jeder weiß zur Genüge, daß es im Februar schon bald dunkel wird. Wenn wir an diesem Tag noch etwas unternehmen wollten, mußten wir marschieren wie die Teufel, das lag auf der Hand und war jedem einsichtig.

Ich stiefelte demnach zum Gasthof, der ganz in der Nähe lag und »Zum Roten Ochsen« hieß.

Die beiden Kutschen standen davor mitsamt den Pferden, die ihre Köpfe ebenso hängen ließen wie unsere Soldaten. Sie wußten wohl auch nicht, wie es weitergehen sollte.

Nun ja, was soll ich sagen, die Scham brannte in mir, als ich den Oberstleutnant und den Geheimrat samt Sekretär erblickte.

Sie saßen doch tatsächlich schon wieder am Tische und ließen sich's wohlsein. Der Wirt trug eben, Gott sei's geklagt, gebratene Forellen auf, die so recht knusprig auf den Tellern glänzten und liebliche Gerüche von sich gaben. Mir drehte sich der Magen um, während die drei feinen Herren schnupperten wie ein paar Hunde am Prellstein. Der Geheimrat fragte den Wirt, ob sie auch frisch wären. Da hättet ihr den Traiteur sehen und hören sollen. Er tat, als sei er zutiefst beleidigt worden und erwiderte mit erregter Stimme, daß der Hauspursche sie eben erst in der Werra gefangen hätte. Bei ihm kämen nur frische Sachen auf den Tisch. Es sei das beste Haus am Platze, wo sich die Herren befänden.

»Schon gut«, beruhigte ihn der Rat, »ich will Euch vorderhand glauben. Aber es wird sich erst erweisen, nachdem wir sie verspeist haben.«

Der Oberstleutnant sah gleichfalls mißtrauisch drein. »Es möchte wohl sein, Herr Wirt, daß Ihr sie in Roggenmehl gewälzt habt?« Er hielt seine Nase direkt über den Teller und schnupperte noch einmal, wobei ich sah, daß er die Augen verkehrte wie ein abgestochenes Kalb.

Der Wirt war diesmal so beleidigt, daß er aus allen Nähten zu platzen schien. Er hob seine Augen gen Himmel, als flehe er den lieben Gott an wegen des Unverstandes seiner Gäste. »Aber, Herr General, wie können Sie so etwas denken? Sie sind natürlich in Hafermehl gewälzt, wie soll es anders sein. Forellen gehören doch in Hafermehl gewälzt!«

Der Oberstleutnant, der sich so unerwartet schnell befördert sah, wurde leutselig und beruhigte den Wirt. »Schon gut, mein Lieber, schon gut. Wollen sehn, ob er Sein Handwerk versteht.«

Und wie er den Wirt fast liebevoll ansah, gewahrte er mich, der ich seitwärts stand, und sein Gesicht verdüsterte sich augenblicklich. »Was ist denn nun schon wieder, Adjutant?«

Nach dieser Frage wurde auch der Geheimrat und sogar dessen Sekretär auf mich aufmerksam. Sie sahen abwechselnd auf ihre Teller und auf mich, wobei ihre Gesichter einen verdrießlichen Ausdruck annahmen.

Ich trat heran. Der Oberstleutnant hatte sich seinem Fisch zugewandt und riß ihn auseinander. Ich sah das Rückgrat mit den vielen Gräten und wünschte mir, dem Himmel sei's geklagt, er möge an den Gräten ersticken. Soweit war ich schon, daß ich tatsächlich meinem Herren den Tod an den Hals wünschte, weil er auf die Völker so wenig Rücksicht nahm.

Aber nicht, daß ich dergleichen gesagt hätte. Ich nahm im Gegenteil eine höchst kummervolle Miene an und sang dem Oberstleutnant das Lied der Offiziers vor, mit dem sie mich beauftragt hatten.

Und während ich sprach, hieb er immer wütender in den Fisch und zerfetzte ihn ganz und gar.

»Die Völker, Herr Oberstleutnant, zittern in der Kälte und wollen weiter. Ihre gute Stimmung fliegt davon wie die Spreu vor dem Wind, so daß sie schon allesamt die schlimmsten Donnerwetter fluchen.«

Der Oberstleutnant schluckte seinen Fisch und stopfte sich den Magen. Als ich innehielt, würgte er gerade am Schwanzstück und wollte etwas sagen, aber ich hörte nur den halben Satz: »Herr Leutnant, Befehl ist Be . . .«

Und damit war's aus. Er stockte und riß den Mund auseinander, als hätte ihn ein gewaltiger Gähnkrampf überfallen. Dann schloß er ihn wieder und schluckte, bog den Hals wie ein Tauber, wenn er ruckt, oder wie ein Ganter, der voller Bosheit loszischen will, schob wütend den Teller von sich weg und riß die Augen auf, denn da war ihm doch tatsächlich eine Gräte in den Schlund geraten, die dort still lag und weder vor noch zurück rutschen wollte.

Ach, wie mich da die Reue wegen meiner bösen Gedanken packte. Ich stand starr und sah ihm entsetzt ins Gesicht. Wenn er nun erstickt, dachte ich. Dann trägst du dein lebelang die Schuld mit dir herum.

Der Oberstleutnant rutschte auf seinem Stuhl zusammen, hob den Kopf, öffnete wieder den Mund und schnappte nach Luft. Auf dem Teller vor ihm lag noch der Kopf vom Fisch und hielt auch das Maul geöffnet.

Die Halsmuskeln des Oberstleutnant traten hervor und waren als Stränge deutlich zu sehn. Das Gesicht wurde bläulich-rot. Geheimrat und Sekretär starrten ihn an. Der Geheimrat wollte ihm das volle Glas Wein in den Mund schütten, aber der Oberstleutnant wehrte ab. Er hob nur die rechte Hand und wies mit dem gestreckten Zeigefinger immer wieder in den geöffneten Schlund.

Der Wirt sah die Bescherung und eilte mit einem Wachslicht herbei. Da hätte man sehen sollen, was sich tat. Der Sekretär nahm das Wachslicht und leuchtete dem Oberstleutnant in den Schlund. Der Geheimrat beugte sich über meinen armen Herren und spähte ihm angestrengt in den Hals. Er schien aber nichts zu entdecken, denn nach einer Weile richtete er sich auf mit ratlosem und sehr besorgtem Gesicht, worauf nun seinerseit der Sekretär in den Schlund sah und mit seiner langen Nase dem Gebiß des Oberstleutnants gefährlich nahe kam. Er schien aber auch nichts gefunden zu haben. »Da hilft nur ein Doktor, Herr Geheimrat«, meinte er, und im gleichen Augenblick erinnerte ich mich des Feldschers und sprang flugs an dem erschrockenen Wirt vorbei aus der Gaststube und zum Kommando.

Da kam ich gerade recht, denn die Kerls waren inzwischen ganz desperat geworden. Es lag ein Rumoren über dem Platz, daß einem Angst und Bange werden konnte.

Ich schrie nach dem Feldscher. Der Major von Bennekkendorff trat danach an mich heran und wollte wissen, was wäre. Ich sagte ihm, daß der Herr Oberstleutnant eine Gräte verschluckt habe und daran ersticken wolle. Darauf fing er gräßlich zu fluchen an und drohte mit dem Abzug der Garde nach Gotha, wenn es mit der verdammten Fresserei und Sauferei so weiterginge wie bisher.

Als der Feldscher anrückte, teilte ich ihm die Bescherung mit und trieb ihn zur Eile, dem Oberstleutnant zu helfen. Was es für eine Gräte wäre, fragte er mich. Ich sagte es ihm. »Nun«, tröstete er mich, »dann ist es nicht so schlimm, die haben wir gleich.«

Wir liefen in Eile zum Gasthof. »Da könnt Ihr sehn, Herr Leutnant, was eine winzige Gräte ausrichten kann«, rief er mir unterwegs zu, »sie kann, wie Ihr seht, einen Feldzug aufhalten und unseren siegreichen Vormarsch zum Stocken bringen. Die kleinen Dinge der Natur sind es demnach manchmal, die den Gang der Weltgeschichte bestimmen. So kann es geschehn«, sprach er seelenruhig weiter und lief langsamer, obwohl ich zur Eile trieb, »daß einem Feldherren beim Schlafen in der Nacht ein Furz in die Quere geht, und schon nimmt der Krieg eine ganz andere Wendung.«

Daraufhin sagte ich ihm erbost, daß er möge nicht so viel philosophieren, vielmehr solle er schneller laufen, weil das wichtiger wäre. Alles käme von Gott und von niemand sonst.

Da lachte doch tatsächlich dieser Halunke von Feldscher und gab folgenden lästerlichen Spruch von sich: »Aber Herr Leutnant, wenn Ihr einen kleinen oder großen Furz, der in die Quere geht, mit dem lieben Gott gleichsetzt, dann steht es schlecht um Eure Religion. Ein Furz ist kein Gott und Gott ist kein Furz.« Und damit trat er in den Gasthof »Zum Roten Ochsen« und ließ mich konsterniert hinterherlaufen.

Es ist, dachte ich, ein Schelm, der einem das Wort im Maule herumwendet und der aus Weiß Schwarz macht. Ich will ihm schon, dachte ich, bei passender Gelegenheit ein paar Fragen vorlegen, daß ihm der Kopf rauchen wird und ich ihn an den Hammelbeinen fassen kann.

Nun hättet ihr sehen sollen, was sich in der Gaststube begab. Geheimrat und Sekretär wechselten sich ab, indem sie dem Oberstleutnant auf den Rücken klopften, um die Gräte zu lösen oder um ihn zu beruhigen. Der Oberstleutnant drehte noch immer die Gurgel hin und her und hustete und spuckte in die Stube. Kaum gewahrte er aber den Feldscher, rollte er gewaltig mit den Augen, röchelte stärker und wies auf seinen geöffneten Mund.

Der Feldscher öffnete geschwind seine Tasche und setzte ein trostreiches Gesicht auf. Er befahl mehr Licht und machte sich unverzüglich daran, das Maul des Oberstleutnants auseinanderzuschrauben. Er tat dies, indem er ihm ein Eisen aufrecht in den Mund stellte und solange daran herumschraubte, bis dem Oberstleutnant der Kiefer knackte. Dieses Geräusch hörte der Feldscher mit sichtlichem Wohlbehagen.

Sodann befahl er, die Wachslichter hochzuhalten, brachte einen Spiegel hervor und machte damit den Schlund des Oberstleutnants so hell, daß er ihm wohl fast in den Leib sehen konnte.

»Aha«, sagte er, holte ein anderes Instrument hervor, eine lange dünne Zange, fuhr damit in den Schlund und – rips, raps – zog er das vermaledeite Ding heraus und hielt es hoch.

»Ist es nicht eine schöne Gräte«, sagte er mit verklärtem Gesicht und besah sie sich recht gründlich, während der Oberstleutnant mit aufgeschraubtem Rachen und rollenden Augen malade auf dem Stuhl saß und stöhnte.

Geheimrat und Sekretär besahen sich das Ding auch und verwunderten sich höchlichst, weil es so winzig war, daß man es kaum sehen konnte.

Ach Gott, neben mir saß der stöhnende Oberstleutnant, und ich hielt's nicht mehr aus und stieß den Feldscher in die Seite, er möge ihn von der gräßlichen eisernen Schraube befreien.

Da legte der Feldscher die Gräte in ein Blatt Papier, faltete es säuberlich, steckte es weg, offenbar zur ewigen Erinnerung an unseren Feldzug, und wandte sich dem geöffneten Maul des Oberstleutnants zu. Bedächtig drehte er an seinem Mordinstrument und murmelte: »Gut Ding will Weile haben.«

Nun, er drehte und drehte und nahm das Eisen heraus, aber denkt ihr, der Oberstleutnant brachte sein Gebiß aufeinander? Es war nichts zu machen. Er saß und zeigte die Zähne und war partout nicht imstande, den Mund zu schließen, wie er auch ruckte und zuckte.

Da schlug ihm, Gott sei's geklagt, der Feldscher eine so gewaltige Maulschelle, daß wir vor Schreck zusammenzuckten. Es knackte und knirschte recht sonderbar bei meinem Kommandanten, Unter- und Oberkiefer fuhren aufeinander zu, daß es klapperte wie mit Eimern, und im Augenblick wurde das Gesicht des Oberstleutnants so rot vor Zorn und Wut, daß er auf die Füße sprang und den Feldscher anschrie, er werde ihn wegen tätlicher Beleidigung eines Oberoffiziers im Felde vor den Auditeur bringen.

Der Feldscher stand in Hab-Acht-Stellung vor ihm, tat zerknirscht und antwortete: »Wie Herr Oberstleutnant befehlen, doch wenn Herr Oberstleutnant erlauben mich zu defendieren, es ist üblich, bei Maulsperre dem Blessierten eine tüchtige Schelle zu verabreichen. Der Ratgeber für Feldschere aus dem Jahre Siebzehnhundertzweiunddreißig besagt ...«

Hier unterbrach ihn der Oberstleutnant, der während der Worte des Feldschers seinen Unterkiefer wie eine Ziege, wenn sie wiederkäut, heftig hin und her bewegt hatte.

»Entfernen Sie sich auf der Stelle mitsamt Ihrem Ratgeber, Herr Feldscher, und kommen Sie mir nicht mehr unter die Augen, sonst vergesse ich mich und schlage zurück!«

Der Feldscher ergriff eilig seine Tasche und machte sich auf die Beine, doch nach wenigen Schritten wandte er sich um und fragte, indem er in seine Rocktasche griff: »Mit Verlaub, Herr Oberstleutnant. Wollen Herr Oberstleutnant die Gräte behalten, oder darf ich sie meiner Sammlung von Merkwürdigkeiten einverleiben?«

Der Oberstleutnant sah ihn starr an, ich gewahrte auf seiner Schläfe eine rasch pulsierende Ader, die aussah, als wolle sie gleich herausspringen, und er sah noch immer auf dieses wunderliche Tier von Feldscher. Es schien ihm die Sprache zu verschlagen, denn er sagte kein Wort, ließ sich auf seinen Stuhl sinken und machte nur eine müde, ohnmächtige Bewegung mit der rechten Hand, als wolle er abwinken.

Im letzten Augenblick aber, als der Feldscher schon ging, schrie er: »Halt! Bleiben Sie stehen!«

Der Feldscher blieb stehen und wandte sich um. Der Oberstleutnant besah ihn sich von oben bis unten. »Wie heißen Sie?«

»Georg Friedrich Wilhelm Jacobi, Herr Oberstleutnant.«

»Jacobi, Sie sind, ich will es Ihnen sagen, ein grober, gerissener Hund, aber ein guter Feldscher. Ich danke Ihnen für Ihre Hilfe.«

Des Feldschers Gesicht blieb unbewegt, doch verbeugte er sich artig, scharrte nach hinten aus und verschwand.

IX. KAPITEL

Der Oberstleutnant verlangte ein Glas Wein. Ich stand da und dachte, daß die Völker noch immer nicht wußten, was gehauen und gestochen war, und daß sie in der Kälte zitterten, während der Oberstleutnant im Warmen saß und Wein soff.

Aber, indem er ihn schlürfte, warf er ein Auge auf mich und fragte: »Was war es doch gleich, was Ihr wolltet, Herr Leutnant?«

Ich dachte, da soll doch gleich ein Donnerwetter dreinschlagen, es ist, als befände man sich im Irrenhaus. Und laut sagte ich: »Die Völker warten und wollen weitermarschieren, Herr Oberstleutnant.«

Mein Ober-Offizier nahm noch einen tüchtigen Schluck aus seinem Glas, sah auf den Geheimrat und auf den Sekretär Schneider, die mich ihrerseits mürrisch anstarrten, als sei ich ein lästiger Lakai, der fortwährend aus nichtigen Gründen in ihr Blickfeld geriet, sodann warf er einen Blick durchs Fenster auf die Straße und sagte kurzentschlossen: »Leutnant, wir machen Quartier und setzen morgen unsern Vormarsch fort. Es dunkelt schon. Das Volk möchte sich verlaufen in der Finsternis. Auch bedarf es der Ruhe nach den Anstrengungen des heutigen Tages.«

»Herr Oberstleutnant, die Bürgersleute lassen sich nicht sehen und halten ihre Häuser verriegelt und verrammelt. Das Kommando muß sich mit den Ratsherren ins Benehmen setzen.«

»So schaffen Sie mir den Bürgermeister herbei oder ein paar von den Ratsherren, damit wir zu einem Ende kommen.«

Ich machte kehrt, lief aus dem Gasthof und stieß dabei halblaute Flüche und Verwünschungen aus. Und wie ich auf die Straße stolperte, sah ich die ganze Bagage heranfuhrwerken. Durch das zerhauene Tor wälzte sich der Troß von Händlern und Huren, wie er schon zu Mittag in Schmalkalden aufgetaucht war. Es war, als kämen nun die Schmeißfliegen der Armee, und als hätten sie von weitem schon gerochen, wo etwas zu holen war. In der zunehmenden Dämmerung kam der Wurm von Fuhrwerken und abgetriebenen Kleppern auf mich zugekrochen, und ich fluchte noch lauter und lief eilends zum Rathaus.

Ach Gott, da saßen schon die Ratsherren in ihrer Versammlung und deliberierten wegen des Tores, und alles schrie durcheinander, was von uns passiert wäre. Ich mußte schon vor der Tür vernehmen, daß fünf unserer Leute dem Gevatter Weiß das Brot aus dem Backofen geholt hätten und gerade dabei wären, sein Bier zu saufen. Ich schob den Ratsdiener beiseite und stampfte durch die Tür wie ein Donnerwetter. Da redeten gerade ein ganzes Dutzend Ratsherren wirr durcheinander, und jeder wußte alles ganz genau, aber einer nach dem anderen schwieg, als sie mich sahen.

Nun bemerkte ich eine Menge Köpfe und Gesichter, die mir alle zugewandt waren und zusehends blasser wurden. Ach Gott, wie saß ihnen die Angst in den Augen. Sie stierten mich an, als sei ein Wolf zu ihnen gekommen. Alle saßen wie gelähmt, nur der dürre, kotichte Kuhbauer von Bürgermeister sprang auf und entwich flugs durch die Hintertür. Der kugelrunde Ratsmeister rollte flink hinterher und schlug die Tür hinter sich zu. Da waren's nur noch ihrer zehn, die mich anstarrten.

Ich ließ mich nicht beirren und brachte mein Anliegen vor. Es möchte doch einer von den Herren so gut sein, mich zum Kommandanten zu begleiten, weil dem Rat eine Mitteilung zu machen wäre. Zuerst atmeten sie auf, weil ich sonst nichts weiter wollte, doch gleich danach stießen sie ihre Köpfe zusammen, sorgten sich um den Grund und fingen an zu beraten, wer hingehen sollte.

Da stellte sich heraus, daß sich niemand fand, und daß sich am Ende alle weigerten, weil ihnen jegliche Kooperation mit uns von ihrer Herrschaft verboten war.

Ich dachte an die armen Soldaten, die in der Kälte standen, und schlug eine heftigere Tonart an.

»Ihr Herren«, sagte ich, »am Ende wird kein Stecken und kein Stiel draus, einer von den Herren muß mit, und wenn ich ihn am Rockschoß zum ›Roten Ochsen‹ zerren muß.«

Da fingen sie aufs neue an zu parlieren und auf eine Weise zu schwätzen, daß ich noch lauter dazwischenfuhr, den Nächstsitzenden am Arm packte und mit ihm davonlaufen wollte.

Der Halunke riß sich aber los, ließ sich wieder auf seinen Stuhl plumpsen und hielt sich am Tisch fest. Alle schrien, sie ließen sich nicht Gewalt antun, dieweil sie freie Bürger wären.

Endlich bequemte sich der mit den Holzspänen und meinte, einer müsse doch hin, mag passieren, was wolle, die Übergriffe, wie er am Lärm auf dem Platz merke, häuften sich offenbar, eine Menge fremden Volkes sei in die Stadt gekommen, und es müsse etwas geschehen.

Jetzt fingen sie an vernünftig zu werden und sahen sich einen aus. Natürlich war es der Tischler, den es erwischte, und der zog nun mit mir los. Die anderen atmeten auf, bestellten Bier und erklärten, zusammenbleiben zu wollen.

Als wir im »Roten Ochsen« ankamen, hatte der Oberstleutnant bereits ein Zimmer bezogen, und sein Pursche hantierte schon am Weinfäßchen.

Nun hielt der Oberstleutnant dem Ratsherren einen Vortrag, daß es Nacht werde, die Leute wären erfroren und seien überdies schon weit marschiert und könnten nicht mehr weiter kommen. Die Stadt müsse uns ein Nachtlager geben, ob sie wolle oder nicht.

»Morgen in aller Frühe marschieren wir weiter«, sagte der Oberstleutnant und ließ sich von dem Purschen ein Glas Wein reichen.

Ich stand dabei und hörte diese Rede mit an. Ich dachte, was er sich einbildet, wenn die Völker einmal im Warmen sitzen, dann sitzen sie und erst recht mein Ober-Offizier. Der Schwung ist vorbei. Er wird wohl nicht mehr Forelle essen, aber es soll mich wundern, wenn der Wirt nicht noch andere schöne Sachen hat. Unterdessen sagte der Oberstleutnant zu dem erschrockenen Ratsherren, daß sie den Soldaten nicht das geringste schuldig wären zu geben, denn von ihrem Geld müßten sie leben, aber wenn sie es bezahlten, sollten sie ihnen etwas geben.

Der Ratsherr stand und wurde zusehends unruhiger.

Der Oberstleutnant schlürfte seinen Wein und sah ihn an. Er musterte die staubichte Hose und die Spänereste, mit denen sie behangen war. Sodann blieb sein Auge an einem Holzspan haften, der heruntergefallen war und neben dem linken Stiefel des Ratsherren lag. Und er sagte, ohne seinen Blick von dem Span zu erheben, daß er sich möge nicht so lange besinnen. Wenn die Ratsherren kein Quartier geben wollten, so ließe er die Soldaten truppweise in die Häuser ziehen, in jedes Haus soviel, wie schon drin wohnen.

Bei dieser Rede starrte er noch immer auf den Holzspan. Der Ratsherr sah an sich herab und begriff wohl, daß sein Aufzug den Oberstleutnant störte. Er hob aber mutig den Blick und schien sich auf seine Bürgerehre zu besinnen. Den Span hob er jedenfalls ums Verrecken nicht auf. Bei der Rede des Oberstleutnants hielt der Mann den Kopf schief wie eine Henne, die voller Argwohn etwas Unbekanntes mustert.

Jetzt faßte er sich, bat den Oberstleutnant um Vergebung und meinte, er könne von sich aus nichts tun, Bürgermeister und Ratsmeister hätten sich aus dem Staube gemacht, offenbar weil sie diesen Braten von der Einquartierung gerochen hätten. Er könne nur mit seinen Collegen darüber sprechen und feststellen, wie sie gestimmt seien.

So marschierte ich mit dem guten Ratsherren wieder aus dem »Roten Ochsen« auf die Straße, wo er den allerbesten Eindruck von unseren Soldaten bekam. Die waren inzwischen nämlich ganz rabiat geworden und im Begriff, die Türen der Bürgerhäuser einzuschlagen. Der Ratsherr warf die Hände über den Kopf und lief wie ein Wiesel, ich immer hinterher, ins Rathaus.

Dort waren's inzwischen nur noch acht. Zwei Ratsherren hatten sich davongemacht. Ihre Mägde hatten sie geholt, unter Wehklagen wegen der Übergriffe, die die Familien zu erdulden hätten.

Mein guter Ratsherr berichtete atemlos, was sich in der Stadt tat und beschwor seine Collegen, sie sollten einen Entschluß fassen, der Kommandant verlange für seine Völker ein Nachtquartier. Morgen mit dem Frühesten wolle er weiterziehen. Jetzt sei es Nacht, und sie kämen nicht mehr fort.

Kurz gesagt, er wiederholte getreulich die Worte des Oberstleutnants und fügte noch hinzu, daß die Bürger ihnen nichts weiter schuldig wären als eine warme Stube samt Lagerstatt.

Ich stand hinter ihm und hörte zu.

Da hättet ihr hören und sehen sollen, was sich nun begab und was bei den Ratsherren für Dinge vorkamen.

Zuerst schwieg alles. Sodann schrien sie alle wie aus einem Mund, daß sie verraten und verkauft seien. Ihre Oberen hätten sich davongemacht und sie sitzen lassen. Jetzt hätten sie Sodom und Gomorrha in der Stadt und müßten damit fertig werden.

Endlich überschrie einer die anderen und rief trotzig und entschlossen: »Wenn es nach mir geht, ich gebe mein Wort nicht! Soll werden, was will. Wer hat sie heißen, so lange hier warten? Sie hätten schon lange wieder marschieren können, wenn sie gewollt hätten. Noch einmal: Ich gebe mein Wort nicht!«

Und damit beugte er sich vor, ergriff seinen Humpen, lehnte sich zurück und soff ihn aus. Der Mann trug ein abgeschabtes Schurzfell und roch, wie mir schien, ein wenig nach Schweinemist.

Eine Weile war es still. Die Herren ließen ihre Köpfe hängen. Durch die Fenster hörte ich Getöse und vereinzelte Rufe.

Da meldete sich sein Nebenmann und akkordierte dem Nachbarn. »Ihr habt recht, Gevatter Kurz. Das sind faule Fische. Ich wollte mich lieber zerreißen, ehe ich dessen nicht wollte eingeständig sein. Was möchten wohl unsere Nachkommen von uns denken, wenn wir Ja und Amen dazu sagten. In der Stadt schlagen sie alles kurz und klein und wollen sodann auch noch Quartier, als müßten wir's ihnen danken. Mitnichten, Ihr Herren, mitnichten!«

Und er warf mir am Ende seiner Rede einen haßerfüllten Blick zu, als wäre ich an allem schuld.

Aber schon erhob sich der Dritte von seinem Stuhl und redete so geschwind los, als könne er's nicht erwarten, etwas zu sagen.

»Erstens haben sie uns das Tor eingehauen, und da sie nun nicht weiterkommen, sollen wir ihnen auch noch Quartier geben. Durchaus nicht, das ist meine Meinung! Wenn wir's aber zuließen, so hieße es alsbald bei allen Strauchdieben und allem Soldatenvolk, die Wasunger seien feige Memmen und zögen den Schwanz ein, sobald ein Schuß knallt. Schon erzählt man in aller Welt, wir wären die größten Narren in allen deutschen Landen. Nun, ihr Herren, sei's drum, ob's stimmt, wird die Nachwelt ergründen, aber vom Vorwurf der Feigheit und Angst müssen wir verschont bleiben, und sollten wir dabei zugrunde gehen!«

Nach dieser tapferen Rede blickte er mutig in die Runde, sein Mondgesicht war krebsrot vor Erregung und Wut, und als die anderen ihm zugenickt hatten, ließ er sich befriedigt auf seinen Stuhl fallen.

Der Vierte, der auf seinem Stuhl kleben blieb und ein spöttisches Gesicht machte, als amüsiere ihn die ganze Szenerie, sagte bedächtig und ohne seine Stimme zu erheben: »Der Herr Kommandant, Ihr Nachbarn, mag wohl ein prächtiger Herr sein und einen ganzen Berg von Versprechungen vor uns aufhäufen, doch wenn er sagte, wir brauchen ihnen nichts zu geben, so halte ich dagegen, daß sie sich's ja schon nehmen. Hört nur hinaus auf die Straße. Er mag sagen, was er will, es bleibt doch nicht dabei. Man muß ihnen doch was zu Essen geben, denn sie haben ja nichts mitgebracht. So ist es immer, wenn Soldaten kommen. Die Versprechungen tragen sie vor sich her, und wenn es dann soweit ist, geht alles drunter und drüber, und sie stehlen dir das letzte Hemd vom Hintern.«

Der Fünfte hing sich flugs an den Vierten und spendete Beifall. »Das war recht, Gevatter Hopf! Ich weiß noch, wie es uns erging, als die kaiserlichen Ritter kamen. Wann war es doch gleich?« Er geriet ins Stocken, zählte an den Fingern und sah in die Runde, ob ihm einer zu Hilfe käme. Der erste Redner rief, daß es wohl zwanzig Jahre her seien. Aber ein anderer fiel ihm ins Wort und fing an zu streiten. »Achtzehn Jahre sind's!« rief er. »Mein Johann Christoph feierte gerade Hochzeit in dem bewußten Sommer. Es war wochenlang kein Regen gefallen. Im Brauhaus entstand ein Feuer, bei dem Euerm Großvater der Rock verbrannte, wißt Ihr noch?«

Jetzt nickten alle, und eine Welle der Erinnerung flog über die Gesichter.

»Ach ja!« gab ihm der Fünfte recht, »in diesem Sommer kamen sie und machten es ebenso. Wir hatten sie und konnten sie nicht mehr wegbringen. Wir mußten sie brav behalten, und sie taten so, als wäre hier das Paradies auf Erden. Und wißt Ihr, wie alles durcheinanderkam in der Stadt? Da war die Moral dahin und das ruhige Leben auch.«

Ich stand da und sah von einem zum andern. Draußen war es Nacht. Wenn mir einer am gestrigen Morgen, als ich aus dem Bett gesprungen war, vorausgesagt hätte, daß ich am anderen Abend vor den Ratsherren zu Wasungen stehen würde und solcherart Unsinn anhören müßte, so hätte ich ihn für konfus erklärt. Jetzt waren sie bei ihren Großvätern angelangt und würden wohl, so es ihnen gefiel, noch bis zu Adam und Eva zurückgehen.

Der Sechste meinte, daß es gar nicht ginge. Der Kommandant wisse wohl nicht, daß sie weder zu entscheiden hätten noch kompetent wären. Sie, die Ratsherren, müßten erst einen Befehl ihrer Herrschaft in Meiningen haben. Sie wären auf Gedeih und Verderb an ihre Herrschaft gebunden und müßten abwarten, wie sie entscheide. Damit lehnte er sich zurück und fing an, seine schwarze Stummelpfeife zu stopfen.

Bis hierhin hatte ich mir den ganzen Ratsschluß angehört und stillgeschwiegen. Jetzt hielt ich das Geschwätz nicht mehr aus und fuhr die Herren auf eine Art und Weise an, daß sie allesamt zusammenschreckten und, wie mir schien, auf ihren Stühlen etwas kleiner wurden.

»Was denken Sie sich, wie das gehen soll? Die Völker stehen auf der Straße und wollen ins Warme. Es wird der Stadt nur zum Schaden gereichen, wenn Sie hier parlieren bis der Mond am Himmel steht. Sie mögen in den täglichen Angelegenheiten der Stadt gute Ratsherren sein, aber wie die Lage nun einmal ist, scheinen Sie nicht fähig, einen Beschluß zu fassen. Ich will zu meinem Kommandant gehen, um ihm zu sagen, daß wir die Soldaten truppweise in die Häuser schikken.«

Und damit wandte ich mich ab und stiefelte zur Tür. Da hättet ihr hören sollen, was sich hinter mir für ein Geschrei erhob. Ich solle doch bleiben, man werde schon noch zu einem Beschluß kommen. Es sollten erstmal alle zu Wort kommen, weil so der Brauch sei. Sie könnten doch nicht, nur weil die Gothschen gekommen wären, ihre Ratsordnung umstoßen.

Daraufhin wandte ich mich wieder um und erklärte mich bereit, noch ein paar Minuten zuzuhören, daß ich dann aber ohnfehlbar die Soldaten in die Häuser schicken würde, gleich, was bei dem ganzen Geschwätz zum Vorschein komme.

Da meldete sich der Siebente zu Wort und fing wieder von vorne an. »Hab ich's nicht gesagt, Ihr Herren, der Ratsmeister, Herr Läufer, hat sich aus dem Staube gemacht und ist gelaufen, wie schon sein Name sagt, und zieht den Kopf aus der Schlinge, wir aber sitzen da wie an der Leimrute und haben alles auf dem Halse. Sie sprechen, sie wollen morgen wieder fort. Ja, sie sind gestern und heute schon marschiert und morgen, Ihr Herren, morgen werden sie brav liegenbleiben und einen Rasttag machen. Meine Gedanken betrügen mich nicht. Aber wie wäre es denn, Ihr Herren, wenn wir einen Mann zu Pferde nach Meiningen schickten an den Hof, zum Regierungsrat Reinwald? Es stünde uns übel an, einen Beschluß zu fassen, der womöglich unsere Herrschaft verstimmen würde.«

Wieder packte mich die Wut. Ich wurde ganz böse und schrie: »Ihr Herren, ich sehe nur, daß Sie nicht im Guten mit uns auskommen wollen. Je mehr Worte Sie machen, je weniger Werk kommt zustande. So mag es werden, wie es will, die Bürgerschaft wird Ihnen Ihre Ungereimtheiten zu danken haben. Ich warte keinen Augenblick länger. Machen Sie, was Sie wollen.«

Und daraufhin tat ich, als wollte ich wieder losmarschieren.

Allein der achte Ratsherr, eben jener Tischler, der mit mir beim Oberstleutnant gewesen war, bat mich zu bleiben und meinte, man werde schon noch zu einem vernünftigen Schluß kommen in der Sache. Da unterbrach ihn ein anderer und schlug vor, man solle doch zum Ratskomissarius Sachse schicken und zum Herrn Stadtschreiber, um ihre Meinung zu erfahren.

Als ich das hörte, ließ ich mich voll ohnmächtiger Wut auf einen Stuhl fallen. Mir war ganz taumelig im Kopfe von all dem Geschwätz, und ich mußte nun auch noch mit anhören, wie sie sich darum stritten, wer zu den beiden hingehen sollte, da sich alle weigerten.

Endlich hatten sie einen ausgeguckt, und er lief auch fort, kam aber bald wieder und schrie schon an der Tür, sie seien beide nach Meiningen geritten, als wir das Tor eingehauen hätten. »Die Soldaten, Ihr Herren«, rief er noch hinterdrein, »führen sich auf in der Stadt wie des Teufels Barbiere. Wir müssen zu einem Schluß kommen, Ihr Herren.«

Da erhob sich der achte Ratsherr, mein guter Tischler und Zimmermann, und sprach folgendermaßen: »Ihr lieben Nachbarn und Ratsherren, was wollen wir machen? Sie sind nun einmal in der Stadt. Wenn wir ihnen kein Quartier geben, hat der Kommandant gesagt, so läßt er die Leute hingehen, wohin sie wollen. Mir dürft Ihr die Schuld nicht geben. Ich gehe heim und mache mein Haus zu. Ihr habt heute gehört, drunten bei Schmalkalden liegt Gevatter Böhlern sein Schwager, der Leutnant Zimmermann, und ist mausetot, das Tor ist eingehauen, und drunten stehen die Soldaten und fluchen wie die Teufel, ein ganzer Schwanz von Weibsbildern und Marketender hat sich durch's offene Tor gewälzt, so daß die Ordnung ganz durcheinander kommt, wenn wir nicht anfangen, etwas zu tun. Ihr Herren, was ich sagen will, laßt uns dazu bequemen, Billette für die Quartiere zu machen. Es schützt Euch wahrlich kein Gott, ich bin drunten gestoßen auf Herrn Doktor Fischer, der hat gesagt, daß er in Schmalkalden war und selbst den toten Leutnant Zimmermann gesehen hat. Die Leute sagen, daß die Bauern auch bald hätten dran glauben müssen, und daß der Leutnant noch nicht der Letzte sein wird. So kann das Unglück auch noch über uns kommen, was Gott, der Herr, verhüten möge. Ihr Herren«, fuhr er fort, »mögt auch bedenken, unser Herr kümmert sich nicht um uns. Er, der doch der Herzog ist, sitzt nicht einmal in Meiningen, wo er doch hingehört, sondern hockt vielmehr immer nur drunten in Frankfurt oder sonstwo und denkt, mag's uns gehen, wie

Gott will. Wer weiß, wie alles angefangen hat. Vor langer Weile sind die Gothschen nicht ins Feld gerückt, einen Grund müssen sie schon haben, wenn man auch kein Wort erfährt. Aber, Ihr Herren, was sind schon ein oder zwei Nächte mit Soldaten. Man muß es geduldig ertragen, zumalen es doch unsere Grenznachbarn sind und der Herzog von Gotha unseres verstorbenen Herzogs Schwager ist. Sollen wir ihnen darum nicht ein Nachtlager geben?«

Das war, soviel ich sah, der weiseste und klügste Ratsherr von allen und er hat es, weiß Gott, erreicht, die anderen zu überreden, denn jetzt bequemten sie sich, Billette zu machen.

Ihr könnt mir glauben, keiner war froher als ich, wenn nun auch gewaltig viel Arbeit zu tun war. Ich sagte ihnen die Stärke vom Kommando, und wir machten zuerst die Billette für die Offiziers und dann für die ganze berittene Garde wegen der Stallungen.

Und während sie die Billette für die Mannschaften machten, vom Feldwebel bis zum Gemeinen, lief ich zum Oberstleutnant und erstattete Rapport. Aber das war leichter gesagt als getan, denn mein oberster Kriegsherr lag schon wieder halb besoffen auf dem Lotterbett und weigerte sich, mich anzuhören.

X. KAPITEL

So blieb alles an mir hängen, und ich sprang wie wild die Treppe hinab, stellte dem Oberstleutnant eine Schildwacht vor die Tür und gab den Offiziers die Billette. So kam mühsam alles in Gang und in die gehörige Ordnung.

Die Tore ließ ich durch Wachen besetzen. Sodann befahl ich alle Unteroffiziers zu mir, und im gleichen Augenblick wurden mir die Billette für die Völker überbracht. Doch gerade als ich sie ausgeben wollte, kam der Oberstleutnant heranmarschiert. Er hatte sich wieder erholt und war so gnädig, zu befehlen, daß an das Volk täglich ein Zuschuß gezahlt werde. Neben der doppelten Gage solle jeder täglich acht Groschen für Brot bekommen, die Herren Musketiers und Unteroffiziers entsprechend mehr. Da hellten sich die bedrückten Mienen der Unteroffiziers auf, und beifälliges Murmeln wurde hörbar.

Ich zeigte dem Oberstleutnant die Billette und fragte, ob er dazu etwas befehlen wolle. Hierauf setzte er ein strenges Gesicht auf und ordnete an, daß dem Volk bei Ausgabe der Billette befohlen werde, daß sich keiner soviel auskleiden solle, daß das Gewehr bei der Lagerstatt stehen müsse und daß, sobald einer was gewahr würde, er sich augenblicklich mit seinem Gewehr bei seinem Chef einzufinden habe. Käme aber einer nicht zur rechten Zeit, der solle durch das ganze Kommando bis auf den Tod mit Spießruten bestraft werden. Sechshundert Ruten seien sofort zu schneiden. Ferner, so fuhr unser Obrister fort, solle sich jeder Soldat alle Stunden marschfertig und parad halten, weil noch keine bestimmte Zeit zum Ausmarsch determiniert wäre. Sobald aber Vergatterung geschlagen sei, solle sich jeder sogleich bei seinem Chefquartier einfinden.

Als er geendet hatte, bat ich ihn, eine Erinnerung vorbringen zu dürfen, was er mir gnädig gewährte.

So schlug ich vor, die Namen der Wirte zu notieren und

ebenso die Soldatennamen und Namen der Unteroffiziers, um bei nächtlichen Vorkommnissen alle Zeit im Bilde zu sein, um wen es sich handele. Der Oberstleutnant akzeptierte diese Vorsicht und marschierte wieder fort zu seinem Weinfaß.

Da stand ich und sah die Unteroffiziers mit ihren Billetten davonziehen. Und ich dachte mir, was hat er, dein Ober-Offizier, nun wieder von Vergatterung geschwätzt. Erst sollte ein kleines Halt gemacht werden, dann eine ganze Übernachtung, weil er so malad war wegen der Gräte, und nun wurde es doch nur ein etwas längeres kurzes Halt, und er sprach von Vergatterungsschlagen und daß ein jeder nur mit offenen Augen schlafen solle.

Nun, ich lief die Tore ab, observierte die Wachen und begab mich sodann in mein Quartier. Da hatte es sich ergeben, daß ich zu dem Tischler-Ratsherr gekommen war, und zwar zusammen mit dem Feldscher. Jeder von uns bezog eine Kammer, und mein Pursche hatte sein Strohlager auf dem Gang aufgeschlagen.

Ich hörte den Feldscher nebenan vor sich hin brummen, und wie er seine Sachen durcheinanderwarf und schließlich – ich wollte gerade eine kleine Viertelstunde meinen müden Kopf ein wenig ausruhen – seine Stimme erhob und zu singen begann:

»Es ist ein Schnitter, der heißt Tod,
der hat Gewalt vom höchsten Gott:
Heut wetzt er das Messer,
es schneid' schon viel besser;
bald wird er dreinschneiden,
wir müssen's nur leiden.
Hüt dich, schöns Blümelein
was heut noch grün und frisch dasteht,
wird morgen schon hinweggemäht,
die edle Narzisse, die himmlisch Schlüssel,

die schön' Hyazinthen, die türkisch Binden,
hüt dich, schön's Blümelein.«

Ich wälzte mich auf die andere Seite und schrie, daß er Ruhe geben solle mit seinem falschen Baß, ich würde schon mein Messer wetzen.

Daraufhin war es einen Augenblick still. Aber gleich darauf rief er durch die Lehmwand: »Der Schnitter, Herr Leutnant, ist überall, vielleicht ist er schon auf'm Weg nach Wasungen.« Und er sang wieder: »Dann, ihr Medicis, dann gibt's zu tun, da wird geschnitten und geschabt, da wird geritten und getrabt, mein Messer steht nicht still. Herr Leutnant, kommen Sie mit ins Wirtshaus. Im ›Bären‹ sitzen die Offiziers und saufen, daß die Schwarte kracht.«

Gott im Himmel, da hatte ich mir einen schlimmen Quartiergenossen aufgehockt.

Ich wälzte mich vom Lager, warf mich in Rock und Mantel, und wir gingen beide hinunter.

In der Küche des Ratsherren stand mein Pursche und nagte begierig an einem Knochen. Neben ihm befand sich die Magd, ein junges Weibsbild, das ihm verliebte Blicke zuwarf. Es kam wohl mit dem heutigen Abend ein wenig Abwechslung in ihr Leben, zumal mein Pursche ein ansehnlicher Kerl vom Lande, wenn auch manchmal etwas vorwitzig war.

Während wir zum »Bären« liefen, fragte mich der Feldscher, wie es dem Obristen ginge.

»Er schluckt schon wieder«, gab ich ihm Bescheid, »und wird wohl nie im Leben wieder Fisch essen.«

»Aber in den Krieg zieht er, obschon es noch gefährlicher ist.«

Ich tat erstaunt.

»Doch nicht für einen Obristen!«

Der Feldscher blieb stehen und sah mich an.

»Weiß Gott«, sagte er, »da habt Ihr recht. Fischessen ist

für einen Obristen gefährlicher als Kriegführen. Bei unsereinem aber, Herr Leutnant, da ist es umgekehrt.«

»Aber Feldscher, Ihr seid doch immer hinten und hantiert mit Euren Schröpfköpfen.«

»So ist es nicht, Leutnant, wir sind öfters weit genug vorn, um eine verirrte Kugel aufzufangen. Sie wissen doch, wie es dem Feldscher Franke gegangen ist, den der Herzog mit nach Holland geschickt hat. Ein Querschläger hat ihm den Hals aufgerissen. Jetzt sieht er sich das schöne Holland von unten an. Wie der Wind hier aber weht, so steht wohl derartiges nicht zu befürchten.«

»Meinen Sie, es wird keine Blessierten und Toten mehr geben?«

»Wenn es ein richtiger Krieg wäre, Herr Leutnant, dann möchte es wohl Arbeit für mich geben, doch so, wie die Sachen stehen, ist damit freilich nicht zu rechnen.«

»Welche Sachen, was meinen Sie für Sachen?«

Ich blieb auf der Straße stehen und sah zu ihm hin. In den Bürgerhäusern brannte Licht, erregte Stimmen waren zu hören. Die Soldaten stritten sich wohl mit den Quartierwirten um jeden Strohhalm und um jeden Bissen Brot.

»Nun, Herr Leutnant, die Kriegsursache meine ich.«

Er war ebenfalls stehengeblieben und hatte sich zu mir umgewandt. Der Himmel über ihm und über der Gasse zwischen den Häusern war hell, und vereinzelt waren Sterne zu sehen. Sie standen reglos und glitzernd, als herrsche dort eine große Ruhe und Zufriedenheit, während hier unten Streit und Erregung war.

»Ich habe etwas läuten hören«, fuhr er fort, »der Krieg sei ausgebrochen wegen irgendwelcher Weibergeschichten am Hofe zu Meiningen.«

Ich stand starr und sah ihn ungläubig an. »Wegen Weibergeschichten? Ihr seid wohl nicht bei Troste?«

»Es ist aber so, Herr Leutnant. Wie gefällt Euch das? Ist es nicht ein klassischer Grund, Krieg zu führen?«

Mir schien, als lächle er spöttisch. In seinem Tonfall war so viel Verachtung, daß ich mich, wie soll ich's sagen, einen Augenblick lang gedemütigt fühlte. Es war, als ob ich ganz klein und winzig unter diesem Sternenhimmel stand, nutzlos und vergessen, und ich war plötzlich müde und niedergeschlagen. Doch dieser Zustand, den ich mir nicht erklären konnte, verflog so schnell, wie er eingetreten war.

Ich reckte mich auf und sah ihn scharf und unwillig an.

»Feldscher, das sind Gerüchte, wie sie allerorts bei solchen Gelegenheiten entstehen. Die Leute wissen nichts und müssen daher etwas erfinden.«

Ich setzte mich abrupt in Bewegung und lief an ihm vorbei zum Gasthaus. Er trottete mir nach, und ich hörte, wie er verhalten lachte. Das versetzte mich in Wut, und ich stieß hervor, daß er aufhören möge, mit mir solche Späße zu treiben, mein Handwerk sei der Krieg, ein ehrsames und ebenso gutes Handwerk wie jedes andere. Wieder hörte ich ihn lachen.

»Schon gut, Herr Leutnant, nehmt es als ein Spaß, wenn Ihr wollt. Ihr treibt ein Handwerk wie alle anderen, und ich lese die Knochen hinter Euch auf, auch ein Handwerk wie jedes andere.«

Zum Teufel, dachte ich, dieser Philosophenspitzbube kann sein Maul nicht halten. Das letzte Wort muß er haben, selbst wenn es nichts als Unsinn ist, was er hervorbringt.

Und damit traten wir in den »Bären«, wo die anderen schon saßen und sich an den Bierkrügen festhielten.

Ich setzte mich nieder und dachte, der Halunke würde sich ein wenig von mir entfernen, aber denkt ihr, er hatte derartiges im Sinn? Er setzte sich neben mich, und ich sah ihn mir im Lichte von der Seite her an. Seine flinken Augen überflogen die Tafel, und ich gewahrte, wie sich die Mundwinkel kräuselten, als trieften sie vor Spott oder Vergnügen, da er die Offiziers sah und sie parlieren hörte.

XI. KAPITEL

Da war nun freilich der Teufel los. Wie der Feldscher gesagt hatte, die Offiziers soffen, daß die Schwarte krachte, obwohl wir doch in Feindesland waren und jeden Augenblick die Meininger kommen konnten. Die Sauferei war schon erheblich in der Garnison, doch wenn es ins Feld ging, soffen sie allesamt, ich nahm mich dabei nicht aus, Tasche und Keller leer.

Unser Beruf, so kam mir in den Sinn, war doch so ein verzweifelter nicht, daß man sich immerfort betäuben mußte. Aber es war wie verhext. Sobald es gegen einen Feind ging, griff jeder, ob Offizier oder Gemeiner, zur Flasche oder zum Krug, als gelte es schnell etwas vorwegzunehmen, was einem abgeschnitten werden könnte.

Selbst der Major von Benneckendorff, der mir schräg gegenüber saß und ein gestrenger Offizier war, soff auf Kommando mit und schlürfte wie ein Studente seinen Humpen aus, so daß ihm geradezu die Tränen in die Augen traten. Und daß er nachher rülpste, das konstatierte ich mit Befremden und war mir so neu an ihm, daß ich ihn erstaunt anstarrte und eine Bemerkung des Major von Voß überhörte, die in der Runde heftigen Widerspruch hervorrief.

»Was sagte der Major?« wandte ich mich an den Feldscher.

»Der Major meinte soeben«, antwortete der Feldscher, »dieser Krieg wäre ein Weiberkrieg. Zwei Damen am Hofe zu Meiningen wären sich in die Haare gekommen, und das sei die Ursache des Krieges.«

Er sah mich an und begann rechthaberisch zu grinsen. Ich wandte meine Augen weg und blickte auf den Major, der mit den Schultern zuckte, während die anderen auf ihn einredeten. Schließlich erklärte er: »Meine Herren, ich kann nur wiederholen, was mein Quartierwirt von sich gab. Er versicherte, es ganz genau zu wissen. Zwei Damen am Hofe, eine gewisse Frau von Gleichen und eine Frau von Pfaffenrath, hätten sich gegenseitig die Reifröcke und die Perücken heruntergerissen, und das sei der Anlaß des gegenwärtigen Krieges. Ich glaube es selbst nicht, aber mein Wirt versicherte es mir hoch und heilig.«

Jetzt schrien sie alle durcheinander: »Was? Wie? Was ist los?«

Der Major von Benneckendorff wischte sich die Tränen aus den Augen und glaubte wohl, nicht recht gehört zu haben, denn er legte die Hand hinters Ohr und sah zum Major von Voß, den Mund offen vor Staunen. Als es ihm noch einmal bestätigt wurde, schloß er den Mund, nahm die Hand vom Ohr und sagte ärgerlich: »Herr Major, was für ein Unsinn, gut, daß Sie es selbst nicht glauben. Das sind greuliche Reden von Leuten, die wer weiß was für einen Herrgott haben.«

Ich saß da wie vor den Kopf geschlagen und wollte Herrn von Benneckendorff glauben, war aber voller Unruhe und redete ihn dummerweise an: »Herr Major, mit Verlaub, aber ich habe ähnliches läuten hören. Man sollte der Sache auf den Grund gehen.«

Da schlug er doch tatsächlich voller Wut mit der Faust auf den Tisch. »Ich will nichts davon hören, Herr Leutnant. Krieg ist Krieg. Unsere Sache ist es nicht, wenn sich ominöse Weiber die Reifröcke vom Hintern reißen. Mag sein, daß es derartiges gibt, doch was soll uns das? Wir haben Krieg zu führen, aus welchen Gründen auch immer. Ich will nichts mehr hören davon.«

»Recht so!« sagte der verdammte Feldscher neben mir. »Sollen sie sich meinetwegen die Augen auskratzen, es ist ihre Sache. Unsere Sache ist, Krieg zu führen, ohne uns um den Grund zu kümmern.«

Er griff gleichmütig zum Bierkrug und nahm einen Schluck. Ich sah ihn erstaunt von der Seite her an, schwieg still und dachte mir mein Teil.

»Der Krieg, meine Herren«, rief der Major von Bennekkendorff über den Tisch, »ist eine Sache der Ehre und des Ruhmes. Wir zücken unsere Degen nicht aus lauter Lust und Vergnügen, sondern immer nur aus Notwendigkeit und in der Not. Und wenn unser durchlauchtigster Fürst, der Herzog zu Sachsen, Jülich, Cleve und Berg, nach Engern und Westphalen, zu beschließen geruhen, gegen Meiningen zu Felde zu ziehen, so sind wohl zwingende Gründe die Ursache und verdienen allen Respekt. Den Offizier und Soldaten, meine Herren, ziert die Treue und der Gehorsam gegen seinen Landesherren, dem er, wohlgemerkt, Treue geschworen hat. Da darf man sich nicht im geringsten unterstehen, mit trotzigen Mienen, Worten oder Werken, dem Befehl des Vorgesetzten zu widerstehen. Raison, meine Herren, ist das Gebot der Stunde. Ich gedenke an diesem Tisch nicht zu parlieren über Kriegsgründe und Ursachen, sondern will mich vielmehr zum Tagesausgang ein wenig vergnügen und fröhlich sein, zumal wir bisher siegreich vorangekommen sind.«

»Wohl gesprochen, Herr Major, wohl gesprochen!« rief der Garnisonsleutnant von Witzleben, dem schon wieder eine Schnurre aus den Augen blitzte. »Ich sehe weder nach rechts noch nach links, meine Herren. Und da ist ja auch noch die doppelte Gage, nicht war, man wird vielleicht sogar etwas auf die hohe Kante legen können.«

Er sah in die Runde, wie um Gewißheit zu erhalten, aber alle blickten weg von ihm, zumeist in die Bierkrüge, und ich spürte, daß trotz der Worte des Majors eine lähmende Ungewißheit über dem Tisch lag.

Es war, als ob die beiden verruchten Meininger Weiber mit am Tische säßen. Irgend etwas mußte an der Sache sein. Kein Feuer ohne Rauch, dachte ich, und beschloß, der Sache auf den Grund zu gehen.

Jetzt wandte sich der Feldscher an mich und meinte halblaut: »Das war vortrefflich gesprochen vom Major von Beneckendorff. Der Herr ist ein capabler Offizier, wie ich sehe.

Wie schön ist es, wenn unser Herzog über derart treue Streiter verfügt. Ein solcher Mann wird niemals im Staube sitzenbleiben, soviel ist gewiß.«

Seine Miene war ernsthaft und voller Wohlwollen. Er sah mir eindringlich ins Gesicht und fuhr fort: »Ein solch tapferes und mutiges Verhalten wird Euch anfeuern, Herr Leutnant. Lebende Beispiele sind außerordentlich kostbar.«

»Schweigen Sie still, Feldscher!« fuhr ich ihn ebenso halblaut an. »Wenn Sie nicht auf der Stelle schweigen, erhebe ich mich und begebe mich woanders hin. Sie sind das lebende Beispiel für ein Chamäleon. Ich durchschaue Sie, Herr Feldscher. Seien Sie vorsichtig in Ihrem Verhalten, sonst wird es Ihnen noch einmal übel ergehen.«

Er tat verdutzt, hielt aber mitnichten sein Maul.

»Hören Sie, Herr Leutnant, ich meine es ganz im Ernst. Auch der Leutnant von Witzleben hat recht. Ich jedenfalls danke Gott für die willkommene doppelte Gage. Meine Frau liegt schon wieder, wie in jedem Jahr, im Kindbett. Wenn die Kleinen auch zur Genüge sterben, so sind es doch inzwischen fünf Mäuler, die ich zu stopfen habe. Da können Sie sich denken, wie ich mich abrackern muß, damit das Brot im Haus nicht alle wird.«

Kapitain Rupprecht, der links von mir saß und offenbar die letzten Worte des Feldschers mit angehört hatte, beugte sich vor. »Herr Feldscher, Sie haben gut jammern mit drei Kindern. Ich habe deren fünf und weiß nicht einmal, wie ich dazu gekommen bin. Zumeist war ich im Feld, lange Zeit bei den Preußen, und immer nur wenige Tage zu Hause. Aber kaum hatte ich die Tür zur Schlafstube aufgemacht, schon war meine Frau schwangeren Leibes. Da kommt, da könnt Ihr mir glauben, ein Krieg sehr gelegen.«

Der Feldscher runzelte die Stirn und machte ein zweiflerisches Gesicht. »Herr Kapitain, ich glaube, das Gegenteil ist der Fall. Kriege begünstigen vielmehr die Schwangerschaft der Frauen, das scheint mir sicher zu sein.«

Der Kapitain dachte nach. Sein Gesicht wurde mißtrauisch. Er musterte den Feldscher. Ich lehnte mich zurück und sah, daß das Gesicht des Kapitains rot wurde.

»Wie meinen Sie das, Feldscher?« Seine Stimme hatte einen scharfen Unterton.

»Nun«, der Feldscher machte ein gleichmütiges, wissendes Gesicht, »Sie sind immer nur wenige Tage oder vielleicht nur Stunden mit Ihrer Frau zusammen, Herr Kapitain, und Sie denken immer nur an den Krieg und sorgen sich um Ihre Soldaten, nicht wahr, da Sie selbst durch und durch ein Kriegsmann sind mit Leib und Seele. Und so kommt es nun, lieber Herr Kapitain, daß Sie ganz gedankenlos, nicht wahr, so beiher gewissermaßen ...«

Der Feldscher schwieg und sah dem Kapitain in die Augen. Der hielt den Mund offen und sah zurück.

Ich wiederum blickte von einem zum anderen und wußte nur eines: Der Feldscher wurde mir von Mal zu Mal unheimlicher und obskurer. Und zu gleicher Zeit wußte ich auch, daß ich mich ihm nicht entziehen konnte. Ein seltsamer Mensch, der da rechts von mir saß und mit zwei Zungen sprach. Ob er mich für dumm hielt?

Am Ende des Tisches stritten sich die Offiziers darüber, ob es möglich sei, ein Ei mit dem spitzen Ende auf den Tisch zu platzieren, so daß es feststünde. Der Garnisonsleutnant von Witzleben behauptete steif und fest, daß er's könne und jede Wette machen wolle.

Ich saß da und hörte die Reden der Herren mit an. Feldscher und Kapitain unterhielten sich an meinem Gesicht vorbei, und ich sagte zum Kapitain, er möge sich doch bitte auf meinen Platz setzen, damit er sich mit meinem Nachbarn um so besser verständigen könnte. Das geschah auch, und ich war den verdammten Feldscher los.

Der Wirt brachte ein Ei. Wetten wurden geschlossen. Ich starrte auf das braun gesprenkelte Ei, das der Garnisonsleutnant von einer Hand in die andere warf.

Kein Feuer ohne Rauch, dachte ich. Ich will wissen, was hinter der Sache steckt und wenn ich mit dem Herrn Geheimen Rat sprechen muß.

»Gewiß, gewiß!« hörte ich den Feldscher sagen. »Der Krieg ist eine heilige Sache, ohne Zweifel, aber er ist auch, Herr Kapitain, ein unglückseliger Zustand und ein wütendes Übel, daß werdet Ihr mir zugeben.«

Und darauf der Kapitain: »Der Krieg, Feldscher, wird von Gott mehrentheils dem Menschen zur Strafe auferlegt, man muß ihn nehmen, wie er kommt.«

Ich wandte den Kopf und sah zum Feldscher. Er hielt den Blick gesenkt und griff zum Bierkrug. Doch bevor er trank, sah er hoch und mich an, woraufhin ich auf der Stelle wegblickte und ihn sagen hörte: »Herr Kapitain, was bringen Sie immerfort den lieben Gott ins Gespräch. Letzten Endes, freilich, der liebe Gott ist bei allem und in allem, aber die Menschen, das sehen Sie doch, tun auch etwas. Meinen Sie, Herr Kapitain, unser Herzog hätte vorgestern eine Audienz beim lieben Gott gehabt?«

Der Garnisonsleutnant schüttelte das Ei jetzt, während die anderen seiner Hand folgten, um acht zu geben, ob er nicht vielleicht etwas Unerlaubtes damit anfing.

Ich mochte gar nicht mehr auf das hören, was der Feldscher von sich gab. Mir war das Ei nun sehr willkommen, und so erhob ich mich, nahm mein Bier und ging zum anderen Ende des Tisches, um mich hinter den Leutnant zu stellen und seine Hand zu verfolgen.

Der Major von Benneckendorff wurde ungeduldig. »Leutnant, Sie sollen das Ei nicht schütteln, sondern auf den Tisch stellen.«

Der Leutnant schüttelte weiter. »Ich muß es erst präparieren. Habe ja nicht behauptet, daß ich es jetzt auf den Tisch stelle. Warten Sie noch einige Minuten.«

Die Aufmerksamkeit ließ ein wenig nach, wenn alle auch nach wie vor auf des Leutnants Hand starrten.

Als hinter mir der Wirt vorbeischlich, drehte ich mich zu ihm um und hielt ihn kurzentschlossen am Kittel fest.

»Herr Wirt, hören Sie einen Augenblick, ich habe Sie etwas zu fragen!«

Der Wirt erschrak und fürchtete wohl, ich würde ihn wegen eines Versäumnisses anfahren. Ich führte ihn beiseite und fragte halblaut: »Wissen Sie etwas von irgendwelchen Weibergeschichten am Meininger Hofe?«

Die Sorge aus seinem Gesicht verschwand, doch sah ich, daß Mißtrauen in dem Mann aufstieg. Er stand und schwieg.

»Sie brauchen nichts zu fürchten und können reden, wie Ihnen der Schnabel gewachsen ist.«

Endlich bequemte er sich zu sprechen. »Herr Offizier, ich bin ein Untertan wie jeder andere, noch dazu ein Mann, der von seinem Acker und von dieser Wirtschaft lebt. Schlecht genug, wissen Sie! Wie soll ich da von Dingen wissen, die am Hofe geschehen? Ich habe mit dem Hof nichts zu schaffen.«

Der Mann log. Ich sah es ihm an. Er war voller Mißtrauen. Doch ich ließ nicht locker.

»Hören Sie, Herr Wirt, vielleicht gibt es Gerüchte. In einer solchen Wirtschaft wird doch über manches geschwätzt.«

»Das ist schon wahr, Herr Offizier, solch Geschwätz gibt es. Freilich, wenn Euch das etwas nützt. Man sagt, zwei Damen vom Hofe hätten sich die Larven zerkratzt und die Kleider herabgerissen, weil jede von ihnen meinte, sie stünde höher als die andere. Daraufhin hat man wohl eine von ihnen ins Gefängnis gesteckt. Und heute hörte ich, Ihre Soldaten sollten sie befreien. Ist es so, Herr Offizier?«

Er hatte halblaut, fast flüsternd gesprochen. Seine Frage am Schluß stellte er etwas lauter. Ich bemerkte, daß der Major von Benneckendorff daraufhin zu uns hersah und setzte ein gleichgültiges Gesicht auf.

»Unsinn, Herr Wirt. Damit haben wir nichts zu tun. Glauben Sie etwa solche Gerüchte?«

Er hob die Schultern und ließ sie wieder fallen. »Weiß man's, Herr Offizier? Es gibt sonderbare Dinge auf der Welt, darunter auch sehr lächerliche. Aber meine Sache ist es nicht zu urteilen. Ich versehe meine Wirtschaft und bin ansonsten ein Untertan wie jeder andere.«

»Das ist gut, Herr Wirt! Bringen Sie jetzt eine neue Runde Bier, und vergessen Sie unser Gespräch!«

Er machte sich eilends davon, und ich kehrte zum Leutnant zurück, der eben das Ei mit der Spitze sorgsam auf den Tisch stellte. Die Offiziere hielten den Atem an, starrten auf den Tisch, der Leutnant ließ es los, und alle sahen, das es tatsächlich stand.

Ich hörte die erstaunten Ausrufe und sah die ganze lustige Gesellschaft wie aus weiter Ferne. Mir war, als gehöre ich nicht dazu. War es nicht eine Schande, daß man hier saß und sich verlustierte, in einem Krieg, der gar kein Krieg war oder der nur so tat, als sei er einer, geführt zu dem Zweck, ein Frauenzimmer aus dem Gefängnis zu befreien? Zum Teufel auch! Ich konnte und ich wollte es nicht glauben. Mein Beruf war ein ehrsamer. Ich wollte nicht Kapitain werden wegen zweier hoffärtiger Weiber. Wenn schon ein Krieg, dann ein richtiger.

Ich beschloß, noch einmal mit dem Major von Benneckendorff zu sprechen.

Ich trat an ihn heran, wies auf den leeren Stuhl, der neben ihm stand, und bat, mich setzen zu dürfen. Er nickte mir zu, sah mich an und meinte: »Ihr seht aus, als sei Euch das Korn verhagelt worden, Herr Leutnant.«

»Man könnte sagen, daß es so ist. Erinnern Sie sich an unser Gespräch, als wir den ›Roten Hirsch‹ verließen? Wir schworen uns, daß es ein kapitaler Feldzug werden muß.«

»Ganz recht, Herr Leutnant! Und es sieht danach aus! Einen Toten haben wir schon! Einen Blessierten auch! Eine Stadt ist erobert! Es läßt sich alles gut an!«

»Mitnichten, Herr Major. Ich bin in großer Sorge. Es scheint doch etwas an dem Gerücht zu sein. Zwei Damen am Hofe haben anscheinend Rangstreitigkeiten ausgefochten. Die eine sitzt im Gefängnis zu Meiningen, und wir sollen sie befreien.«

Der Major setzte sich zurück, richtete sich steif auf und warf einen vorsichtigen Blick in die Runde.

Ich sah, daß uns der Feldscher beobachtete und bat den Major, leise zu sprechen.

»Wo haben Sie das her, Herr Leutnant?«

»Ich habe gerade mit dem Wirt gesprochen. Alle Welt weiß Bescheid. Nur wir Offiziers stehen da wie die Ochsen am Berg und haben von Tuten und Blasen keine Ahnung.«

Der Major griff an seinen Schnauzbart, zog dran und kaute voller Zorn auf dem einen Ende. Ich sah, daß er wütend und böse war auf mich. Grimmig sah er über den Tisch auf einen Punkt, der sich wer weiß wo befand.

»Ich bin es leid, Herr Leutnant, immerfort nur auf Gerüchte zu hören, und ich will gar nichts mehr davon vernehmen. Wir befinden uns im Krieg und halten daran fest. Da ist mir eine Hofdame im Gefängnis, wo sie meinetwegen sitzen kann, bis sie schwarz wird, eine Lapperei, über die ich mir kein Gewissen machen kann. Der Teufel soll sie holen! Ich wäre doch ein unverständiger Esel, wenn ich solche Sachen nicht auf der Stelle vergessen würde.«

»Gut, Herr Major. Das heißt demnach, daß wir derartiges ignorieren?«

»Ganz recht, was Krethi und Plethi erzählen, gilt nicht für uns. Wir marschieren drauflos und kehren uns an nichts weiter.«

Der Major wandte sich dem Bier zu. Ich griff ebenfalls zum Krug, und wir tranken schweigend, ich mit neuem Mut und ein wenig beruhigt, der Major, wie mir schien, trotz seiner Worte voller Sorgen. Sein Gesicht war nach wie vor erfüllt mit Grimm. Er vermied es, mich anzusehen, kaute an seinen Barthaaren und meinte schließlich, als wir eine Zeitlang geschwiegen hatten, daß es nötig wäre, die Wachen noch einmal zu kontrollieren. Er wolle mich begleiten und nachher noch einmal ins Gasthaus zurückkehren.

XII. KAPITEL

Wir brachen auf und ließen die Offiziers sitzen. In den Bürgerhäusern brannte noch immer Licht. Scheltende Stimmen waren zu hören. Die Quartierwirte stritten offenbar noch immer mit den Soldaten um Brot und Strohsäcke.

Wir kamen über einen Platz an der Stadtmauer, wo die Marketender und allerhand Gesindel ihre Wagen abgestellt und ein Feuer entzündet hatten, um sich die Finger zu wärmen. Sie hockten rund ums Feuer und starrten auf die knisternden Scheite, hielten die Hände vorgestreckt und schwatzten untereinander.

Wir traten sachte heran und hörten, wie ein schmächtiger, schwarzhaariger Kerl folgendes von sich gab: »Wenn's Blut nich' zu still'n is', nehm ich'n Keil von'ner Leitersprosse, mach'n voll Blut und schlag'n verkehrtrum wieder rein ins Loch, wo er vorher g'steckt hat, dann steht's Blut. Und wenn ei'm schwindlich is', der braucht sich nur Storchenfett an de Schläfen zu schmier'n, dann kann er auf'm messerscharfen Grat spazier'n gehn.«

Der Kerl wollte anscheinend noch mehr derartige probate Mittel zum besten geben, aber ein anderer unterbrach ihn und meinte, er hätte seine Warzen mit frischem Speck, der noch nicht gesalzen und geräuchert war, bei abnehmendem Mond eingerieben und den Speck vergraben, und wie der verfaulte, wären die Warzen weggegangen.

Da widersprach ihm der erste und behauptete steif und fest, man müsse die Warzen mit dem Wasser bestreichen, daß sich auf dem Stock von abgehauenen Eichen fände.

Es ging hin und her, und jeder rühmte seine Methode, so daß sie sich bald in die Haare gekommen wären.

Zu guter Letzt aber meldete sich noch ein Dritter, der als probates Mittel gegen alle Schmerzen lebendig gekochte Laubfrösche anpries, wovon man die Brühe recht heiß auf die schmerzenden Glieder schmieren müsse.

Wir traten heran, und da schwiegen sie mit einem Male still wie die Mäuse, starrten uns entgegen und dachten wohl, wir wollten sie verjagen.

Der Major aber stellte gleich die Frage, ob sie auch ein Mittel gegen Schußwunden wüßten.

Da hättet ihr sehen sollen, wie sie sich ereiferten und überboten mit guten Ratschlägen. »Ungesalzene Erbsenbrühe ist das beste«, rief einer. Jener mit dem Storchenfett sagte hingegen, man müsse gelöschten Kalk nehmen, ihn mit Honig und Rahm zu einer Salbe mischen und mit einer Feder auf die Wunde schmieren, schon würde alles geheilt.

»Quittensaft«, schrie der Dritte, »Quittensaft nimmt alles weg, so wahr ich Christian Ludwig Knebel heiße. Mein Großvater, der mit den Preußen vor Stralsund stand, hat es selber ausprobiert und ist am Leben geblieben.«

Während sich der Major alles anhörte, sah ich ein wenig seitwärts zu den Weibern, um mein blauäugiges Cousinchen zu entdecken. Doch wer beschreibt mein Erstaunen, als ich mitten in der Gruppe das Gesicht der Anna Elisabetha Marten gewahrte, die ich doch im Spinnhaus wähnte.

Ich rieb mir die Augen und wollte es nicht glauben, aber da saß sie doch tatsächlich, ein wenig schmaler und blasser als vor Monaten freilich, und starrte mich mit ihren schwarzen Kulleraugen an. Ich wußte nicht, ob es Haß war, was in den Augen zu lesen stand, oder Spott.

Ich tat einen Schritt auf sie zu, stockte aber dann und dachte, was hast du mit ihr zu schaffen? Sie hat dich in Ungelegenheiten gebracht, und es ist besser, sich zu hüten vor solch einem Weibsbild.

Damit wandte ich mich um und trat wieder zum Major, dem man gerade ein wundertätiges Mittel anbot, mit dem er sich schußfest machen könnte, wie man ihm versicherte. Was es sei, fragte der Major begierig. Der pockennarbige Kerl, der es ihm verkaufen wollte, meinte, es seien die Körner von einem gewissen Tannenzapfen, der ganz zuoberst gehangen hätte. Ich sah, daß dem Major eine Lust ankam, es zu kaufen, doch im letzten Augenblick überlegte er wohl und sagte dann, er wolle keinen Vorteil erlangen gegenüber seinen Soldaten. Und schließlich meinte er noch, indem er sich an die Weiber wandte, sie sollten seine Kerls nicht verführen, alldieweil sie nur schlimme Krankheiten unter die Völker schleppten. Er müsse sie sonst aus der Stadt jagen lassen.

Die Weiber taten beleidigt, schnatterten wie die Gänse, und nur die Anna Elisabetha Marten sah auf mich, ohne eine Miene zu verziehen, reglos und stumm, und ihre Augen glänzten im Licht des Feuers.

Ich sah weg, und wir gingen weiter zum oberen Tor. Der Major sagte, man müsse achten auf dieses Volk, und wenn die Weiber zu üppig würden, müsse man sie aus der Stadt werfen, weil sie sonst die Völker schwächten und allerhand Streit bringen würden.

Die Wache am oberen Tor war auf der Hut. Kaum kamen wir heran, rief sie und verlangte das Losungswort. Der Major lobte sie und sagte, sie solle scharf achtgeben, ob sich vielleicht was tue. Die Meininger führten was im Schilde. Der Unteroffizier bat daraufhin um Vergebung und meinte, er wolle uns etwas mitteilen. Der Major war so gnädig, ihn anzuhören.

Nun, als ob es mit dem Teufel zuging, schwatzte doch der Unteroffizier davon, daß noch mehrere Wasunger Bürger durch das Tor gekommen wären, die in Meiningen zu tun gehabt hätten, und die allesamt guter Dinge gewesen wären, weil die Weibersachen nun endlich ihre Regelung gefunden hätten. Mehr hätten sie nicht sagen wollen.

»Herr Major!« sagte der Unteroffizier. »Ist der Krieg nun schon zu Ende? Ist es wahr, daß wir marschiert sind nur wegen der Frau von Gleichen?«

Der Major stand erstarrt wie eine Salzsäule und hörte auf die Worte des Unteroffiziers. Er schwieg eine Weile und sah auf das dunkle Tor, als sei dort die Welt zu Ende und als überlege er, ob man dort hindurch woandershin gehen könne, ganz allein vielleicht, wo man nichts mehr hörte von allem, was am heutigen Abend an ihn herangetragen worden war.

Ich hörte ihn einen Laut ausstoßen, der voller Ärger und Zorn war, und ich sah, wie er sich zusammenriß und den Mund aufmachte.

»Hören Sie, Unteroffizier, machen Sie Ihre Arbeit und achten Sie nicht auf derlei Unsinn. Der Krieg ist eine heilige Sache, die nichts mit Weibern zu tun hat. Er hat gerade erst begonnen, und er wird weitergehen und enden mit der Eroberung von Meiningen!«

Der Unteroffizier nahm Hab-Acht-Stellung ein und kuschte, wie es sich gehörte. Er sah aus, als wollte er sich selbst in den Hintern treten, weil er einen Gedanken geäußert hatte. Ich dachte, daß dieser Unteroffizier, so dumm er war, nie wieder eine Frage stellen würde, und ich fing an, darüber nachzudenken, ob es gut war, wenn Soldaten Fragen stellen.

Wir gingen vom oberen Tor weg, und ich dachte immer noch darüber nach. Freilich, einen Krieg konnte man nicht führen, wenn alleweil Soldaten und Offiziers über dessen Grund nachdenken. Das setzt Zweifel voraus und hätte eine Moral zur Folge, die zu guter Letzt in Irrungen und Wirrungen führen würde.

Während wir zu den anderen Wachen gingen, kam mir die Frau in den Sinn. Ihre Augen sahen mich an, und ich wußte, daß es mich zu ihr hinzog. Ich ging neben dem Major und wußte schon jetzt, aus dem Gasthof würde ich mich stehlen und hingehen zu dem Platz, um zu sehen, ob sie noch dasaß. Ich wußte auch, daß ich die eigene Frau vergessen würde samt dem Kind, ich wußte das alles und verurteilte mich und konnte nichts dagegen tun.

Ich sah die Wachen. Sie standen brav und treu an ihrem Platz, kein Feind ließ sich sehen, und ich lief neben dem

Major wie ein Uhrwerk bis in den »Bären« hinein, wo der Feldscher noch immer nicht betrunken war, vielmehr seine wieselflinken Augen auf uns warf, und wo der Garnisonsleutnant von Witzleben besoffen wie ein Hausknecht sich am Tisch festhielt, während die anderen trunken und voller Gier auf Gewinn Karten spielten. Ich trank etwas, dachte immerfort an dieses verdammte Weibsbild und überlegte angestrengt, was ich in ihren Augen gesehen hatte.

Ich konnte aufstehen, meine Rechnung bezahlen und hingehen zu ihr. Ich wußte nicht, was kommen würde, aber es konnte sein, daß sie aufstand und mir folgte. Was ist das, dachte ich, ein Wunsch oder die Vorwegnahme eines Wunsches? War es die Gewißheit von einer Sache, die unausbleiblich kommen würde? Hatte sie mich gesucht? Es ist alles Dummheit, und die Dummheit ist in meinem Kopf. Ich trank mein Bier aus und hatte dennoch nur den einen Gedanken: Du mußt hin zu ihr und sie dort wegnehmen. Eine plötzliche Begierde erfaßte mich, sie zu sehen und sie zu berühren. Ich war nicht betrunken wie damals in Mühlberg, aber auch da schon wollte ich sie anfassen, vielleicht so, wie ein Kind seine Mutter anfaßt, um dort Wärme zu finden oder sich zu verbergen.

Ich rief kurz entschlossen den Wirt, bezahlte meine Zeche und bemerkte, wie der Feldscher ebenfalls Miene machte aufzubrechen. Ich rief ihm zu, daß er sitzen bleiben könne, ich hätte noch zu tun und ginge nicht ins Quartier. Er erhob sich aber doch, und da hatte ich ihn auf dem Halse.

»War es nicht ein schöner Abend, Herr Leutnant?« sagte er, als wir auf der Straße standen. »Der Kapitain hat mich prächtig unterhalten. Er hat, als er bei den Preußen stand, mörderische Schlachten geschlagen und ist mit Ruhm bedeckt zurückgekehrt. Ich bin davon überzeugt, daß er auch seinem jetzigen Herren, unserem Herzog, Ehre machen wird. Solche Leute haben den unvergleichlichen Vorteil, daß sie überall ihren Mann stehen können. Man kann sie verwenden, es ist gleich wo und zu welchem Zweck. In Meiningen gäbe er die gleiche Figur ab wie in Gotha, und auch dort stünde der liebe Gott hinter ihm.«

Ich sah ihn an, schwieg und hüllte mich fester in meinen Mantel. Der Himmel war jetzt übersät mit Sternen, und es war empfindlich kalt. Noch immer brannten in den Bürgerhäusern die Lichter. Es schien, als wolle in dieser Nacht niemand zur Ruhe kommen.

Ich schwieg beharrlich. Das dünne Eis zerbrach unter unseren Stiefeln. Der Feldscher gähnte laut und meinte danach: »Gesprächig seid Ihr nicht, Herr Leutnant, ist etwas passiert?«

Ich sah hoch zu den Sternen und dachte an die Frau neben dem Feuer. Wieder sahen mich ihre Augen an.

»Herr Feldscher, es scheint doch etwas an dem zu sein, was Ihr gesagt habt. Es soll sich um zwei Hofdamen handeln, von denen die eine im Gefängnis sitzt.«

Er blieb stehen und gähnte erneut. »Na also, endlich glaubt Ihr mir. Dies ist ein beschissener Krieg. Wir sollten auf dem Absatz kehrt machen und davongehen. Unsere Frauen würden sich freuen.«

Er schwieg eine Weile und sah in den Himmel. Wir standen beide und starrten hoch, als könnten uns die Sterne Antwort geben auf unsere Fragen, und der Feldscher fuhr fort: »Weiß der Teufel, die Frauen sind es vielleicht zufrieden, wenn wir unterwegs sind. Wir sind es vielleicht auch. Immer dieses Kindergeplärr und diese Bettelei um Brot und Brei. Ich hab es satt, dieses Leben. Wenn doch etwas geschähe, wodurch das Unterste zuoberst gekehrt wird!«

Ich stand neben ihm, auf der Straße in den Sternenhimmel starrend, und mich hatte eine tiefe Melancholie erfaßt. Es war mir alles gleich. Ich wußte nicht, wie es gekommen war. Ich wußte plötzlich nur, daß dieser Mann neben mir eben etwas geäußert hatte, was ich ebenso wie er empfand.

Diese Stadt um mich her, in der wir nur geduldet waren, war eine fremde Stadt, eine feindliche Stadt. Mir war, als täte ich, indem ich in ihr war, etwas Unrechtes, ja sogar etwas Verwerfliches, als würde ich, indem ich durch ihre Straßen ging, mich mit einer Schuld beladen, die immer schwerer und schwerer wog.

Ich sah zu den Sternen und hörte, wie ich zum Feldscher sagte: »Hören Sie, Jacobi, macht es Ihnen etwas aus, wenn ich eine Frau mit ins Quartier bringe? Sie könnten vielleicht Geräusche hören, die Ihnen unangenehm sind oder die mich in Ihren Augen herabsetzen.«

Der Feldscher sah mich an, begann zu lächeln, wobei ihn wiederum ein Gähnkrampf befiel, und sagte, als er sich fassen konnte: »Herr Leutnant, was der Mensch braucht, das muß er haben. Ich wünschte mir nur, daß Sie sich nicht anstecken. Wenn aber derartiges zu befürchten ist, dann kommen Sie gleich zu mir. Ich kann Sie in den Anfängen schon kurieren.«

Er grinste mich an. Ich tat desgleichen. Es schien so, als ob wir uns verstünden. Ich sagte mir, daß es ein ganz passabler Kerl war, der einen verstand, wenn er nur wollte.

Der Feldscher ging ins Quartier, ich ging zur Mauer am Rande der Stadt. Doch bevor ich zu ihr kam, erfaßten mich Gewissensbisse. Was tust du, dachte ich und blieb stehen. Diese Frau wird dich ins Unglück bringen. Du hast ein Auge auf sie, und sie hat ein Auge auf dich. Es kann alles nur im Unglück enden. Gott, ich blieb eine Weile stehen, aber denkt ihr, ich kehrte um? Nichts dergleichen. Ich lief weiter und wußte, daß ich immer laufen würde.

Ich sah das niedergebrannte Feuer. Sie saß noch immer da, zusammen mit den anderen, und sie sah mich sofort und erhob sich. Sie wußte, daß ich kommen würde. Die Frauen wissen immer mehr als die Männer.

Sie kam heran, stand vor mir, ich streckte die Hand aus

und erfaßte die ihre, spürte, wie warm sie war, und wie sie ganz in meiner Hand lag und nirgendwo anders.

Ich zog sie weg, während die anderen am Feuer weiter schwatzten, als hätten sie nichts gesehen. Kaum waren wir ein Stück fort, umfaßte ich sie und preßte sie an mich. Da wußte ich, daß ich sie besitzen konnte, wenn ich nur wollte. Nun zog ich sie voller Hast fort, als fürchtete ich, im letzten Augenblick käme einer und entrisse sie mir.

Vor meinem Quartier bat ich sie, leise zu sein, und wir schlichen hoch in meine Kammer. Auf dem Gang schnarchte mein Pursche zum Gotterbarmen. Wir gingen auf Zehenspitzen an ihm vorbei und schlüpften wie ein Diebespaar hinein.

Ich schloß die Tür, wandte mich um und riß sie an mich. Sie hielt ganz still, als ich sie küßte, aber dann schien es, als wolle sie umsinken.

Ich hörte sie flüstern: »Hast du Brot für mich?«

Das ernüchterte mich. Ich erstarrte und ließ sie los. Es schien, als schwanke sie in dem dunklen Zimmer. Ich schlug Feuer und machte Licht. Da saß sie auf dem einzigen Stuhl, der in der Kammer stand, sah mich an und wiederholte flüsternd: »Hast du Brot, ich habe Hunger?«

Ich dachte, zum Teufel, sie ist zu dir gekommen, weil sie Hunger und nichts zu beißen hat. Und sie wird mit dir ins Bett steigen, wenn du ihr etwas gibst. Im gleichen Augenblick fühlte ich mich, um es offen zu sagen, gedemütigt. Ich war nichts weiter als ein Brotgeber.

Mit dem Licht ging ich auf den Gang, wo der Pursche den Mantelsack mit den Vorräten haben mußte. Ich nahm ihn, schnitt ihr Brot und Speck ab, setzte mich aufs Bett und starrte sie an. Sie aß wie ein Wolf, funkelte mich zwischendurch auch so an und kaute endlos.

Ich saß da und war niedergeschlagen, schwieg und sah, wie schön sie war und wie hungrig. Mir kam in den Sinn, weshalb ich mich in dieser Stadt befand und daß meine Frau in Gotha mit dem Kind allein war. Ich wußte auch, daß ich im Begriff war, sie zu betrügen, und daß es mir nichts ausmachte. Dann überlegte ich, weshalb es mir nichts ausmachte und weshalb kein böses Gewissen in mir war. Aber ich kam nicht bis zum Grund, denn sie fragte mich, ob ich ihr den Rest von dem Brot und von dem Speck mitgeben könnte.

Ich nickte und sah, wie sie sich freute. Ein kindliches Lächeln lag auf ihrem Gesicht, zum ersten Male sah ich, wie sie lächelte, und ich war davon so gerührt, daß ich aufstand, zu ihr hinging, und, was mich selber überraschte, zärtlich zu ihr war. In der Liebe bin ich sehr heftig, vielleicht sogar ein wenig grob, jedenfalls sehr force. Nun, ich will es gleich sagen, ich war mit ihr zusammen, ich weiß nicht, wie lange, ich weiß nur, daß ich sie zu dem erloschenen Feuer zurückbrachte, sie trug das Brot und den Speck in der einen Hand und hielt mich fest mit der anderen, und ich wußte, daß ich in dieser Nacht völlig verwandelt war. Die Frau war seltsam und ganz anders, als ich gedacht hatte. Sie hatte sich mir hingegeben auf eine Art, die mir imponierte und mich zugleich verwunderte.

XIII. KAPITEL

Ich lief wie betäubt zurück, und als ich wieder vor meinem Quartier stand, hatte ich seltsamerweise das Bedürfnis, mich mit dem Feldscher zu unterhalten. Aber das schob ich schnell von mir weg, ging vielmehr weiter in den »Bären«, wo die Offiziers noch immer saßen, obwohl es schon weit nach Mitternacht war.

»Was ist die Ordre?« schrie der Garnisonsleutnant von Witzleben, als er mich in der Tür stehen sah, »Meiningen ist die Ordre, Frau von Gleichen ist die Ordre, meine Herren Offiziers.«

Er stand schwankend auf und schlug sich an die Brust. »Mit diesen Händen, meine Herren Offiziers, will ich sie aus ihrem Verließ tragen.« Er ließ sich auf seinen Stuhl fallen und schlug mit den Fäusten auf den Tisch.

Der Major von Voß, dessen Kopf auf dem Tisch lag, fuhr hoch, sah sich um, und als er mich gewahrte, rief er: »Hat die Trommel geschlagen, Herr Leutnant?«

Ich schüttelte den Kopf. Auch der Major von Benneckendorff erwachte und gähnte. Dann sah er empört auf den von Witzleben. »Herr Leutnant«, rief er, »Ihren Lärm kann man bis Meiningen hören.«

»Man soll ihn dort hören, Herr Major!« schrie der Leutnant und schwang wiederum seine Fäuste. »Mit diesen Händen will ich den Meiningern die Frau von Gleichen entreißen.«

Der Major riß die Augen auf und setzte sich stocksteif auf seinen Stuhl. »Tausend Schock Teufel«, schrie er, »was sind das für Spitzbübereien. Sie besaufen sich recht derb, Herr Leutnant, und wissen nicht mehr, was Sie für greuliche Reden führen.«

Der Leutnant glotzte ihn an, als verstünde er nicht, was der Major wollte, doch bald schien ihm etwas zu dämmern. Er wurde rot im Gesicht, und es sah aus, als wolle er unter den Tisch rutschen. Er richtete einen verzweifelten Blick in die Runde und stammelte ein paar Worte der Entschuldigung. Von da an war er still und starrte niedergeschlagen auf die Tischplatte.

Was geht mich das alles an, dachte ich, während der Major, der offenbar auch eine tüchtige Schnurre hatte, ein Lied anstimmte. Ich hatte ihn noch nie singen hören. Um es gleich zu sagen, er sang ganz abscheulich, brachte es aber fertig, daß wir alle einstimmten:

»Viel Krieg hat sich in dieser Welt
Mancher Ursach' erhoben;
Demselben hat Gott zugesellt
Die Musik, ihn zu loben.
Frisch unverzagt
Die Feind' verjagt,
Ruft stark, dran, dran,
An Feind hinan,
Brecht mächtig durch,
Schlagt Gasse und Furch',
Schießt, stecht und haut alles nieder,
daß keiner aufsteht wieder.
Ich faß mit Wut
und Heldenmut
Schild, Schwert und Kriegswaffen,
Im Grimm die Feind' zu strafen.
Ob theils gleich wollten weichen ab,
Wie oftmals ist geschehen:
Jedoch ein Löwenmuth ich hab,
Und vorn sollt ihr mich sehen:
Der Kern springt vor, die Spreu bleibt hint'n,
Laßt herzhaft hier drein schlagen,
Sie werden sich wohl wiederum wenden,
Ihr Brüder thut nicht verzagen.
Wirst gleich gehetzt,
Vom Feind verletzt,

Solch's thu jetzt gar nicht achten,
Hilf nur die Feind' abschlachten.
Gott selbst ist vorne mit uns dran.
Raubt und beutet was jeder find't,
Doch theilt's fein friedlich aus,
Damit ihr Eltern, Freund, Weib und Kind
Was schickt oder bringt zu Haus.«

Alle brummten und schnarrten durcheinander, aber das Lied machte mir eine solche Lust, daß ich stracks dem Wirt befahl, er solle noch einmal die Krüge füllen.

Der freilich machte eine sauertöpfische Miene, weil er durch uns nicht zu Bette kam und noch dazu die Musik anhören mußte. Doch was blieb ihm übrig, wir waren die Herren und bezahlten obendrein.

So saßen wir und sangen tapfer in den Morgen hinein, und ich ließ es mir nicht nehmen, auch noch den Schluß des schönen Liedes anzustimmen, das der Major aufs Tapet gebracht hatte:

»Kein sel'ger Tod ist in der Welt,
Als wer vom Feind erschlagen
Auf grüner Heid, in freiem Feld,
Darf nicht hören groß Wehklagen;
Im engen Bett sonst einer allein
Muß an den Todesreihen,
Hier aber findt er Gesellschaft fein,
Fall'n mit wie Kräuter im Maien;
Ich sag ohn' Spott,
Kein sel'ger Tod
Ist in der Welt,
Als so man fällt
Auf grüner Heid,
Ohn' Klag und Leid,
Mit Trommeln Klang,

Und Pfeifen Gesang
Wird man begraben,
Davon wir haben
Unsterblichen Ruhm,
Die Helden fromm,
So setzen Leib und Blut
Dem Vaterland zugut'.«

Als es lange genug gewährt hatte – es mochte wohl auf die vierte Morgenstunde zugehen – wurden alle so müde, daß sie aussahen, als hätten sie die Maulsperre. Einer gähnte schlimmer als der andere, und obwohl wir uns geschworen hatten wachzubleiben, sanken sie allesamt geduldig in den Schlaf.

Ich hielt als einziger die Augen offen, sah, wie sie umsanken, hörte, wie sie anfingen zu schnarchen und sinnierte vor mich hin.

Da war mein Enthusiasmus wieder vorüber, wie ich die tapferen Schläfer um mich sah und mir vorstellte, daß ich zusammen mit ihnen Meiningen erobern sollte. Gewiß, auf den Major von Benneckendorff konnte man bauen, aber die anderen waren allesamt Memmen und zumeist nur Maulhelden. Und dann ein Krieg, der wegen einem Weibsbild geführt wurde!

Ich dachte noch an Anna Elisabetha Marten. Da kamen mir die schönsten Gedanken, und ich dankte Gott, daß ich sie getroffen hatte.

Warum sollte nicht auch ich, wie so viele andere, eine Mätresse haben, die mir nichts weiter kostete als hin und wieder etwas Brot und einen Streifen Speck.

Und an dieser Stelle ließ ich meinen Kopf auf den Tisch sinken und schlief im Nu ein.

XIV. KAPITEL

Bevor ich erwachte, träumte mir, ich wäre schwer blessiert, und der Feldscher hätte sich an mir zu schaffen gemacht.

Mir ging es ganz wohl. Ich lag auf einem Tisch und sah dem Feldscher ins Gesicht, der mit seinen Instrumenten in meinem Kopf herumfuhrwerkte. Er schnitt und bohrte, und ich hörte, wie es knirschte und wie er sagte: »Pfui, Herr Leutnant, was habt Ihr da für unnütze Gedanken. Ich will Euch helfen, sie loszuwerden.« Und er zog irgend etwas aus meinem Kopf und warf es zur Seite. Hinter ihm tauchte die Marten auf und sagte, daß der Feind komme und er sich beeilen möge. Er aber sprach ungerührt weiter: »Es sind aber auch gar zu viele. Ein Unflat von Gedanken. Herr Leutnant, Sie sind nicht gut im Gehirn beschlagen, wie ich sehe. Ich will dafür sorgen, daß Sie auf andere Gedanken kommen.«

Und er schnitt und zog immerfort etwas heraus, was ich nicht erkannte, obwohl ich die Augen offen hielt und ihn arbeiten sah und neben seinem Kopf noch immer die Marten gewahrte, die aufmerksamen Blickes verfolgte, wie er mein Gehirn herauszog und beiseite warf. Und wie das immer weiter ging, verspürte ich zuletzt eine entsetzliche Leere im Kopf, als gäbe es da nichts weiter als Luft.

Ich dachte, warum hört er nicht auf, und wollte ihn fragen, doch ich brachte kein Wort hervor und sah plötzlich, wie mein Vater neben dem Feldscher stand, in der Uniform, die er immer getragen hatte als Schloßhauptmann in Weimar, und ich hörte, daß er voller Zorn war und ärgerlich sagte: »Was hat er denn nun schon wieder angerichtet? Ich hatte gedacht, es würde ein capabler Soldat aus ihm, und nun muß ich sehen, daß er nichts als Flausen im Kopf hat. Eine Schande macht er mir. Da ist man in Ehren alt und grau geworden, und wie wird es einem gedankt? Es wird einem gar nicht gedankt! Ein Grützkopf ist er!«

Und schon griff er hinter sich und holte den Riemen hervor, der immer zur Hand war. Ich erschrak wegen der kommenden Schläge und erwachte auf der Stelle.

Guter Gott, dachte ich und blinzelte über den Wirtshaustisch, der voller Bierlachen war und an dem die Offiziers aufgereiht saßen wie die Hühner auf der Stange, ohne sich zu rühren. Guter Gott, dein Vater modert schon seit sechs Jahren auf dem Jacobsfriedhof zu Weimar, aber immer noch droht er dir. Immer noch steht er hinter dir wie ein schwarzes Gewitter und schwingt den Riemen.

Der Morgen war grau und neblig. Er lugte schon durch die Fenster der Gaststube, die dickevoll war mit abgestandener Luft und vom schweren Atem der Schläfer.

Ich erhob mich ächzend und dachte: Er wird dich verfolgen bis ins Grab hinein, und immer wird er diesen Riemen schwingen, so viel ist sicher. Dann griff ich mir an den dröhnenden Kopf und fand, daß alles noch beieinander war. Was für ein Unsinn, dachte ich, der Feldscher hat dir im Traum das Gehirn amputiert, und die Marten hat dabeigestanden und ihn beschworen, sich zu beeilen. Ich hörte es in der Küche klappern, sah die Magd, die mit Eimer und Lappen in die Gaststube trat, das Durcheinander gewahrte, den Eimer hinstellte und den Lappen hinterher warf, die dicken, weißen Arme in die Seite stemmte und wie sie anfing zu fluchen als sei sie ein Bootsknecht, der mit seinem Kahn nicht mehr weiterkommt. »Erst saufen sie sich voll, und dann kommen sie nicht mehr hoch. Wie soll man da sein Tagewerk verrichten?«

Sie ergriff den vollen, dampfenden Eimer, kam heran und schüttete voller Wut das Wasser den Schläfern über die Füße. Ich sah diesen Streich und fing an zu lachen.

Die Magd ließ sich aber nicht irremachen, warf mir nur einen haßerfüllten Blick zu, lief fort und kam mit einem Schrubber zurück, mit dem sie den Offiziers an die Füße stieß. Dabei schrie sie: »He, aufgewacht, die Meininger sind da!«

Die Offiziers sprangen auf, als wären sie von einem wilden Eber gebissen worden, und die Magd fuhrwerkte unterdessen zwischen ihnen herum und hielt noch immer ihre Klapper offen.

Ich stand an der Tür und wollte mich halb zu Tode lachen. Sie aber schrie: »Auf, auf, ihr Herren und weitermarschiert! Die Nacht ist vorbei. Seht zu, daß ihr fortkommt.«

Der Wirt trat aus der Küche, rieb sich die Augen und versuchte, seine Magd zu beruhigen. Doch sie fuhr sowohl fort zu scheuern als auch zu schimpfen und brachte es tatsächlich zuwege, daß die Offiziers allesamt zur Tür hinaus flüchteten, wo sie zitternd vor Kälte in den grauen Morgen blinzelten und feststellten, daß die Welt nicht anders war als am vorhergehenden Tag.

»Die alte Vettel«, sagte der Major von Voß, »hat mich am Schienbein lädiert. Aber wo sind die Meininger? Ist schon Vergatterung geschlagen?«

»Mitnichten«, sagte ich, »die Stadt ist ruhig, kein Meininger ist zu sehen. Ich mach mich zurecht und begebe mich zum Oberstleutnant, will sehen, wie der Brei gesalzen ist.«

Und damit ging ich los und ließ die anderen stehen.

Im Quartier traf ich auf meinen aufgeregten Purschen, der allen Kram zusammenpackte und verzweifelt das Brot und den Speck suchte. Er schimpfte Haken und Schlingen. »Wasunger Diebsvolk!« schrie er. »Wo man hinkommt – nichts als Spitzbübereien.«

Ich beruhigte ihn und sagte, daß ich der Dieb gewesen sei und großen Hunger gehabt hätte.

Er entschuldigte sich und fragte verwundert, ob ich alles verzehrt hätte, woraufhin ich ihm Bescheid gab und bejahte. Er sah mich zweifelnd an, stand da wie der Ochse vorm Berg und begann schließlich zu lamentieren. Er wüßte nicht, wo er jetzt noch etwas auftreiben solle. Der Quartierwirt ließe sich auch nichts mehr aus den Zähnen ziehen.

Nun, was blieb mir übrig, ich gab ihm Geld und schärfte

ihm ein, daß er so viel wie möglich fouragieren solle, da mein Hunger zunehmen würde. Wieder sah er mich an, als sei ich nicht bei Troste.

Derweilen trat der Feldscher aus seiner Kammer und wünschte mir einen guten Morgen.

»Wie war die Nacht, Herr Leutnant?« Und ohne abzuwarten, was ich antwortete, fuhr er fort: »Sie sehen ein wenig übernächtigt aus, ich hoffe doch, daß Sie sich nicht etwas geholt haben.«

Ich warf ihm einen grimmigen Blick zu, flüchtete in meine Kammer, machte mich zurecht und wollte schnurstracks zum Oberstleutnant marschieren. Vor meinem Quartier aber begegnete ich der Ordonnanz, die auf dem Weg war, mich zu holen.

Nun, an den Bürgerhäusern standen die Leute und stießen die Köpfe zusammen, da es längst Tag war und wir immer noch nicht marschierten. Das war ein recht heimliches Zischen unter ihnen.

Mein guter Ratsherr, der Tischler und Quartierwirt, stand auch bei ihnen, kam herbei, als er mich sah, und fragte, was das zu bedeuten hätte, daß wir nicht marschierten, es sei schon acht Uhr, und es werde weder geblasen noch getrommelt.

»Lieber Meister«, antwortete ich, »ich weiß es selber nicht. Ich kann Euch keinen besseren Bescheid geben, als daß das Volk ein paar Tage sehr strapaziert wurde, da werdet Ihr verstehen, daß der Oberstleutnant nun wohl einen Rasttag einlegen will.«

Er sah mich starr an. »Ihnen zu Gefallen will ich's glauben, Herr Leutnant, und will keine Frage darwider tun, doch es müssen ein paar Ordre eingelaufen sein. Die Bürger haben es wohl bemerkt, daß bei Ihrem Herrn Kommandanten ein ständiges Kommen und Gehen war.«

Und damit ging er zu den Leuten zurück, um ihnen meine Worte brühwarm zu überbringen, denn ich hörte hinter mir, während ich mit der Ordonnanz fortging, wie die Leute lauter zischten als zuvor.

So liefen wir fort zum »Roten Ochsen«. Aber während wir liefen, hörte ich, wie vor der Stabsgrenadierwacht Revaille geschlagen wurde.

Da war die Katze aus dem Sack, denn jeder weiß, wenn Revaille und nicht Vergatterung geschlagen wird, so bedeutet das, daß der Soldat still liegen und einen Rasttag machen soll.

Da sah ich, wie die Bürger wiederum ihre Köpfe zusammenstießen und noch lauter zischten, da sie nun wußten, daß wir uns nicht zum Marschieren bequemen würden.

Als wir im »Roten Ochsen« ankamen, war der Oberstleutnant schon in vollem Wichs und putzmunter. Keine Rede war aber vom Abmarsch.

Er fragte, ob alles ruhig sei. Ich bestätigte ihm das, sagte aber, daß das Bürgervolk in den Türen stehe und disputiere, weil wir nicht weiterzögen.

»Nun, Herr Leutnant, dies ist ein schöner Ort, rechts rauscht der Fluß, links erheben sich die Berge, hier sind wir gut aufgehoben, und der Feind kann uns nichts anhaben. Ich habe mich mit dem Herrn Geheimen Rat ins Benehmen gesetzt und beschlossen, stillzuliegen. Das Volk soll auch etwas Gutes haben und sich noch eine Zeit verlustieren.«

Er befahl mir, die Unteroffiziers rufen zu lassen und ein Repertorium zu machen zum Dienst und für eine vollständige Wacht. Alle Mannschaften und Offiziers sollten punkt zehn Uhr vor dem Oberstleutnantquartier stehen, und dort solle die Vergatterung geschlagen werden.

An dieser Stelle wollte ich meinen Gedanken Audienz geben, aber er schnitt mir das Wort vor dem Munde ab und befahl, ich sollte den Offiziers nach der Vergatterung Befehl geben, daß sich alles dennoch marschfertig halten solle. Er wiederholte also den gestrigen Befehl.

Da war ich nun ebenso klug wie dumm, unterstand mich

aber nicht mehr, auch nur eine einzige Frage zu stellen. Ich gedachte nur des Ausgangs, den das ganze Possenspiel nehmen würde.

Er sagte noch, daß dieses Wasungen ein wohlfeiler Ort wäre, der uns so recht gelegen käme. Ich gab ihm recht und marschierte hinaus, und wie ich vor die Tür trat, war es, als hätte ich keinen so allgewaltigen Drang mehr in mir zu meinem Beruf. Aber was half's, ich mußte tun, was mir mein oberster Kriegsherr befahl.

Ich sprang umher wie eine Elster, mußte allerhand höhnische Mäuler ertragen, machte auch das Repertorium und sprang wieder zurück zum »Roten Ochsen«, während alle Gassen wimmelten von Bürgern und Soldaten, die sich wechselseitig einen Vogel zeigten und mit der Zeit in Harnisch gerieten.

Und da liefen auch schon wieder die guten Ratsherren mit wehenden Rockschößen zum Ratshaus und begannen aufs neue zu parlieren.

Was da auf den Tisch kam, konnte man sich denken. Ich dachte mir, sie werden deinen Quartierwirt, den guten Tischler, in Stücke reißen, weil er ihnen zugeredet hatte, Billette zu machen. Nun, mir war es gleich, was sie dort zusammensudelten.

Alles geschah, wie vom Herrn Oberstleutnant befohlen, wenn auch Mannschaften und Offiziers murrten. Jedoch, als alles wieder in die Quartiere, zum Dienst und auf die Wache marschieren sollte, geschah etwas, was mich daran hinderte, den Befehl zu geben.

Es kam nämlich vom oberen Tor die ordinäre Post von Meiningen in die Stadt gerasselt und hielt der Mannschaft gegenüber vor dem Quartier des Kommandanten. Ich dachte, es käme eine neue Zeitung und ließ die Völker stehen, wo sie waren. So standen sie ruhig, das Murren war verstummt, die Gesichter der Post zugewandt, was sich da wohl tun würde.

Der Postillon hielt still und sah sich um. Er nahm die Völker in Augenschein und fragte in die Stille über den Platz: »Wohnt hier der Kommandant der Gothschen Völker?«

Ich trat ein paar Schritte näher und bestätigte das. Was er wolle, fragte ich ihn.

»Da bring ich Euch, Herr Offizier, Verstärkung.« Er war von seinem Bock gestiegen und im Begriff, den Kutschenschlag zu öffnen. Das machte er auf stutzerhafte, elegante Art. Der Postillon war in seinem Fach beschlagen.

Ich sah in einem Gewirr von Hutschachteln und Paketen eine Person sitzen, angetan mit allerhand rüschen- und spitzenbesetzter Kledasche und versehen mit einem turmhohen, abscheulichen Kopfaufputz.

Der Postillon machte einen Kratzfuß, öffnete den Schlag zur Gänze und schrie laut: »Madame von Gleichen, Herr Offizier, gibt sich die Ehre, Ihren Kommandanten und Befreier sprechen zu wollen!«

Die Madame wandte mir mühsam ihr Gesicht zu, sie mußte achtgeben wegen der hohen Frisur, und ich sah sie an und dachte, du lieber Gott, dachte ich, wegen einer solchen Schnepfe marschieren wir von Gotha bis nach Wasungen und haben den alten Leutnant Zimmermann erschossen und einen am Hintern blessierten Wachtmeister auf dem Gewissen. Possen und Streiche, dachte ich. Wie werden wir die alte Scharteke wieder los? Wenn es wenigstens ein junges Weibsbild wäre, da würden die Völker jubeln und hätten das Gefühl, etwas bewirkt zu haben.

Ich sah verzweifelt hinter mich und überlegte, ob ich die Völker gehen oder sie noch warten lassen sollte und entschied mich für das letztere, weil ich noch nicht wußte, was die Madame für eine Botschaft bringen würde.

Also reichte ich ihr die Hand, und sie arbeitete sich sachte aus ihrer Karosse, während der Postillon die Treppe herunterklappte. Aber gerade da blieb sie mit ihrer Schleppe hängen, während sie ein oder zwei Schritte nach vorn tat. Da ratschte nun hinter ihr etwas auseinander, und sie blieb erblassend stehen.

»Monsieur«, wandte sie sich an mich, »wollen Sie einer gedemütigten Dame behilflich sein?«

Der Postillon kümmerte sich ums Verrecken nicht um die zerrissene Robe. Er machte sich an den Pferden zu schaffen. Ich mußte hingehen und mich bücken und doch tatsächlich mich soweit erniedrigen, die Schnepfe frei zu lassen.

Die Völker sahen mir atemlos zu, mit offenen Mäulern, wie ich sah, und ich schnitt, ungesehen von ihr, den Offiziers und Mannschaften eine Grimasse. Da fing die Garde an zu lachen, sodann die Musketiers und schließlich auch die Offiziers, während ich ein bitterernstes Gesicht machte.

Madame kamen die Tränen. »Diese Schmach«, flüsterte sie mir zu, »geben Sie mir doch, mein Lieber, meinen Papagei heraus. Der Vogel war mein einziger Gefährte im Arrest. Ich kann ihn nicht entbehren.«

Nun, dachte ich, der Strauß muß ausgefochten sein. Ich will auch das noch auf mich nehmen. Und ich fing an, mich in der Kutsche umzusehen. Dort lag ihr ganzer Krimskrams beieinander, und auf dem Sitz stand doch tatsächlich ein Käfig mit einem grün-roten Papagei. Und wie ich hingriff, machte sich das Vieh in die äußerste Ecke davon und schrie: »Madame ist schön, Madame ist schön!«

Zum Teufel, dachte ich, auch das noch, ein Vogel, der spricht, und solche Lügensachen noch dazu. Ich nahm den Käfig mitsamt dem unglückseligen Vogel heraus, hielt ihn hoch, zeigte ihn den Völkern, und da schrie dieser mit Blindheit geschlagene Unglücksrabe erneut, und, wie es schien, voller Wut und Eigensinn: »Madame ist schön, Madame ist schön!«

Ich glaube, das war das einzige, was er sagen konnte.

Und von dem Platz stieg ein donnerndes Lachen in den Himmel über Wasungen, daß die Stadt davon widerhallte und die Wolken über ihr sich schnell davonmachten.

Ach Gott, wie war sie ausstaffiert, die Madame von Gleichen. Der schwarze Umhang flog hinter ihr her, und die Frisur wippte graziös, als sie unter dem Gelächter der Armee über den Platz und zum Eingang des »Roten Ochsen« stolzierte und tapfer dabei heulte. Ich immer hinterher, mit dem Käfig in der Hand, in dem der schreiende Papagei beteuerte, daß Madame schön wäre.

Ich entdeckte für einen winzigen Augenblick den Feldscher neben dem Eingang zum Gasthof, er machte einen Kratzfuß vor der Hofdame, die hineinglitt wie ein poliertes Weberschiffchen, und er fragte mich in eben der Sekunde: »Ist es nicht ein schöner Augenblick, Herr Leutnant, Sie sind ja ein Kavalier und benehmen sich wie bei Hofe.«

Nun, da war ich schon hinter der Madame her und verzweifelt bis obenhin.

Der Vogel war wohl meschugge im Kopf, daß er immer noch schrie. Ich wollte es ihm ja gern glauben, was er da herausplärrte, wenn er doch nur seine Klapper hielt. Aber nichts dergleichen, auf jeder Treppenstufe fing er von neuem an, seinen Spruch aufzusagen, und so ließ ich ihn neben die Tür des Oberstleutnants fallen, wovon er so verdutzt war, daß er schwieg, als ob er ein Fisch wäre.

Ich wischte mir den Schweiß von der Stirn und sah, daß mir der Major von Benneckendorff gefolgt war. Gut, dachte ich, jetzt wollen wir sehen, wie das Gefecht ausgeht.

Ich schickte die Ordonnanz voraus, ließ Madame und uns beide melden, und wir gingen hinein, als er uns bat, einzutreten.

Da hättet ihr sehen sollen, was der Herr Oberstleutnant von Goldacker für feine Manieren an sich hatte, als die Madame von Gleichen auf ihn zuschwebte. Er war ein noch größerer Kavalier als ich und verbeugte sich derart gelenkig, daß es nur so eine Art hatte.

Ich stellte ihm die Krähe vor und sagte, wer sie sei, und

daß sie ihn sprechen wolle. Und zugleich auch fragte ich, ob die Völker zu ihrem Dienst gehen könnten.

»Ja!« sagte mein Ober-Offizier und hielt seinen Blick wie abwesend auf die Madame von Gleichen gerichtet, während hinter uns der Papagei zu sich gekommen war und wiederum zu krächzen anfing: »Madame ist schön, Madame ist schön!«

Ich sprang aus dem Zimmer, schnitt dem Vogel eine Grimasse und machte eine heftige Handbewegung, wodurch er erschrak und stillschwieg, sprang zur Treppe hinab und entließ die Völker, wobei sich die Offiziers danach erkundigten, wo ich den Vogel hätte, der sich so verrannt habe in seine irrige Auffassung.

XV. KAPITEL

Ich lief wieder hoch und kam gerade zurecht, um zu hören, wie sich Oberstleutnant und Hofdame gegenseitig Komplimente machten.

»Nun«, sagte der Oberstleutnant leutselig, »was ist das Anliegen von Madame?«

Doch muß ich hier etwas einfügen, ehe ich es vergesse. Als ich auf die Straße getreten war, um die Völker zu entlassen, sah ich, wie der Postillon die Hutschachteln der Madame von Gleichen fluchend in den »Roten Ochsen« schleppte. Da fuhr ich ihn an, er solle auf der Stelle alles wieder zurücktragen, da noch nicht entschieden sei, ob Madame hier bleibe oder wieder zurückfahre.

»Meine Obrigkeit hat mir befohlen, Madame hier abzusetzen und auf dem Absatz kehrt zu machen.« Er ließ alles fallen, was er in den Händen trug und setzte eine eigensinnige und entschlossene Miene auf.

Ich tat einen Schritt auf ihn zu, legte die Hand auf den Degen und sagte: »Hören Sie, Sie Postillon, hier bin ich die Obrigkeit, und Sie haben auf mich zu hören! Marsch, marsch, alles wieder zurück! Sodann setzen Sie sich in das Gasthaus und warten ab, bis Sie die Ordre bekommen!«

Er sah auf meine Hand und überlegte. Seine Pferde traten ungeduldig das kümmerliche Pflaster. Wir maßen einander. Dann bückte er sich, nahm den Kram, den er hingeschmissen hatte, und begann, ihn wieder zurückzutragen.

Ich war es zufrieden und lief wieder hoch.

Wie gesagt, der Oberstleutnant wollte das Anliegen von Madame hören, aber sie war so kraftlos und einer Ohnmacht gefährlich nahe, daß sie sich setzen mußte, wobei sie einige recht traurige Seufzer und Schluchzer herauskünstelte, die dem Oberstleutnant, wie es schien, stark aufs Herz fielen. Aber gleich faßte sie sich und hob mutig ihr spitznäsiges, gepudertes Gesicht.

»Herr Kommandant, die Meininger haben mich des Arrestes entlassen, als sie hörten, daß Ihre tapferen Soldaten auf dem Marsch und schon in Wasungen wären. Und sie haben mich in die Postkutsche gesetzt und gesagt, ich solle nach Wasungen, wo die Gothschen Völker seien. Da bin ich nun, Herr Kommandant, ich habe gelitten, oh, was habe ich gelitten. Nehmen Sie mich unter Ihren Schutz, ich will es Ihnen Zeit meines Lebens danken.«

Nun, wir dachten es uns schon. Jetzt saßen wir in der Tinte. Ich sah den Major an, der Major sah mich an, wir waren beide, glaube ich, bleich vor Wut. Ich wußte, der Major dachte wie ich: Wären wir doch weitermarschiert.

Dann sahen wir beide auf den Oberstleutnant, dessen Gesicht einen besorgten und irritierten Ausdruck annahm. Er sah unsere beschwörenden Blicke und wurde kolossal verlegen.

Der Oberstleutnant setzte zum Sprechen an, ich sah es und warf mich flugs in die Bresche, um zu retten, was zu retten war.

»Madame von Gleichen, wir bemerken, daß Sie erschöpft und derangiert sind und der Ruhe bedürfen nach allem, was Sie durchmachen mußten. Wir wollen dafür sorgen, daß Sie sich für einen Augenblick erholen können. Unterdessen werden wir sehen, wie es weitergeht.«

Der Oberstleutnant sah mich erstaunt an, er war wohl ein wenig perplex, weil ich mich eingemischt hatte, sah nun aber den erneuten beschwörenden Blick des Majors und sagte: »Nun ja, Madame, es wird Ihnen gewiß gut tun, wenn Sie ein wenig ruhen.«

Ich ging hinaus zur Ordonnanz, leitete geschwind alles in die Wege, entfernte die Madame mitsamt Käfig und Vogel und stürzte wieder zum Oberstleutnant ins Zimmer, wo schon der Major auf ihn einredete wie auf ein störrisches Pferd.

»Aber, Herr Major, das Ziel des Krieges ist erreicht, die

Madame ist befreit, wir können nicht marschieren!« Der Oberstleutnant stand mitten im Zimmer und fuchtelte mit den Armen.

»So kommt es endlich an den Tag«, rief mir der Major zu, »wegen dieser alten Jungfer ist die Garde von Gotha nach Wasungen gezogen.«

Er wandte sich zum Oberstleutnant: »Wir haben einen Blessierten, Herr Oberstleutnant von Goldacker. Die Ordre heißt: Krieg gegen Meiningen, also muß Krieg gegen Meiningen sein. Was schert uns dieses streitsüchtige, alte Weibsbild mit ihrem Papagei, wenn wir einen Krieg führen.«

Der Oberstleutnant wurde ein wenig blasser. »Herr Major, ich bitte Sie, es ist eine Hofdame, reden Sie nicht so laut, womöglich kann Sie uns hören.«

»Herr Oberstleutnant, auf ein Wort«, ich trat vor und mischte mich ein, »die Völker haben Madame gesehen, und es macht die Runde, daß sie Grund und Anlaß zum Krieg sein soll. Das wäre ein Hohn auf uns Soldaten, Hohn und Spott, Herr Oberstleutnant. Madame muß sofort wieder in die Postkutsche und nach Meiningen expediert werden. Wir haben mit ihren Sachen nichts zu tun. Wir tun vielmehr so, als wäre sie nie nach Wasungen gekommen und ihres Arrestes entlassen worden.«

Und der Major fuhr fort: »So ist es recht, Herr Leutnant. Ja, ich gehe noch weiter, ich kenne sie nicht und will sie nicht kennenlernen. Auch die Affäre nicht, weswegen sie im Spinnhaus war. Ich führe Krieg und achte nicht auf hergelaufne Weiber.«

Der Oberstleutnant ließ sich auf einen Stuhl fallen, beugte sich vor, das Gesicht umwölkt von Sorge und Verdruß, und sagte leise: »Meine Herren, es ist eine Hofdame. Ich bitte Sie, seien Sie doch etwas stiller. Was wird man sagen, wenn es heißt, wir hätten sie zurückgeschickt?«

Da wurde der Major ganz wütend: »Was will sie hier? Sie

gehört zum Meininger Hofstaat und nicht nach Gotha. Soll sie doch wieder zurückmarschieren und der Pfaffenrath wiederum den Reifrock herunterreißen. Wir können sie hier nicht brauchen!«

Der Major war derart in Rage gekommen, daß er sogar mit einem Fuß aufstampfte.

Keiner war froher als ich, als ich den lieben Major so auftrumpfen und sich so erheben sah. Das war, so dachte ich, das rechte Wort zur rechten Zeit.

Der Oberstleutnant saß und dachte nach. Betretenes Schweigen herrschte im Raum.

Endlich hob er den Kopf und sagte: »Man muß den Herren Subdeligierten und Geheimen Rat Buddens verständigen und zu Rate ziehen. Ich werde die Ordonnanz nach ihm schicken, damit . . .«

Der Major unterbrach ihn: »Herr Oberstleutnant, der Herr Geheime Rat ist ein Zivilist und nicht befugt, in die Angelegenheiten der Armee hineinzureden. Das Supremat haben Sie, und die Entscheidung liegt bei Ihnen. Lassen Sie den Herrn Geheimen Rat, wo er ist. Wenn Sie auf meinen Rat hören wollen, und es ist der aller Offiziers, Herr Oberstleutnant, wir schicken sie zurück nach Meiningen mitsamt Käfig und Vogel und all ihren Hutschachteln. Eine Ordonnanz begibt sich nach Gotha und meldet Serenissimus den Vorfall, aber nur nebenbei, weil wir nichts damit zu schaffen haben.«

Das Gesicht des Oberstleutnants hellte sich ein wenig auf. Er überlegte eine Weile und meinte schließlich: »So wird es gehen, meine Herren. Ich befehle es Ihnen also um der Ehre der Armee willen. Aber behandeln Sie die Dame, wie es ihr zukommt. Ich ziehe mich derweilen zurück.«

Ich atmete auf und schöpfte Hoffnung. Unser Krieg wird weitergehen, dachte ich.

Wir gingen aus dem Zimmer, sahen aber noch, daß sich der Oberstleutnant erschöpft aufs Ruhebett legte.

Auf dem Gang blickten wir einander an und lächelten uns zu. Wir hatten beide gut gestritten, einer so gut wie der andere, und wir wußten, daß wir zusammengehörten.

»Herr Leutnant, Sie sind der bessere Kavalier, wie ich gesehen habe. Auch haben Sie der Dame aus dem Wagen geholfen. Dies bedaure ich aber. Nun helfen Sie ihr auch wieder hinein.«

Er grinste und reichte mir die Hand, und wieder verstanden wir uns.

Die Ordonnanz teilte mir mit, wo die Dame lag. Ich klopfte an und hörte einen schwachen Laut. Da ging ich hinein und sah sie schwach und ein wenig ängstlich in einem Lehnstuhl sitzen. Sie mochte wohl doch etwas gehört haben.

»Madame«, sagte ich entschlossen, obwohl sie mir in diesem Augenblick tatsächlich etwas leid tat, »der Kommandant hat sich entschlossen, da er mit der Sache nichts zu tun hat, Sie auf der Stelle wieder nach Meiningen zurückzuschicken. Sie gehören dort an den Hof. Wir können hier für Ihre Sicherheit nicht geradestehen.«

Der Vogel im Käfig neben ihr sah mich böse an und krächzte: »Madame ist schön, Madame ist schön!«

Nun, es entfuhr ihr ein leidvoller, schmerzerfüllter Ruf. Es hörte sich ebenso an wie die Worte des Papagei, nur nicht so beharrlich und eigensinnig. Und, weiß Gott, sie tat doch tatsächlich, als wolle sie wiederum in Ohnmacht sinken.

Da ergriff ich ihren Arm und sagte: »Allons, Madame, darf ich Sie bitten, mich zur Kutsche zu begleiten?«

Oh, wie schnell war sie da beisammen und funkelte mich an. Jetzt glaubte ich, daß sie imstande war, einer anderen den Reifrock herunterzureißen. Und was sie plötzlich für ein zorniges Gesicht aufsetzen konnte. Das war eine unglaubliche Mutation.

Sie erhob sich ohne meine Hilfe und marschierte mit Käfig und Vogel gravitätisch aus der Tür. Da war auf einmal ihr Hofdamenstolz erwacht. Sie schwebte zur Treppe hinab, und ich trampelte lauten Schrittes hinterher. Und um es offen zu sagen, ich konnte ihr meine Achtung für die Tapferkeit nicht versagen, die sie in diesem Augenblick bewies.

Da riß ich ihr sogar den Schlag auf, sie stieg ein, und ich hob ihre Kledasche hinterher, stopfte alles in die Kutsche und beeilte mich, den Postillon aus dem Schankraum zu holen, wo er mit einigen Offiziers zusammensaß und offenbar eine Geschichte erzählte, da sie allesamt vor Gelächter sich nicht halten konnten.

»Das wird mir eine derbe Reprimante eintragen, wenn ich den Herren in Meiningen die Madame wieder präsentiere. Sie waren so froh, daß sie der Madame ledig waren.«

Er sagte es mir mit besorgtem Blick, bemühte sich aber endlich auf den Bock und knallte mit der Peitsche, während ich ein letztes Mal die spitze Nase und die bleichen Wangen der Madame sah, von denen eine einsame Träne rann, so daß sie ihr Spitzentüchlein hob und das Gesicht verhüllte.

Die Offiziers standen in der Tür und wollten sich ausschütten vor Lachen. Ich glaube, ich empfand als einziger ein wenig Bedauern mit der armen Person. Aber was half's, das Leben bringt, wie wir alle wissen, nichts als Wunden ein.

Und nun folgt, ich muß das hier wohl einfügen, die Erzählung des Meiningischen Postillons, wie sie mir die Offiziers berichteten.

Sie hatten ihn gefragt, was nun eigentlich vorgefallen wäre am Hofe zu Meiningen.

Der Postillon, als er spürte, daß er Mittelpunkt einer Gesellschaft werden würde, hatte sich in Positur gesetzt und gerufen: »Ihr Herren, es ist den Untertanen bei Strafe verboten, davon zu sprechen. Ich behebe mich meines Brotes und meiner Stellung, wenn ich auch nur ein Wort darüber verliere.«

Da erklärten ihn die Offiziers im Scherz zu ihrem Gefangenen und sagten, sie würden ihn einem scharfen Verhör unterwerfen. Unter Zwang könne er wohl reden, nicht wahr. Darauf sann er eine Weile nach mit seinem Postillonsgehirn und gab schließlich zu, unter Zwang nicht anders handeln zu können.

»Ihr Herren Offiziers, die Frau Landjägermeisterin von Gleichen hatte den ersten Rang unter den hoffähigen Damen. Sie stand ihnen vor mit Strenge und der ihr gemäßen Einbildung. Da erschien vor Monaten eine gewisse Frau von Pfaffenrath bei Hofe. Ihr Mann war eben erst geadelt worden. Wie das so ist, meine Herren Offiziers, es war ihr eigener Hauslehrer, mit dem sie zum Kummer und zur Schande der Familie durchgebrannt und aus dem Haus geflohen war. Ein ganzer Roman, Ihr Herren Offiziers, den man gar nicht wiedergeben kann. Das war ein Hin und ein Her, wie es wunderlicher nicht sein konnte. Aber sie vertrug sich wieder mit ihrer Mutter, und der Hauslehrer Pfaffenrath wurde geadelt, damit sie ihren Stand behielt.

Und hier, merkt's auf Ihr Herren, unser Herzog, wie jeder weiß, hat vor dreißig Jahren eine Hauptmannstochter geheiratet und hat gegen alle Welt an ihr festgehalten, Sie wissen doch, die Phillipine Cäsar. Und das hat ihm seither nur Unglück gebracht. Der Mut der Pfaffenrath hat ihm imponiert.

Nun kommt sie an den Hof spaziert, und es ist Mittagstafel. Der Oberhofmeister geht zur Frau von Gleichen und sagt ihr zitternd und mit böser Vorahnung, Serenissimus haben befohlen, daß in Zukunft Frau von Pfaffenrath den Rang vor allen Damen haben soll.

Da hätten Sie, meine Herren Offiziers, die Frau von Gleichen sehen sollen. Man hat mir gesagt, sie sei mit beiden Beinen zugleich in die Luft gesprungen und wäre augenblicklich in den Speisesaal gerannt. Aber die Frau von Pfaffenrath war noch schneller, alldieweil sie eine günstigere Stelle erwischt hatte, und so ist sie ihr zuvorgekommen und saß zuerst bei Tische.

Schreckliche Entrüstung bei der Frau Landjägermeisterin. Sie sagt zum Kabinettsminister, daß sie nach dem Mittagsmahl, sollte die Pfaffenrath als Erste sich erheben, sie ihr den Reifrock herunterreißen würde.

Da könnt Ihr Euch denken, meine Herren Offiziers, wie schnell die Schüsseln geleert wurden. Das ging wie der Wind, und die Pfaffenrath fraß so schnell wie ein Wolf, ebenso die von Gleichen.

Die Augen blitzten nach rechts und nach links über die Tafel. Aber die Pfaffenrath war schneller, stopfte den letzten Bissen zwischen die Zähne und stürzte ohne Gebet und ohne Amen aus dem Saal. Die von Gleichen andersrum um die Tafel, und in der Tür gerieten sie aneinander. Die Gleichen erwischte den Rock und hielt ihn mit einer Hand. Mit der anderen hielt sie den Türrahmen gepackt, und so zog sie die Pfaffenrath zurück und ihr alles vom Leib, und sie kamen sich in die Frisuren und mit den Fingernägeln in die Larven,und der ganze Hofstaat stand atemlos und hat zugesehn, außen mit ernsten Gesichtern und inwendig mit großer Heiterkeit wegen der Entblätterung, die sich da ereignete. Die Madame von Gleichen behauptete den Platz und schritt, wenn auch lädiert und in äußerster Alteration, aus dem Speisesaal und schrieb, damit ihr Genugtuung geschähe, an den Herzog. Er antwortete ungnädig und wiederholte seinen Befehl, daß die Pfaffenrath den Vorrang haben müsse.

Daraufhin schrieb die Madame von Gleichen einen anonymen Brief und ließ ihn verbreiten. Er enthielt einiges über die Vergangenheit ihrer Feindin. Die wiederum beschwerte sich beim Herzog. Die von Gleichen sollte nun knieend Abbitte leisten, was sie verweigerte. Sie wurde in Verhaft genommen und mußte mit ansehen, wie ihr Brief auf dem Marktplatz verbrannt wurde.

Nun saß sie im Gefängnis, der Hof spaltete sich in zwei Parteien, und jene der Madame von Gleichen klagte beim Reichskammergericht, um sie frei zu bekommen. Das Gericht befürwortete die Klage, es ging weiter bis zum Kaiser nach Wien, und der hat wohl den Herzog von Gotha aufgefordert, die Madame von Gleichen zu befreien.«

Soweit der Postillon.

XVI. KAPITEL

Jetzt war die Katze ganz aus dem Sack. Wie gut, daß wir die Madame von Gleichen weggeschickt hatten. Ich sagte den Offiziers, daß wir mit der ganzen Sache nichts zu tun hätten und daß unser Oberoffizier die Frau von Gleichen deshalb wieder retour geschickt habe.

Aber wie wir so standen auf dem Platz vor dem »Ochsen«, sah ich vom »Bären« her den Sekretär Schneider herangestakst und gerade auf uns zu kommen.

Schon von weitem, ein wenig atemlos, fragte er nach der Postkutsche und nach ihrem Inhalt.

Wir sahen uns an und dann wieder auf den hechelnden Sekretär und zuckten mit den Schultern. Der dumme Witzleben schlug eine alberne Lache an, er konnte sie wohl nicht unterdrücken, doch als ich ihn strafenden Blicks ansah, verstummte er und setzte eine ernste Miene auf.

Was er meine, fragten wir den Sekretär.

»Na«, der Sekretär war atemlos, doch wie immer blassen Gesichts, »die Postkutsche aus Meiningen mit der Frau von Gleichen!«

Ich trat vor und einen Schritt auf ihn zu. »Herr Sekretär, sie ist wieder nach Meiningen gefahren. Es wußte hier keiner etwas mit ihr anzufangen.«

Er machte ein erschrockenes Gesicht. »Der Herr Geheime Rat verlangt nach ihr. Um Gottes Willen, holen Sie die Dame auf der Stelle zurück, schicken Sie einen Reiter hinterher!«

»Ich bitte Sie, Herr Sekretär, ich bin Adjutant und kein Dienstbote. Was schert mich eine Meininger Hofdame? Außerdem stehen wir im Krieg mit Meiningen.«

Der Kerl von Sekretär erblaßte noch mehr. Wie war mir da wohl ums Herz, als ich sah, daß er voller Angst steckte.

Nun, er sagte kein Wort mehr, war sehr gedrückt, machte auf dem Absatz kehrt und rannte nach dem Meininger Tor.

Er rannte mit seinen langen Beinen wie gehetzt von uns weg, und unser gewaltiges Gelächter flog hinter ihm her.

Ich begab mich auf den Weg, um zu sehen, ob mein Repertorium eingehalten würde, doch wie ich losmarschieren wollte, trat mir jener Bürger vor Augen, der uns am vorhergehenden Nachmittag, als wir eingezogen waren, zugeblinzelt hatte.

»Herr Leutnant, Sie erkennen mich wohl von gestern?« Er blinzelte heftig und sah mich beschwörend an.

»Herr Leutnant Rauch, ich habe Sie schon in Gotha gesehen, ich bin ein Gothscher Bürger, bin auf einige Zeit hier, Pleißner ist mein Name, Zinngießer bin ich. Ich muß Herrn Leutnant etwas sagen, was Ihn interessieren wird.«

Ich musterte ihn. Er blinzelte wie zuvor und schien etwas an den Augen zu haben.

»Redet nur!« ermutigte ich ihn.

»Wäre das Kommando, Herr Leutnant, heute früh nach Meiningen marschiert, so hätten Sie leichtes Spiel gehabt. Da hätte das Meininger Spitzbubenvolk das Weibsstück nicht auf den Weg schicken können. Wißt Ihr, Herr Leutnant, es ist mein Lebtag so gewesen: Frische Eier sind gut, aber alte Eier sind nicht gut. Und wäret Ihr gestern nach Meiningen marschiert, so wär's noch leichter gewesen. Als die Post raufkam nach Meiningen, daß der alte Leutnant Zimmermann schon totgeschossen war bei Niederschmalkalden, da war alles zusammengelaufen in Meiningen, und keiner hat gewußt, was sie machen sollten. Die Bürger haben gejammert und gezittert. Die Tore hätten sie aufgehalten. Wir wollen uns doch nicht lassen totschießen. Mit unseren paar Soldaten sind die Gothschen schnell fertig, haben sie gesagt. Wegen der Frauenzimmer, die sich den Rock runterreißen aus langer Weile, wollen wir nicht unsere Ruhe verlieren, haben sie gesagt. Großer Aufruhr, großer Aufruhr, Herr Leutnant.«

Was sollte ich ihm sagen? Wir sahen uns an, und er blinzelte noch immer, der Zinngießer Pleißner, und ich wußte, der brave Bürger hatte recht. Ein treuer Untertan. Den hätte man zum Geheimen Rat machen sollen, da wären wir klug gewesen. Nun, so wie es stand, war unser Karren verfahren auf eine ganz schmähliche und lächerliche Weise.

Ich lief, die Wachen und den Dienst zu inspizieren. Es war alles pünktlich ausgeführt worden.

Beim Regimentsprofoß konnte ich konstatieren, daß die Steckknechte fleißig gewesen waren. Sie hatten bereits, wie befohlen, sechshundert Haselruten geschnitten, im Fall Spießruten notwendig wären.

Die zählten sie gerade nach und machten Bündel von jeweils einem Schock.

Der Feldscher stand dabei und gab Obacht, ob sie auch nicht zu stark waren.

»Herr Leutnant«, wandte er sich an mich und machte ein verklärtes Gesicht, »sind es nicht schöne Ruten? Und wie gerade gewachsen sie sind.«

Er nahm eine und schwang sie, so daß ein pfeifender Ton entstand. Er hörte ihn und fuhr fort: »Die Haut, die damit Bekanntschaft macht, wird sich freuen über eine derartige Qualität.«

»Sehr schön«, sagte ich, »auf dem Berge scheinen sie besser zu wachsen als in der Ebene. Ich habe lange nicht mehr so schöne Ruten gesehen.«

Wir liefen zusammen zur Mittagstafel.

»Hören Sie, Herr Leutnant«, der Feldscher sah mich besorgt an, »waren Sie mit dieser Frau zusammen, von der Sie gestern abend sprachen?«

Ich nickte, und er sah noch besorgter drein. »Wenn sie zu dem fahrenden Volk gehört, das hier herumlungert und unsere Leute ausnehmen will, so muß ich Ihnen sagen, daß einige Evas darunter sind, die den Franzosen mit umherschleppen.«

Ich tat beleidigt. »Mit so einer war ich nicht zusammen,

Herr Feldscher. Ich sehe mich wohl vor. Will mich ja nicht anstecken.«

Sein Gesicht war voller Zweifel, doch er fragte nicht mehr dieserhalb. Statt dessen erkundigte er sich nach dem Befinden der Madame von Gleichen und nach ihrem Vogel. Auch machte er mir ein Kompliment, weil ich es verstanden hätte, der Dame wie ein sehr verständiger Kavalier behilflich zu sein. »Ich habe gar nicht gewußt, Herr Leutnant, daß Sie so galant sein können.«

Ich sah ihn an und fragte mich, ob er sich lustig machte oder ob er's im Ernst meinte.

»Herr Feldscher, mein Herr Vater, Gott hab ihn selig, war Schloßhauptmann am Weimarer Hof, da hatte ich als Junge oft Gelegenheit, das feine Benehmen der Kavaliere zu beobachten.«

»Was Sie nicht sagen? Daher Ihre Gewandtheit in diesen Dingen.« Er tat sehr neugierig. »Hat Ihr Herr Vater Sie für den Soldatenberuf bestimmt?«

»Durchaus nicht, er wollte mich auf die Universität schikken. Es kam ihm in den Kopf, daß ich Medizin sollte studieren, weil, wie er sagte, immer ein Auskommen wäre auf dem Gebiet. Krankheiten fielen immer vor, und Medici würden daher immer gebraucht. Der Soldat hingegen, sagte er, wäre übel dran, wenn es keinen Krieg gäbe.«

»Das verstehe ich nicht, der Kriege gibt's doch zur Genüge, ebenso wie es Leute gibt, die dumm sind und dumm bleiben. Und ich denke doch auch, daß das Militärische an Ihrem Vater für Sie eine große Anziehungskraft hatte.«

»Mitnichten, Herr Feldscher, mitnichten. Ich warf Auge und Ohr auf ganz etwas anderes. Sie werden sich wundern. Im Nachbarhaus, meine Eltern wohnten am Markt, war ein Musikus zu Hause, jener Bach, der die Orgel in der Schloßkirche spielte und wohl auch Kapellmeister war, und täglich wurde in dem Haus die Musik probiert, die abends dem Herzog vorgefiedelt wurde. Die Tochter von jenem Bach, Katharina Dorothea hieß sie, war ebenso alt wie ich. Anno siebzehnhundertacht geboren. Wir waren Nachbarskinder und befreundet, und wir standen bei der Musik immer Hand in Hand hinter der Tür und sahen abwechselnd durch's Schlüsselloch, und ich sah mal einen Arm und mal eine Geige oder eine Flöte, alles bewegte sich, und die schönsten Töne kamen zu uns herausgepfiffen. Da hatte ich endlich eine solche Lust aufs Fiedeln, daß ich meinem Herrn Vater sagte, ich wolle Musikus werden, das sei etwas rechtes.«

»Und was antwortete er darauf?«

»Er schlug die Hände über'm Kopf zusammen und meinte, ob ich ein Hungerleider werden und bleiben wolle. Aber dann horchte er herum, was unser Nachbar, der Bach, wohl zur Besoldung erhielt. Und siehe da, es waren an die zweihundertsechzig Gulden. Da war mein Herr Vater gleich dafür, aber im selben Jahr hatte jener Bach wohl Differenzen mit dem Herzog, der Kapellmeister soll sehr eigensinnig und widersetzlich gewesen sein, und er wurde sogar ins Gefängnis gesteckt. Da war mein Herr Vater wieder umgestimmt und meinte, es sei doch zu unsicher.«

Mit meinen letzten Worten waren wir in den Gasthof »Zum Bären« getreten.

Wir bestellten ein Mittagsmahl, aber der Wirt geriet ins Stottern und stand verstockt vor dem Tisch, ohne zu sagen, was passiert war.

Ich redete ihn mit scharfem Ton an, und da kam endlich heraus, daß er uns nichts geben wollte.

Der Feldscher erhob sich vom Tisch und fragte: »Können wir nichts haben für unser Geld?«

Der Wirt antwortete, es sei eine Ordre unterwegs von ihrer Obrigkeit in Meiningen, die besage, daß man uns bei Strafe nichts mehr zu Essen geben solle.

Ich stand ebenfalls auf, nahm ihn beim Rock – man muß wissen, daß ich Hunger hatte wie ein Schock Dragoner zusammengenommen – ich nahm ihn also energisch beim

Rock, zog ihn zu mir heran, daß nichts mehr zwischen uns paßte, und sagte leise: »Herr Wirt, Sie haben noch keinen Befehl Ihrer Obrigkeit, nicht wahr?«

Er wurde blaß und nickte.

»Also tragen Sie uns sofort auf. Sie haben doch etwas in Ihren Pfannen. Ich rieche es!«

Er nickte erneut, wandte sich um und trabte in die Küche.

»Sie sind immer gleich so grob.« Der Feldscher sah mich vorwurfsvoll an.

»Meinen Sie, er wird die Beine in die Hand nehmen, wenn Sie fragen: Können wir nichts haben für unser Geld? Wissen Sie, Herr Feldscher, am schnellsten geht es, wenn Sie die Hand auf den Degenknauf legen. Ich habe es immer so gehalten.«

Er setzte sich wieder, ich ebenfalls, und ich hörte, wie er spöttisch sagte: »Nun, Herr Leutnant, das ist nicht jedermanns Sache. Manch einer, der schnell bei der Hand ist mit dem Degen, kommt auch um durch ihn. Aber wir waren bei einem anderen Punkt, Sie wollten Musik machen, und nun sind Sie Soldat. Wie ist es dazu gekommen?«

»Mein Herr Vater hat mich aufs Neue Gymnasium geschickt, und da fing das Unglück schon an. Dort schlugen alle aufeinander los. Der Sekundaner prügelte den Tertianer, und der Primaner schlug den Sekundaner. Auch war alles, das ist wohl jetzt noch so, mit einem strengen Verbot belegt. Das Karten und das Würfeln, das Schießen mit dem Blaserohr, das Baden in der Ilm im Sommer, das Glennern auf dem Eis im Winter, das Tabakrauchen unter Fenstern und in Türen. Auch sollte nicht getrunken, nicht geflucht, nicht geschwört, nicht pasquiliert werden. Und alles wollt' ich tun und probieren, je größer ich wurde. Ach ja, an den jungen Weibsbildern sollten wir auch vorübergehen, ohne den Blick zu wenden. Und so kam es, daß ich mich immerfort vieler Todsünden schuldig machte und nicht vorankam.«

»Da wurden Sie Soldat?«

»Nein, noch lange nicht. Ich kam mit Hängen und Würgen auf die Erfurter Universität und sollte mit Macht ein Medici werden. Aber da fing das Unglück von Neuem an. Ich wurde verführt von den anderen, soff wie ein Loch, machte Schulden wie ein Major, und da schließlich erbarmte sich mein Herr Vater und bequemte sich, mich von der Universität zu nehmen.

Nun war guter Rat teuer. Aber da das Militär in gutem Kurs stand beim Herzog und Leute gebraucht wurden, da obendrein mein Herr Vater einen guten Namen hatte, hab ich das Soldatenkleid angezogen. Mein Herr Vater hat sich dreingeschickt. Was wollte er machen, ich hatte ja nichts weiter gelernt.«

»Und von Weimar sind Sie nach Gotha gegangen?«

Ich wollte gerade antworten, da fiel mein Blick durchs Fenster auf die Gasse, und ich sah den Herrn Geheimen Rat samt Sekretär über die Straße kommen. Sie kamen offenbar vom »Roten Ochsen« her und balancierten auf den Tretsteinen in Richtung des »Bären«, wo sie ihr Quartier hatten.

Der Feldscher folgte meinem Blick, und wir beobachteten, wie der Sekretär vorausschritt und die besten Steine aussuchte, damit der Herr Geheime Rat sicher über die Straße käme. Doch an einer Stelle, in der Mitte der Straße etwa, hatte der Sekretär einen etwas zu langen Schritt getan. Für ihn war das nicht schwierig, doch für den Herrn Geheimen Rat, der ihm alles nachtat, war es ein Unglück, da seine Beine zu kurz geraten waren, sein Schritt war weniger lang, er rutschte ab und fiel, da es Mittag war und taute, in den Morast der Straße.

Das war ein schönes Bild. Wir konnten nicht umhin, in schallendes Gelächter auszubrechen, da wir doch behaglich am Tisch und im Trockenen saßen, während die beiden nun anfingen, mit dem Schlamm der Straße zu kämpfen.

Der Herr Geheime Rat schrie, wir sahen seinen geöffneten Mund, der flehentlich auf den Rücken des Sekretärs gerichtet war, und wir sahen mit Genuß, wie der Sekretär erschrockenen Gesichtes kehrt machte und seinerseits nun von dem Tretstein glitt, auf dem er eben angelangt war.

Nun mühten sie sich aufeinander zu, und ich sah deutlich, wie die Beinkleider des Sekretärs ihre Farbe wandelten. Im gleichen Augenblick setzte der Wirt die Krüge auf den Tisch. Wir griffen mit Behagen danach und machten einen tüchtigen Schluck, und ich sah über'n Krug weg, wie sich die beiden ungleichen Brüder auf den erstbesten Tretstein mühten und dort sich aneinander klammerten, scheckig wie die Säue, nachdem sie sich im Schlamm gesuhlt haben. Ach Gott, wie war das schön!

Aber der Feldscher störte meine Freude, indem er sagte: »Es ist doch seltsam, Herr Leutnant, wie sich der Mensch über das Unglück des anderen freut, wenn er nur davon weg ist und nichts damit zu tun hat. Haben Sie das noch nicht bemerkt?«

Ich warf ihm einen raschen Blick zu. Er war ernst und fast ein wenig traurig. Sodann sah ich wieder durchs Fenster und konstatierte, daß die beiden einen neuen Anlauf nahmen und daß der Sekretär nun den Herrn Geheimen Rat bei der Hand gefaßt hatte und wie ein Kind hinter sich herzog.

»Wissen, Sie, Herr Feldscher«, bemerkte ich ungerührt, »ich kann solche Art Zivilisten nicht leiden. Der Herr Geheime Rat hat uns an der Nase herumgeführt und im Unklaren gelassen. Solche Leute können nichts und stehen uns nur im Wege. Sie hätten im Schlamm ersticken können, ich wäre ihnen nicht einen einzigen Schritt entgegengegangen, und noch viel weniger hätte ich sie herausgezogen.«

»Aber es sind doch Menschen, und wenn Sie ein guter Christ wären, so . . .«

Ich unterbrach ihn. »Ach, ich soll als guter Christ handeln einem profanen Zivilisten gegenüber, der unsere Ehre nicht einmal zur Kenntnis nimmt? Wenn wir nicht wären und das liederliche Gesindel im Zaum hielten, könnte unser Serenissimus samt dem Herrn Geheimen Rat abdanken. Durch uns wird doch alles zusammengehalten!«

»Jetzt übertreiben Sie ein wenig, Herr Leutnant.«

»Mitnichten, Herr Feldscher, ich stelle es mir ideal vor, wenn ein Land ganz auf das Militär ausgerichtet wäre. Wie könnten wir dann unbeschränkt all das tun, was uns vorschwebt. All den bösen Gesellschaften würde im Nu der Boden entzogen werden, weil dann mit mehr Force gehandelt würde. Doch Sie sehen ja, da rennt der Geheime Rat hin und her, und ich möchte wetten, daß er soeben dem Oberstleutnant manches ins Ohr geblasen hat. Diese Stubenhokker, die nichts können, sind uns ein Beschwernis, sie sind ein Klotz an unserm Bein, den man abschütteln muß.«

Der Feldscher sah mich an mit einer Leichenbittermiene, als wäre er tatsächlich traurig, und er sagte leise: »Ach, Herr Leutnant, ganz auf das Militär ausgerichtet, wovon Sie träumen. Mir scheint, diese Zeit geht langsam zuende. Wenn Sie ehrlich sind, so müssen Sie mir zugeben, daß Sie von einer großen Unruhe befallen sind.«

Ich wich seinem Blick aus und begann zu lachen. Er ist wohl ein wenig verwirrt und hat sich verrannt, dachte ich und sah auf die Schüsseln, die der Wirt eben auf den Tisch stellte.

Laut aber sagte ich: »Weshalb sollte ich das sein, Herr Feldscher, ich weiß nicht, wovon Sie sprechen. Es geht mir gut, wenn das Leben auch nicht leicht ist. Der eine ist des anderen Wolf, gewiß, doch ich stehe mich ganz vorzüglich und werde es ohne Zweifel noch bis zum Major bringen, wenn nicht noch weiter, falls ich brav meinen Dienst tue und weder nach rechts noch nach links blicke. Weshalb sollte ich von Unruhe befallen sein? Ich bin meiner Sinne ganz mächtig!«

Der Wirt dienerte und wollte den Tisch verlassen, doch

ich hielt ihn zurück und erkundigte mich nach dem Herrn Geheimen Rat.

»O«, sagte er, »der Herr Rat hat mit dem Kot der Straße Bekanntschaft gemacht und ist auf seinem Zimmer, wo er sich abgeschlagen und ganz derangiert niederlegte.«

»Das ist recht, Herr Wirt. Versorgen Sie ihn gut, damit es ihm an nichts fehle.«

Der Wirt verzog das Gesicht zu einem Grinsen und entfernte sich.

XVII. KAPITEL

Wir begannen schweigend zu essen. Es schien mir, als sei ein Unbehagen oder eine Verlegenheit zwischen dem Feldscher und mir entstanden, doch nach einer Weile fing er wieder von vorne an. »Wie sind Sie denn nach Gotha gekommen, Herr Leutnant?«

»Herr Feldscher, Sie sind heute sonderbar hartnäckig und kommen immer wieder auf den vorigen Gegenstand zurück. Ich will Ihnen gleich antworten, doch was die Unruhe betrifft, von der Sie sprachen, ja, Sie haben recht. Ich bin unruhig, aber nur, weil wir hier liegen, weil dieser Geheime Rat aus Feigheit offenbar das ganze Räderwerk aufgehalten hat. Er ist imstande aus Furcht und Angst das Hinterste zuvorderst zu bringen. Das ist doch eine Komödie, in der man nur elende Gedanken bekommt. Deshalb die Unruhe, mein Herr Feldscher.«

»Herr Leutnant, seien Sie doch froh, daß Sie hier liegen und daß nicht geschossen wird.«

Ich warf voller Zorn den Löffel auf den Tisch und schrie: »Ich will aber schießen, verstehen Sie mich? Ist man Soldat, muß man auch schießen. Was ist das für eine Armee, bei der immer nur der Degen in der Scheide bleibt? Ihre Messer rosten auch, wenn Sie sie nur in der Tasche spazierentragen. Und lernen können Sie auch nichts bei einem solchen Leben.«

Ich hatte mich sehr erregt und war vom Tisch aufgesprungen. Er setzte sich perplex zurück und starrte mich an. So sahen wir uns eine Weile in die Augen, voller Zorn und, wie ich glaube, mit ein wenig Haß im Kopfe. Ich glaubte jedenfalls, ihn in diesem Augenblick zu hassen. Als ich das spürte, wurde ich wohl rot im Gesicht, setzte mich und griff nach meinem Löffel.

»Mein Gott«, sagte er ruhig, »Leutnant, Sie sind ja ganz außer sich. Beruhigen Sie sich und essen Sie mit Bedacht. Sie mögen ja von Ihrem Standpunkt aus recht haben, aber ich sage Ihnen in vollem Ernst, daß eine Zeit kommen wird, in der Sie sich mit Ihren Ansichten lächerlich machen werden.«

Der Halunke von Feldscher war die Ruhe und die Sicherheit in Person. Er führte sich auf wie der liebe Gott, als hätte er alle Fäden in der Hand.

Ich aß und antwortete ihm nicht. Was nahm er sich heraus? Ich sollte mit Bedacht essen!

Nun warf ich den Löffel wieder hin und sagte: »Hören Sie, Herr Feldscher, mir ist es gleich, was für eine Zeit kommen wird. Niemand weiß, was für eine Zeit kommt. Aber ich lebe jetzt und muß mich behaupten. Ich kann nicht Rücksicht auf Zeiten nehmen, die kommen werden und von denen ich nichts habe. Ich muß meiner Zeit soviel aus den Zähnen reißen, wie ich nur kann. Das ist meine Philosophie!«

Er lächelte. Doch dieses Lächeln war bitter und traurig, wie mir schien.

»Herr Leutnant, lassen Sie wenigstens an dieser Zeit noch soviel, daß Ihre Kinder etwas mit hinübernehmen können in jene Zeit, von der ich sprach. Ich meine doch nur, daß eine Zeit kommen muß, in der nicht nur Heulen und Zähneklappern ist. Eine Zeit vielleicht mit weniger Tränen und mit weniger Blut und mit weniger Hunger und Krankheit. Das meine ich doch nur, und das müssen Sie mir gestatten.«

Ich glaube, ich spürte ganz im Innern ein wenig Scham. Der hatte ja Ideale! Er war scheinbar fest davon überzeugt, daß irgendwann eine andere Zeit anbrechen würde. Was für eine Zeit? Ich hatte schon davon gehört, daß es Wirrköpfe geben sollte, die sogar der Meinung waren, daß derzeit alles falsch eingerichtet wäre. Mir schien fast, als gehöre der Feldscher zu diesen Grützköpfen.

Der Wirt brachte für jeden ein Hühnchen, und ich riß meins sogleich voller Zorn auseinander. Ich war wohl mit mir selber unzufrieden. Es war nichts zu machen, der gestrige Abend, die Nacht und der heutige Vormittag hatten mich ein wenig durcheinander gebracht. Ich mußte zur Ruhe kommen, meinen Dienst tun und ansonsten alles gehen lassen, wie es wollte.

Und ich sah auch, daß mich solche Auseinandersetzungen, wie jene mit dem Feldscher, in Aufregung versetzten. Es war, als fürchtete ich mich davor und als könne ich sie dennoch nicht entbehren.

So wollte ich nun der Atmosphäre ein wenig forthelfen und sagte, daß wir vom eigentlichen Gegenstand abgekommen wären.

»Ich fragte Sie, Herr Leutnant, was Sie nach Gotha verschlagen hat.«

»Das ging ganz simpel zu. Ich hatte es bis zum Fähnrich gebracht, aber der Dienst in Weimar war trostlos, weil wenig vorfiel, was einem Soldaten das Herz erhebt. Nun hatte ich in Gotha meine nachmalige Frau kennengelernt. Ich fuhr des öfteren zu Verwandten, müssen Sie wissen, die dort ein Fuhrgeschäft betrieben und einen Gasthof, und je öfter ich hinlief, um so mehr kam ich mit einem Schnupfen im Herzen zurück nach Weimar, weil die Base, um die es sich handelte, ein recht zierliches Frauenzimmer war. Auch hatten sie dort einen schönen Garten, in dem man sich vorzüglich zerstreuen konnte, und so nahm das Schicksal seinen Lauf.«

Ich machte eine Pause, benagte eifrig die Keule, die übrig geblieben war, und wischte mir den Mund.

»Nun denn, was soll ich Ihnen noch sagen. Wir lagen dort in den Büschen rum und versenkten uns ineinander, und da war es schon passiert. Ich hatte Mühe, von meinem Dienstherren die Heirat bewilligt zu bekommen, und wechselte nach Gotha, zumal der Landesherr dort viel Wert aufs Militär legte. Jetzt freilich hat sein Enthusiasmus etwas nachgelassen wegen der Herzogin wohl, die nur ihre Bilder im Kopf hat. Aber, wie es so ist, mein Enthusiasmus in der Liebe hatte auch nachgelassen. Es ist doch seltsam, wie sich alles abschleift mit der Zeit, wenn es alt wird und sich immer wiederholt. Meinen Sie nicht auch, Herr Feldscher?«

Ich warf den Knochen auf den Teller und wischte mir erneut übers Maul. Gott im Himmel, dachte ich, du offenbarst diesem Spitzbuben deine geheimsten Gedanken. Er wird dir, je länger du ihm gegenüber sitzt, immer schrecklicher und immer angenehmer.

»Herr Leutnant«, er lehnte sich zurück und griff nach der Serviette, »Sie sprechen mir aus der Seele. Es geht uns allen so. Man stürzt sich ins vermeintliche Vergnügen und denkt, es währt bis zum Lebensende. Aber nichts dergleichen. Nach einer Zeit stellt sich Unzufriedenheit ein, und man meint, es fehle einem etwas. Und wenn die täglichen Sorgen und der Mangel dazukommt, so fängt man an, nach einem neuen Glück zu jagen, daß auch wiederum nur ein eingebildetes ist. Dies alles kommt davon, daß der Mensch nach etwas Vollkommenem sucht und sich nie mit dem bescheidet, was er hat. Nun glaube ich, daß dieses Verlangen zwar ein Positivum ist und vielleicht sogar die Weltgeschichte vorantreibt, daß es aber auch dazu führt, den Menschen immerfort in Spannungen und Aufregungen und ins Unglück zu stürzen.«

Ich saß auf meinem Stuhl und rührte mich nicht, hörte nur auf diese Worte und spürte ihre gleißnerische Vollkommenheit, ihre Klarheit, der ich mich nicht entziehen konnte und der ich doch widersprechen wollte. Aber meine Gedanken zerflossen nach dieser Beredsamkeit, obwohl ich doch antworten und etwas entgegensetzen konnte. Es war etwas Wahres an allem, was er sagte, und doch erfüllte mich seine Rede mit Mißtrauen und mit einer unerklärlichen Ablehnung. Ich glaubte, daß alles viel einfacher und geradliniger war und daß derartige Spitzfindigkeiten das Leben nur beschwerlich machten.

»Was seht Ihr denn, Herr Feldscher, in dieser Lage für einen Ausweg?«

Er überlegte lange, trank von seinem Bier und sah mich etwa so an, wie vielleicht ein Windhund einen krummbeinigen und kleingewachsenen Hofhund angesehen hätte.

»Der Mensch, Herr Leutnant, das ist wohl die einzige Möglichkeit, muß zu sich selbst kommen und wissen, wer er ist und was er bewirken kann im Rahmen dessen, worin er sich befindet. Er darf nicht das Unmögliche wollen, sondern immer nur das Natürliche und das Notwendige, was aus der Natur selbst hervorgeht. Und er muß mit den anderen und für die anderen leben, so, wie es Gott gefällig ist.«

Da saß ich und hörte, wie seine Worte immer lieblicher und immer feierlicher wurden, gerade, als wenn sie ein Pfaffe von der Kanzel plärrte.

So war das Gespräch sehr ernsthaft geworden, und er sprach sogar von Gott, obwohl er, wie ich glaubte, nicht viel von ihm hielt. Der Kuckuck mochte wissen, was in ihm vorging. Ich glaubte nur die Hälfte von dem, was er von sich gab, soviel war sicher. Was hieß das, der Mensch sollte zu sich kommen? War ich nicht bci mir? Lcbtc ich nicht für meine Kerls, die mir lieb und teuer waren? Sorgte ich nicht für Frau und Kind?

In diesem Augenblick dachte ich an die Marten, und eine Hitze stieg mir ins Gesicht. Ob sie schon wieder Hunger hatte? Ich wollte jetzt gern mit ihr zusammensein.

Wenn ich solche Gedanken hätte wie der Herr Feldscher, wäre es schlecht um meinen Beruf bestellt.

Ich trank meinen Krug leer und sagte: »Herr Feldscher, es ist an der Zeit, das Gespräch zu beenden. Wir finden wohl später Gelegenheit, es fortzusetzen.«

»Wenn Sie es wollen. Wollen Sie es?«

»Ich bin begierig darauf, aber der Dienst, Sie sehen ja, daß es unendlich viel zu tun gibt in dieser vermaledeiten Situation.«

Ich erhob mich und rief nach dem Wirt. Nun begannen wir zu streiten, wer das Mittagsmahl bezahlen solle. Jeder von uns wollte partout der Erste sein, und ich konnte mich erst durchsetzen, als ich ihm vorhielt, daß er drei Kinder hätte, während ich nur ein einziges besaß.

»Wie alt ist es denn?« fragte er.

»Vier Jahre, ein sehr gescheiter Junge, der nichts als Dummheiten macht.«

Der Feldscher lächelte und meinte: »Er tritt in Ihre Fußstapfen, Herr Leutnant.«

»Das mag sein«, antwortete ich, »ich will es sogar hoffen.«

Wir gingen hinaus und hörten, als wir vor der Tür standen, Lärm und Getöse von dem zerhauenen Tor her, daß nach Schmalkalden führte. Da war die Ordonnanz gerade in Begriff, an uns vorüberzureiten. Jene nämlich, die nach Gotha sollte, um zu melden, daß die Madame von Gleichen hier einpassiert und wieder zurückgeschickt worden wäre. Ich sagte der Ordonnanz, sie solle sehen, was da vor sich ginge, und flugs ritt sie los, kam aber gleich darauf zurück und meldete, ein klingendes Spiel käme zum Tor herein. Es seien Gothsche Völker, vielleicht Verstärkung für unsere müden Soldaten. Dabei grinste die Ordonnanz so infam und aufsässig, daß ich ihr befahl, zur Stabsgrenadierwacht zu reiten und dort abzuwarten.

Nun, es kam tatsächlich ein klingendes Spiel heran, als wiederhole sich das ganze verdammte Geschehen vom vorigen Tag noch einmal.

Die Pfeifer und Trommler patschten durch den Morast und kümmerten sich nicht weiter um den Kot. Und vorne weg, wer beschreibt mein Erstaunen, ritt der aus Holland beurlaubte Kapitain Seltzer, der stolzeste Offizier im ganzen Herzogtum, da er doch, wie er immer sagte, sechsunddreißig Campagnen mitgemacht hatte und siebenundfünfzig Blessuren zur Schau trug. Hinterher aber marschierten alle Holländer-Gothschen, auch Beurlaubte, die sich viel einbildeten auf ihre Weltkenntnis.

Teufel auch, wie gern hätte ich bei ihnen sein wollen, als

sie in der Weltgeschichte umherzogen. Die Holländerinnen sollen ja dralle Weiber sein, nach den Konterfeis des Rubens zu urteilen.

Da kamen sie nun alle herangestampft und -geritten. Der Leutnant Bayer samt dem Überrest vom Erbprinz Friedrich, Leutnant Banser, Fähnrich Dummernich und auch der Adjutant Gryn.

Als der Kapitain Seltzer herankam mit seinem Schimmel und in meiner Höhe war, ließ er ein Halt machen, und die Leute standen im Schlamm der Straße und versanken sachte, rührten sich aber dennoch nicht. Nur der Schimmel des Kapitains trat ein wenig hin und her, daß es schmatzte, und versank aber auch, so daß sich zu guter Letzt der Kapitain mit mir in gleicher Höhe befand, und wir uns auf diese Art gut unterhalten konnten.

»Was machen Sie denn in Wasungen, Herr Leutnant«, schrie er, »ich dachte, Sie lägen längst in Meiningen und würden sich auf Kosten des Herzogs Anton Ullrich vollsaufen wie ein Schlauch?«

»Herr Kapitain, wir liegen hier still im Quartier und wissen nicht warum. Es geht nicht weiter, und es weiß auch keiner, ob die Katze grau oder schwarz ist.«

»Zum Teufel«, schrie er, »das sind Spitzbübereien, die bei mir in Holland undenkbar wären.«

»Es ist aber so, Herr Kapitain, wir liegen hier und können uns nicht rühren.« Er reckte sich in seinem Sattel, was ihm aber auch nichts half, er war schon einen Kopf unter mir.

Und wie er sich umdrehte und seine ganze Mannschaft stumm und reglos im Schlamm der Straße versinken sah, gab er dem Gaul einen Schlag mit der Peitsche und schrie: »Allons, wo sein der Kerl von Bürgermeister, wir müssen Quartier haben.«

Und so fing er und seine Mannschaft an, sich aus dem Schlamm herauszuwühlen, was so aussah, als kämen Kriechtiere an Land gekrochen.

Wir blieben beide auf dem Stein vor der Tür, hielten uns am Portal fest und gerieten in ein solches Gelächter, daß der ganze Gasthof »Zum Bären« hinter uns ins Schwanken geriet. Und auch die Bürgersleute hingen in sämtlichen Fenstern und brachen in ein Lachen aus, daß die Vordergiebel ihrer Häuser ganz bedenklich ins Zittern kamen. Einem der Bürger schütterte offenbar so der Bauch, daß das Zinselfeld unter'm Fensterrahmen doch tatsächlich herausbrach und auf die Gasse stürzte. Da konnten wir von unserem Stein aus in seine Stube sehn.

Nun ließ ich den Feldscher allein und lief flugs zur Stabsgrenadierwacht.

Da stand der Kapitain Seltzer mit seinem dreckichten Schimmel und mit seinen Völkern, die aussahen wie die Säue und nach Obdach und Lagerstatt schrien.

Ich sagte ihm, daß der Bürgermeister das Laufen bekommen hätte und die Quartiere überfüllt wären. Da sprang der von Seltzer von seinem Gaul und fluchte gotteslästerlich. Er wüßte gar nicht, was er hier solle, wenn es nicht weiterginge. »Es hilft nichts«, rief er, »meine Völker müssen ins Quartier, und wenn auch der Bürgermeister sich absendiert und nichts von uns wissen will, dann muß Ihr Kommandant mir Vollmacht geben, die Leute ins Quartier zu bringen, und wenn sie wie Klafterholz aufeinanderliegen.«

Ich brachte ihn zum Oberstleutnant, der sich in seine Kammer verkrochen hatte, weil er von nichts wissen wollte.

Wie wir hinkamen, fing er an, ein wehleidiges Gesicht aufzusetzen, und es sah aus, als hätte er einen ganz abgefahrenen Geist.

»Herr Kapitain, ich weiß nicht, was Sie wollen. Wo soll ich drei Schock Soldaten unterbringen, wenn alles schon aufeinanderliegt wie Haberstroh. Ich weiß gar nicht mehr, wo mir mein Kopf steht. Der Eine sagt Hü und der Andere sagt Hott.«

»Herr Oberstleutnant, wir sind geritten und marschiert

wie die Teufel, und vorhin wäre fast meine ganze Mannschaft im Schlamm versunken. Da mußte einer den anderen am Zopfe herausziehn.« Er wies auf seine Stiefel, die voller Kot waren. »So wahr ich von Seltzer heiße und sechsunddreißig Campagnen hinter mich gebracht, sowie siebenundfünfzig ehrenhafte Blessuren davongetragen habe, ich will sie alle unterbringen, und wenn ich sie in die Bürgerhäuser stopfen muß.«

Der Oberstleutnant sah aus, als ob ihn gleich der Schlag rührte.

»Herr Kapitain, machen Sie, was Sie wollen. Nur um eines bitte ich Sie: Bringen Sie keinen Aufruhr zustande!«

Er sah flehenden Blicks auf den Kapitain, der von einem Fuß auf den anderen trat, wobei man deutlich hörte, wie Wasser und Schlamm in seinen Stiefeln sonderbare Töne von sich gaben.

Wir gingen hinaus, und da sagte er mir doch, warum wir nicht ein Waschweib aus der herzoglichen Wirtschaft als Ober-Offizier genommen hätten. Die wären couragierter als mein Kommandant.

Ich dachte mir meinen Teil und gab nun acht, wie es der Kapitain mit den Quartieren anstellen wollte. Aber er machte sich darob keine Sorgen, ließ die Unteroffiziers zu sich kommen und befahl kurzerhand, sie sollten mit ihren Leuten gehen, in welches Haus sie wollten, sei es mit oder ohne Gewalt.

Da liefen die Unteroffiziers um die Wette zu den Völkern, und die wiederum rannten wie der Wind dutzendweis zu den verrammelten Häusern und brachen die Türen auf.

Hinter den Türen aber standen die Bürger und hielten ihre Dreschflegel und Mistgabeln gezückt.

Da war Zeter und Mordio in der Stadt.

In einer Gasse beim »Bären« schlugen drei Grenadiere eine Tür ein. Sie fiel nach innen, worauf sie der Hausherr auffing und sie den Grenadieren auf die Köpfe warf. Sodann griff er nach hinten und packte ein Schlachterbeil, er war seines Zeichens ein Fleischer, und schmiß das Beil in rasender Wut hinterher. Dabei traf er einen der Grenadiers derart aufs Schlüsselbein, daß der Arm herunterhing wie ein Lämmerschwanz.

Der Grenadier, nicht faul und genauso rasend vor Zorn und Schmerz, warf mit der anderen Hand eine seiner Granaten in den Flur. Die rollte nun über die Steinfliesen bis zum hinteren Ende, krachte auseinander und warf die Tür, die in den Hof führte, geradenwegs auf den Misthaufen, wo eben die Sau des Fleischers im Kot wühlte. Das Schwein wiederum erschrak in jähem Entsetzen auf eine solche Weise, daß es einen Schock erhielt und alle Viere von sich streckte.

Als der Fleischer, der wunderbarerweise nicht blessiert war, dessen gewahr wurde, packte er seine Schlachtmesser, die parad lagen, und warf sie, als gehöre er zum fahrenden Volk und sei auf dem Jahrmarkt, hintereinander weg auf die Grenadiers, die die Beine in die Hand nahmen, um Entsatz zu holen.

Nun rückten sie zwölf Mann hoch an, aber da saß der bedauernswerte Fleischer auf seiner Sau und rührte keine Hand, nur die Tränen rollten ihm über die Backen, da jenes Vieh, auf dem er saß, durchweg und jedes Jahr zwölf Ferkel zur Welt gebracht hatte.

Da wurde nun der arme Fleischer gebunden zur Stabsgrenadierwacht abgeführt, wohin er am liebsten seine tote Sau mitnehmen wollte. Die aber war in weniger als einer halben Stunde kurz und klein gehackt und kochte im Kessel, damit die Völker auch etwas davon hatten.

Ähnliche Dinge fielen überall vor. In einem anderen Haus brach ein Geländer, das ins obere Stockwerk führte, bei dem Tumult, der entstanden war, auseinander, und ein Musketier stürzte mitsamt einem abgelebten Großvater bis in den Keller und noch dazu in ein großes Pökelfaß, wo sie dann beide auf den Speckseiten herumstampften und sich gegenseitig Maulschellen schlugen.

So drängten sich die Leute des Kapitain Seltzer in die Häuser, und es geschah sogar, daß sie die Soldaten von unserem Kommando aus den Quartieren schubsten, was diese sich aber mitnichten gefallen ließen. Da fielen sogar die Völker übereinander her und schlugen sich blutig.

Unterdessen aber liefen wiederum die entsetzten Ratsherren mit Wehklagen und Zetern, rotteten sich in der Ratsstube zusammen und begannen aufs Neue zu deliberieren und sich gegenseitig anzuschreien, daß man es bis auf den Platz hören konnte.

Ich saß derweilen in meiner Zelle und machte meine Arbeit und kümmerte mich um nichts mehr.

Da fiel mir ein, was das doch für ein sonderbarer Tag und für ein sonderbarer Krieg war.

Ich dachte, wenn keiner nichts aufschreibt, dann mußt du es tun.

Und da fing ich an, alles festzuhalten, was von Anfang an geschehen war, eben jenes, was ihr hier zu eurem Nutzen oder auch nur zu eurem Vergnügen lesen könnt.

Ich dachte mir, wenn es auch nur für dich ist oder für deinen Jungen, so wär' es schon genug.

XVIII. KAPITEL

Also ward die Stadt voll wie ein Maltersack, daß nichts mehr hineinpaßte.

Ich setzte die Ordonnanz nach Gotha in Marsch, von all den Vorkommnissen zu rapportieren, und zu gleicher Stunde, nachdem sich die Ratsherren lange genug angeschrien und uns zur Bank gehauen hatten, sprangen sie auf und rannten spornstreichs nach Meiningen, um ihrer Herrschaft brühheiß all die schönen Neuigkeiten zu hinterbringen.

Wir ließen sie ziehen und dachten uns, sie würden wohl alles im Stich und sich niemals mehr blicken lassen, aber kaum zog die Dämmerung in die Straßen, da kamen sie wieder gelaufen und brachten den Bescheid, daß bei schärfster Strafe jedem Bürger geboten würde, uns nichts zu geben, kein Brot, kein Bier, kein Fleisch, weder Käse noch Milch, rein gar nichts. Die Brauer sollten nicht brauen, die Fleischer nicht schlachten, die Bäcker durften kein Brot backen, und die Wirte sollten nichts zu Essen machen.

Ich hörte den Stadtknecht laufen und schellen wie einen Schauspieldirektor und hörte auch, wie er schrie, daß keinem sächsisch-gothschen Soldaten und Offizier weder für Geld noch so etwas verabfolgt werden dürfe.

Nun, ich lief hinaus und hinter dem Schweinskerl her, und wie er eben wieder losschellen wollte, trat ich von hinten an ihn heran und riß ihm die Schelle aus der Hand.

Ach Gott, wie war er da verdutzt und sah sich um, aber ich sprang bereits über Stock und Stein, es hatte wieder ein wenig gefroren und war schon dunkel, und ich sprang und schlug Haken wie ein Hase, wenn der Hund hinter ihm her ist. Da hatte ich die Messing-Schelle, aber der Schweinskerl, ein rechter Patriot, publizierte munter weiter, nachdem er sich über den Diebstahl ausgetobt hatte.

Jetzt fing die Not an. Wir hatten nichts mitgebracht und hungerten. Ich hatte zu Mittag gut gegessen und konnte es aushalten, doch als die Nacht hereinbrach, meldete sich mein Magen, und ich dachte auch an meine Mätresse, die noch weniger hatte als ich. Mein Pursche sah mich vorwurfsvoll an, weil er glaubte, ich hätte alles Brot und allen Speck gegessen.

Mit dem Quartierwirt, der nun auch falsch wurde, bekam ich eine heftige Auseinandersetzung, weil er mir nicht einmal für drei Groschen Käse verkaufen wollte. Da war guter Rat teuer.

»Allons«, schrie der Kapitain von Seltzer, »laßt uns die Vorratskammern aufbrechen.«

Da fing es nun an. Alles stürzte in die Küchen und Speisekammern, um sie auszuräumen, aber die Wasunger Halunken, so dumm und so närrisch sie sein sollten, hatten vorgesorgt. Schon am Nachmittag war ein heimliches Laufen und eine sonderbare Geschäftigkeit zu sehen gewesen.

Kurz gesagt, es war alles beiseite geschafft. Der Himmel mochte wissen, wohin und wie sie es fortgebracht oder versteckt hatten. Die Soldaten schlugen alles kurz und klein, sie brieten und kochten die Sau des Fleischers und schlachteten ein paar dürre Hühner, aber wir waren, das muß man wissen, an die siebenhundert ausgewachsene Männer, denen allen gemeinsam der Magen knurrte in Dur und in Moll.

Da war nun guter Rat teuer. Wir stießen unsere Köpfe zusammen, deliberierten, bis daß sie rauchten und faßten den Beschluß, uns etwas von woandersher zu beschaffen.

Im Morgengrauen schickten wir die Reiterei zur Stadt Schmalkalden, Fleisch zu holen. Ein anderes Kommando zog zum Dorf Schmalkalden wegen Bier. Ich mußte für das Brot, das man mir brachte, mehr Botenlohn geben, als es selbst kostete. Das war freilich ein armer Kram.

Gleich am Morgen liefen Bürger und Ratsherren wieder nach Meiningen und beschwerten sich wegen der Übergriffe.

Zu Mittag kam die Ordonnanz aus Gotha zurück mit dem Befehl, der Kapitain von Seltzer solle sich wieder auf die

Socken machen und mit seinen Völkern zurück nach Gotha marschieren, das erste Kommando aber solle sich in Wasungen verschanzen und keinen Fußbreit zurückweichen. Ich fluchte und mit mir der Major von Benneckendorff, weil wir sitzen bleiben sollten und nicht weiter durften.

Nun sahen die Wasunger Bürger des Nachmittags, wie die Reiterschaft das Fleisch brachte und wie die Karren mit den Bierfässern in die Stadt rollten. Da staunten sie nicht schlecht und wurden auf der Stelle ganz böse.

Sie liefen zu ihren Ratsherren und sagten, wir sollen haben den Verdruß und andere Herrschaften den Genuß? Mitnichten, sagten sie, das gehen wir nicht ein. Wir haben gelobt nach den Befehlen der Obrigkeit zu leben, aber sie soll uns auch schützen. Und so sie uns nicht schützen kann vor der Soldateska und kann uns nicht die Leute vom Halse halten, so halten wir uns auch an keine Befehle nicht. Jetzt passen wir, schrien sie.

Von der Stunde fing alles an.

Auf einem Mal stieg der Rauch aus den Kaminen. Es ward Brot gebacken, in der Stadt quiekte es an allen Ecken und Enden, weil die Bürger und Bauern ihre Schweine aus dem Stroh zerrten und abstachen.

Am anderen Tag morgens sah ich schon in der Dämmerung die weißroten Schweinsleiber an den Leitern hängen, kopfüber zur Erde hin, als wollten sie sich hineinbohren vor Verzweiflung und in Todesangst.

In allen Kesseln kochte es, und jene Bürger, die brauen konnten, brauten Bier, daß es nur so eine Art hatte, da sie doch wußten, daß ein Gothscher Soldat ein rechter Saufaus war und ebenso die Offiziers.

Ach Gott, wie wetzten sich da die Ratsherren, die zuerst tatenlos zugeschaut hatten, die Hacken ab und rannten in Scharen wiederum nach Meiningen zu ihrer Obrigkeit, um ihnen diese erstaunliche Mutation und Geschäftigkeit brühheiß um die Ohren zu blasen.

Aber dort wußte man schon, was vor sich ging, da doch die Todesschreie der Schweine bis Meiningen zu hören waren und da der Rauch aus den Wasunger Schloten den Himmel verdunkelte.

Nun war wiederum guter Rat teuer in Meiningen. Wieder wurde ein strenges Verbot ausgeteilt, das vorige wiederholt und den Ratsherren eingeschärft, sie sollten die Bürger zur Raison bringen.

Also liefen diese ratlos und kopfhängerisch nach Wasungen und bestellten die Bürger aufs Rathaus, um sie in die Kur zu nehmen. Aber diesmal waren Bürger und Bauern schlau und gingen nicht hin, schickten nur ihre barfüßigen Jungen oder Knechte und scherten sich an keinen Befehl.

Eines aber lag mir noch auf der Seele. Der Ratsmeister, der ebenso wie der Bürgermeister wieder an die Oberfläche gekommen war und in der Stadt umherkugelte mit seinem Füllwanst, hielt das stadteigene Brauhaus geschlossen und wollte teuflischerweise nicht aufmachen. »Um's Verrecken mach ich nicht auf«, sagte er zu mir und zitterte dabei, »was wollt Ihr, in solchen Teichen fängt man solche Fische!« Was er damit meinte, das wußte Gott allein. Er machte also nicht auf. Es fehlte auch Malz, und ich wußte, daß er's auf dem Boden liegen hatte.

Also sagte ich zu ihm, er solle unverzüglich das Brauhaus öffnen lassen, sonst ließe ich es von unseren Zimmerleuten gewaltsam öffnen.

Weil nun der verfluchte Patron meine Force spitzkriegte, bekam er noch mehr das Zittern und ließ endlich vom Ratsdiener das Brauhaus öffnen.

Nun ging es wieder an, weil er kein Malz herausgeben wollte. Da ließ ich es mit Gewalt von seinem Boden holen, und er stand dabei und knirschte mit den Zähnen, lief aber gleich wieder nach Meiningen, verklagte mich und sagte dort, bei uns ginge Gewalt vor Recht. Doch da sie nichts weiter machen konnten, da wir schließlich das Supremat hatten, so sagten sie ihm in Meiningen notgedrungen, sie sollten es gehen lassen, wie's ginge, man werde alles notieren und zur rechten Zeit die rechte Klage am rechten Ort vorbringen und uns bestrafen.

Da stand nun der Ratsmeister da und wußte auch keinen Rat mehr. Er lief zurück, so schnell ihn seine kurzen Beine trugen und unterrichtete die Ratsherren.

Jetzt hatten sie Dispens und fingen selber an, mit List und mit Hast Geschäfte zu machen. Handel und Wandel blühten mit einem Schlag, und jene Ratsherren und Bürger, die reich waren und etwas im Säckel hatten, kauften wie die Teufel und verkauften es wieder an uns mit Gewinn.

Mir war es recht, daß alles ins Lot kam, wenn wir nur weitermarschiert wären. Aber nichts dergleichen, wir lagen da wie die Schweine in der Suhle und regten uns nicht vom Fleck.

Aber dennoch, wie wir so versorgt waren, kam mir der Gedanke, was die Ratsherren doch für eine Schwenkung vollführt hatten. Donnerwetter, wie sie liefen und Geschäfte machten und die Batzen aufhäuften. Da war aller Patriotismus und alle Liebe zu Landesherren beim Teufel.

Sobald der Mensch einen Gewinn machen kann, läßt er alle Bedenken fahren und lebt sogar auf Kosten der anderen. Denn was die armen Bürger waren, die standen da und hielten Maulaffen feil und hatten nichts, was sie verkaufen konnten. Das, was sie hatten, mußten sie behalten, um die eigenen Mäuler zu stopfen.

So geht es zu in der Welt. Jeder ist sich selbst der nächste, und wo Tauben sind, fliegen noch welche zu. Da dachte keiner ans Teilen und an die Wohlfahrt der anderen, und mir schien fast, daß die Begüterten erst recht voller Geiz waren, so voller Geiz, daß sie sogar zu uns kamen und uns anflehten, wir sollten doch nicht von anderswoher etwas holen, sondern alles von ihnen beziehen.

XIX. KAPITEL

Die Tage vergingen, weder waren sie gut noch waren sie schlecht. Schlecht waren sie, weil wir nicht weiter durften, und gut waren sie, weil wir im Fett schwammen. Es war, als befänden wir uns in der Garnison.

Ich verlustierte mich mit meiner Mätresse und schob ihr Viktualien zu, daß sie am Ende ganz propper wurde und schon fürchtete, schwangeren Leibes zu sein.

Mein Wirt, der Ratsherr, hielt ein Auge auf mich. Er mußte wohl etwas gemerkt haben. Aber was konnte er machen? Er füllte ja sein Säckel durch den Feldscher, durch mich und durch meinen Purschen und gewann mehr als mit seinem Hobelmesser.

So schwieg er still, es war Ruhe im Quartier, und wir hatten alle unseren Nutzen.

Da lebten wir in Frieden. Freilich, hin und wieder liefen Rapporte ein, die Meininger wollten uns verjagen. Nun, ich stand am Meininger Tor und ging auch ein Stück ins Feld, aber wer nicht kam, waren die Meininger. Ganz in der Ferne nur, da sahen wir hin und wieder einen Trupp Infanterie, manchmal lugten auch ein paar Jäger aus dem Busch, und dann taten die Meininger wiederum, als ritte Kavallerie über'n Horizont, aber es waren wohl nur sechs Pferde, die immer wieder hinten herum geritten wurden und vorne wieder zum Vorschein kamen, als wollten sie uns weismachen, sie hätten eine ganze Schwadron.

Endlich aber geschah etwas. Es kam, auch wieder mit klingendem Spiel, eine Succurs von unseren Dragonern aus Ohrdruf, an die sechzig verwegene Schlagetods, die einen Wagen eskortierten, auf dem erstaunlicherweise unsere drei Ausreißer von Tambach saßen. Die Dragoner hatten sie mit Stricken gebunden, und sie saßen auf dem Fuhrwerk und glotzten stumpfen Blicks auf ihre ehemaligen Kameraden, die an der Straße standen und zurückstarrten.

Ich war gerade beim Feldscher, als die Dragoner einzogen. Er sah die Deserteurs und meinte: »Wie schön, es gibt Abwechslung. Ich will eine Wette machen, daß es morgen eine Gasse gibt und daß endlich unsere Spießruten die Häute dieser Grenadiere schmecken werden. Schade um sie – die Ruten meine ich. Sie werden es nicht überleben.«

Ich sah, daß er ein Gesicht machte wie zehn Tage Regenwetter.

»Ich will auch eine Wette machen. Der Oberstleutnant wird neue Ruten schneiden lassen. Die alten sind ihm gewiß schon zu dürr. Es heißt, daß frische Ruten die besten sind. Und ich wette auch, Feldscher, daß Sie morgen zu tun bekommen.«

»Wenn es nur das wäre, Leutnant. Aber ich muß ja dabei sein vom Anfang bis zum Ende. Es ist nicht das Blut und die zerfetzte Haut, es ist vielmehr die Ohnmacht, mit der der Mensch all dies ertragen muß, wer weiß wie lange noch.«

»Immer und ewig, Herr Feldscher, es wird immer so sein und nie aufhören. Aber ich weiß nicht, was Sie wollen, diese drei Spitzbuben hatten sich absendiert, aus welchen Gründen auch immer, obwohl sie einen Eid schworen. Man könnte sie erschießen lassen. Es ist eine Wohltat für sie, daß sie nur geprügelt werden. Noch dazu nur mit Ruten. Sie werden es überleben, und Sie, Herr Feldscher, werden sie wieder zusammenflicken.«

Ich wollte weggehen, weil ich sicher zu tun hatte wegen der Dragoner und wegen der Deserteurs, aber er hielt mich zurück und sagte: »Bleiben Sie, Herr Leutnant, ich weiß, daß Sie mich mögen, und Sie wissen auch, daß ich einen Narren an Ihnen gefressen habe. Der Teufel weiß warum, und es ist auch gleich, aber ich versichere Sie, in einem solchen Augenblick möchte ich lieber davonlaufen und weder etwas sehen noch etwas hören. Sie sagen, es seien Spitzbuben, die den Eid gebrochen hätten. Sie glauben, es sei so einfach. Ich sage Ihnen, es ist alles ganz anders, es will nur keiner wissen.«

In diesem Augenblick verstand ich ihn nicht. Vieles von dem, das er von sich gab, begriff ich, aber hier schien er sich verirrt zu haben.

»Herr Feldscher, was Sie da sagen, stellt alles in Frage, und ich mag es nicht hören. Ich habe nichts gegen Sie, im Gegenteil, ich mag Sie, und ich weiß auch warum. Alles zwischen uns geht über das hinaus, was ansonsten sich um uns befindet. Deshalb! Doch was Sie jetzt von sich geben und was die Deserteurs betrifft, so befinden Sie sich gewaltig im Irrtum.«

Er sah mich verzweifelt an, senkte den Blick und starrte auf die Straße. »Ich weiß, was kommen wird«, sagte er leise, »sie werden brüllen wie die Ochsen. Sie wissen nicht, wie ein Rücken aussieht danach. Wissen Sie«, jetzt sprach er lauter, »daß sie Fieber bekommen, daß die Haut völlig zerfetzt wird und nicht mehr heilt? Wissen Sie, daß diese Leute für ihr ganzes Leben gebrandmarkt sind?«

Ich antwortete, daß die Schelme selber schuld seien, wenn es ihnen so erginge und fuhr fort: »Ihr Mitleid, Herr Feldscher, ist nicht angebracht. Sie müßten ja dann auch mit allen anderen Delinquenten fühlen, die Verbrechen begangen haben. Wenn wir weiterkommen und Zucht und Ordnung halten wollen, dann müssen solche Erzlumpen gestraft werden, wie es ihnen zusteht. Es bleibt uns nichts anderes übrig, wenn wir nicht wollen, daß einer nach dem anderen aus dem Dienst läuft.«

Und damit ging ich weg zur Stabsgrenadierwacht und ließ ihn stehen mitsamt seinem Kummer. Ich spürte, daß er hinter mir her sah, und dachte mir, daß dieser Feldscher endlich einmal in eine ordentliche Schlacht kommen müßte, damit er abgehärtet würde.

Die Deserteurs wurden eingesperrt und in Eisen geschlossen. Am Nachmittag wurden sie durch den Regiments-Auditeur verhört, jeder für sich, damit die Wahrheit an den Tag kam.

Am Abend trat das Gericht zusammen, wozu Major von Benneckendorff, Kapitain Rupprecht, Major von Voß und ich gehörten. Der Herr Oberstleutnant stand ihm vor. Das Gericht tagte in der Ratsstube.

Der Oberstleutnant ließ den Auditeur hereinkommen und fragte ihn, ob er das Protokoll hätte vom Verhör. Der Auditeur bejahte dies. Daraufhin kam die Frage, ob er die nach der Kriegs-Ordnung vorgeschriebene Form genauestens eingehalten und alle Umstände peinlich inquiriert hätte. Auch das wurde bejaht.

Der Oberstleutnant fuhr fort: »Haben die Deserteurs im letzten Vierteljahr jene Edikte vorgehalten bekommen, in denen von Desertationssachen die Rede ist?«

Der Auditeur bestätigte wiederum.

Der Oberstleutnant lehnte sich zurück. »So bringen Sie dem Gericht das Protokoll zu Gehör!«

Der Auditeur tat sich nun etwas darauf zugute, alles vor uns auszubreiten.

»Die drei Grenadiers Bockmann, Seelig und Bärlapp haben in der Nacht vom vierzehnten zum fünfzehnten Februar siebzehnhundertsiebenundvierzig das ihnen zugewiesene Quartier nach eigenem Zeugnis heimlich verlassen mit der Absicht der Desertation. Sie wurden flüchtig in der Montur, aber unter Zurücklassung ihres Unter- und Obergewehrs.

Ihr Weg ging durch den Wald an Luisenthal und Wölfis vorbei bis in den Tambuch. Dort lagen sie still, stahlen aus dem Vorwerk Hundsbrunn Röcke und Hosen, auch Viktualien, und vergruben die Monturen. Sie hatten die verwerfliche Absicht, bis Erfurt zu kommen und sich dort zu verbergen.

Da die Bauern dahinterkamen, daß ihnen etwas fehlte, schlugen sie Alarm, und die Dragoner von Ohrdruf wurden ausgesandt, die Diebe zu ergreifen, was ihnen auch gelang.

Die Deserteurs waren bei ihrer Gefangennahme nicht widersetzlich. Sie wollten wohl davonlaufen, ergaben sich aber in ihr Schicksal. Nur führten sie lose Reden im Maule gegenüber den Dragonern und versuchten, sie herabzusetzen.

Nach scharfem Befragen gaben sie an, sie seien schon das zwölfte Jahr bei der Truppe und hätten von ihr loskommen wollen. Den ersten Gedanken dazu hatte der Grenadier Bockmann. Er gab es von sich aus zu und übernimmt die Schuld, die anderen überredet zu haben. Er ist gar nicht verstockt und glaubt, recht zu handeln.«

Und nun las der Auditeur im einzelnen vor, was die Delinquenten auf seine Fragen geantwortet hatten. Bockmann sei stolz und hoffärtig. Er hätte keine gute Meinung von den Offiziers und auch nicht von den Unteroffiziers. Zuletzt wäre ihm alles wie ein Zwang vorgekommen, und so hätte er den Entschluß gefaßt zu desertieren. Betrunken seien sie nicht gewesen in jener Nacht, sondern bei vollem Verstande.

Als er fertig war, herrschte Schweigen in der Ratsstube.

Schließlich bat der Major von Benneckendorff den Oberstleutnant, eine Frage stellen zu dürfen, was der ihm gnädig gewährte.

»Herr Auditeur, sie sprachen davon, daß der Delinquent Bockmann keine gute Meinung von den Offiziers hat. Trifft das auch für die beiden anderen zu?«

»Herr Major, die anderen beiden haben sich die Gedanken des Bockmann zu eigen gemacht.«

»Und worin besteht diese Meinung über die Offiziers?«

Der Auditeur schwieg eine Weile und sah auf den Oberstleutnant, als wüßte er nicht, was er antworten sollte.

»Nun sprechen Sie doch, Herr Auditeur!« Der Oberstleutnant ermunterte ihn.

»Ich weiß nicht, Herr Oberstleutnant, ob es nötig ist, diese Dinge hier auszubreiten.« Er sah auf sein Protokoll und wurde rot im Gesicht.

Der Major erhob seine Stimme: »Ich will wissen, Herr Auditeur, was diese Schelme und Halunken von sich gegeben haben, auch wenn es mich als Offizier beleidigt.«

Ich meldete mich, da der Auditeur noch immer schwieg, und meinte, daß er verpflichtet sei, uns das ganze Protokoll zur Kenntnis zu geben, weil es wichtig wäre für das Urteil.

Nun fing er an und sprach, wenn auch mit roten Ohren und stotternd.

»Der Bockmann hat ausgesagt, er könne keinen Offizier leiden. Die Offiziers vom ganzen Kommando wären allesamt feige Memmen und hätten nur das große Maul. Sie söffen selber, würden es aber den Mannschaften verbieten. Der Herr Oberstleutnant...« Hier stockte der Auditeur und sah verzweifelten Blicks unseren Oberoffizier an. Der Major von Benneckendorff beugte sich vor. »Allons, Herr Auditeur, sprechen Sie weiter!« Der Auditeur gab sich einen Ruck. »Der Herr Oberstleutnant sei der dümmste und einfältigste Ober-Offizier, den er im Laufe seines langen Soldatenlebens über sich gehabt hätte.«

Hier endete er und glotzte ängstlich auf den Oberstleutnant, der sich steif aufreckte und das Gesicht schmerzlich verzog.

Alle schwiegen. Die Augen des Auditeurs flogen ängstlich von einem zum anderen.

Mein Bauch schütterte vor Lachen. Jetzt wußten wir, wie die Mannschaften dachten.

Der Oberstleutnant erhob sich plötzlich und begann hastig durch die Ratsstube zu stampfen, den Oberkörper vorgeneigt und auf die Dielen starrend.

Schließlich hob er den Kopf und schrie: »Ein Exempel! Eine Strafe zum Exempel. So wahr ich Oberstleutnant bin und Friedrich Christian von Goldacker heiße.«

Ich sah den Major an und bemerkte, wie er ein wenig die

Mundwinkel verzog, und ich spürte, daß wir beide das gleiche dachten. Der Spitzbube Bockmann hatte tausendmal recht, und dennoch mußten wir ihn bestrafen.

Unser Obrister ließ sich nieder. Ich sah die Ader an der Schläfe. Sie pulsierte ganz vehement, und ich dachte, daß ihn gleich der Schlag treffen würde. Aber, o Wunder, er beherrschte sich und fragte mit erzwungener Gleichgültigkeit: »Ist das alles, Herr Auditeur?«

»Jawohl, Herr Oberstleutnant, das ist das ganze Protokoll.«

»Nun, meine Herren Offiziers, so wollen wir das Urteil fällen.«

Er lehnte sich zurück und sah uns der Reihe nach an.

Der Kapitain Rupprecht und der Major von Voß sahen über die Tischplatte, als fänden sie dort das Urteil geschrieben, das sie aussprechen sollten.

Der Major von Voß hob als erster den Kopf. »Fünfmal Spießruten, jedesmal durch zwei Gassen, Verstoßung aus der Armee. Solches Volk stiftet nur Unruhe und bringt die anderen auf.«

»Da hätten die drei Schelme ja ihr Ziel erreicht. Ihre Rükken wären zwar zerschlagen für alle Zeit, aber sie wären frei und ledig.« Der Kapitain Rupprecht sah den Major an und schüttelte den Kopf. »Herr Major, das wäre wohl nicht genug. Das Urteil muß abschreckender sein.«

»Meine Meinung ist«, sagte jetzt der Major von Bennekkendorff, »daß tatsächlich ein exemplarisches Urteil gefällt werden muß. Wir befinden uns im Krieg, dieser Umstand vergrößert die Verfehlung. Ich denke, den Bockmann, da er der Anstifter war, soll man erschießen. Die anderen soll man durch die Gasse laufen lassen, und danach sollen sie wie gewöhnlich behandelt, nicht aber aus der Armee verstoßen werden.«

Ich sah durch das Fenster in die Finsternis des vorgerückten Abends und gewahrte die dunklen Dächer und darüber einen helleren Himmel, in den der Turm der Lutherkirche ragte.

Jetzt mußte ich etwas sagen. Was mußte ich sagen? Daß der Bockmann erschossen werden muß?

Ich sah die Silhouette des Turms und schwieg. Der Bockmann hatte Frau und Kinder in Gotha. Ich schwieg weiterhin und wußte, daß mich der Oberstleutnant ansah.

»Nun, Adjutant, was schlagen Sie vor?«

Ich sah vom Fenster weg und zu ihm hin. »Der Bockmann muß schärfer angefaßt werden als die anderen. Aber warum gleich erschießen? Er ist Grenadier, ein ausgesuchter Kerl, er wird sich wieder eingewöhnen und sich nützlich machen. Wir können ihn nicht entbehren.«

Der Oberstleutnant stieß einen verächtlichen Ton heraus.

»Auf einen mehr oder weniger kommt es nicht an. Ihre Milde, Herr Adjutant, ist nicht angebracht. Und wissen Sie was? Ich werde ihn aufhängen lassen! Eine Kugel ist zu schade für ihn. Es ist durchaus notwendig, ein Exempel zu statuieren.«

»Die Völker müssen wissen, daß die Kriegsgesetze strikt eingehalten werden. Die Ordnung, die Disziplin und Unterwerfung ist das A und das O des Soldaten. Ich denke, meine Herren Offiziers, Sie werden mir zustimmen!«

Da hatte ich meinen Nasenstüber weg.

Ich schwieg still und sah auf den weißgescheuerten Tisch, wo die Messingleuchter blinkten.

Ich kannte mich selbst nicht mehr. Dieses Zaudern, dieser unbekannte Schmerz, der in mir saß seit Tagen schon, diese Gleichgültigkeit auch, es machte mich gänzlich irre.

Eine blitzschnelle Erinnerung an meinen Vater zuckte mir durchs Gehirn.

Ich sah, wie er die Schloßwache durch die Ilm trieb, am Ufer hatte ich gestanden und zugesehen und gelacht, und ich sah mit an, wie einer der Kerls von einem glitschigen Stein abrutschte und mit dem Kopf gegen einen anderen Stein und ins Wasser fiel. Als sie ihn herauszogen, war er mausetot und mein Vater wurde ganz bleich im Gesicht.

So saß ich und dachte, weiß der Teufel warum, an meinen Vater, und ich hörte, wie sie zustimmten, und wie auch ich mein Votum gab. Da war das Urteil gefällt, und es wurde alles auf den folgenden Tag festgesetzt.

XX. KAPITEL

Ich ging ins Quartier, war abgeschlagen und müde, und ich wollte meinen Kopf auf das Kissen legen, obwohl es geheißen hatte, es gäbe eine tüchtige Zeche im »Bären«. Aber ich hatte nicht mit dem Feldscher gerechnet.

Er war in seiner Kammer, kramte herum und sang bei der Gelegenheit wieder vor sich hin, was das Zeug hielt.

Und was sang er? Lauter Sachen, die mir zum Halse heraushingen.

»Husaren kommen reiten,
den Säbel an der Seiten.
Hau dem Schelm ein Ohr ab,
hau's ihm nicht zu dicht ab,
laß ihm noch ein Stücklein dran,
daß man den Schelm erkennen kann.«

Eine Minute war es still, und ich warf mich auf mein Lager, aber kaum war ich im Begriff einzuschlafen, da brummte es schon wieder:

»Die Enten sprechen: Soldaten kommen!
Soldaten kommen!
Der Enterich spricht: Sackerlot, sackerlot!‹
Der Haushund spricht: Wo? Wo? Wo?‹
Die Katze spricht: Von Bernau, von Bernau!‹
Der Hahn auf der Mauer: Sie sind schon da!‹«

Ich gähnte laut, riß die Augen auf und sah das Fensterkreuz, hinter dem regungslos der einsame Mond stand und nichts weiter tat, als daß er da war. Und er war rund und rot, wie eine mit Blut gefüllte Blase hing er am Himmel.

Ich erhob mich und ging hinüber. Er stand am Tisch. Es brannten verschwenderischerweise drei Kerzen, und er kramte noch immer in seinen Gerätschaften, als hätte er vor, irgend etwas zu ordnen oder eine Reise zu tun.

Ich setzte mich auf den Stuhl und sah ihm zu.

Er gewahrte mich und war erstaunt. »Habt Ihr das Kriegsgericht schon hinter Euch gebracht?«

»Es ist alles geregelt.«

»Und wie, Herr Leutnant, ist es geregelt?«

»Ihr bekommt Arbeit morgen.«

»Hab ich's mir doch gedacht. Die Häute der Drei tun mir leid. Da werd ich wieder schmieren und zusammenflicken müssen.«

»Es geht nicht nur um die Haut, es geht auch um den Hals.«

Er sah mich an, und im Licht der Kerzen sah ich, daß er blasser zu werden schien.

»Werden sie aufgehängt?«

»Der Bockmann wird am Hals aufgeknüpft. Ich soll den Scharfrichter bereden, daß er den Auftrag übernimmt. Es werden fünfzehn Taler gezahlt.«

»Das ist viel. Er wird sich freuen. Ihm kann es gleich sein. So wird es immer weitergehen. Ich hätte nicht gedacht, daß ich bei solchen Sachen dabeisein muß. Geht es nicht ohne mich? Gibt es nicht einen anderen Arzt in der Stadt?«

»Der Oberstleutnant sagt, Sie sollen den Tod feststellen.«

»Mein Gott, kann der Bockmann nicht beim Herzog um Gnade einkommen?«

»Das kann er. Es ist ihm empfohlen worden. Er hat es aber abgelehnt. Er will kein Gnadengesuch machen.«

»Was Sie nicht sagen. Warum denn dieses?«

»Er hat es satt bis obenhin. Es ist ihm alles gleich.«

»Wie schön! Welches Alter hat er?«

»Er ist wohl einundvierzig Jahre alt.«

»Der Bockmann wird wohl der tapferste Soldat dieses Krieges sein!«

»Er ist ein Deserteur.«

»Und Sie, wie fühlen Sie sich in dieser Angelegenheit?«

Ich saß auf dem Stuhl und schwieg. Ich wußte, wie ich

mich fühlte. Er setzte sich auf das Bett und sah mich an. Im Licht der Kerzen trat sein Gesicht hervor, die starken Bakkenknochen und die Nase, die ein wenig gewölbt war.

»Herr Feldscher, ich müßte jetzt zu dieser Frau, sie wartet auf mich. Doch ich kann nicht hingehen.«

»Laufen Sie doch, wenn es Ihnen Spaß macht. Da vergehen Ihnen vielleicht die Gedanken an morgen.«

»Ich möchte gehen, aber ich kann nicht. Ich weiß nicht warum. Mir ist, als wäre ich nicht mehr ich selbst.«

Er schwieg still, wandte das Gesicht zum Fenster, und so erschien der Schatten des Kopfes an der Wand hinter ihm vom Licht der Kerzen ins Riesenhafte verzerrt und vergrößert.

Plötzlich erhob er sich, und sein Schatten erhob sich mit ihm und glitt über die Wand und die halbe Decke. Er trat näher und legte mir die Hand auf die Schulter.

»Leutnant, das geht auch vorüber. Aber Sie dürfen in Zukunft nur das tun, was Ihnen Ihr Gewissen befiehlt, auch wenn Sie in der Uniform stecken.«

Ich hörte ihn sprechen und dachte gleich danach, was ist das? Er redet wie ein Pfaffe, oder so, als ob er einer geheimen Gesellschaft angehört. War das ein Befehl? Es hörte sich so an. Wie konnte ein solcher Mensch über mich verfügen?

Ich erhob mich abrupt, wir standen voreinander und sahen uns an. Bei mir jagte ein Gedanke den anderen.

Er bewegte die Lippen, schien etwas zu flüstern, aber es war nichts zu verstehen.

Ich wandte mich zur Seite und sagte: »Lassen Sie mich, Feldscher. Ich möchte nicht, daß man mir etwas inoculiert. Ich komme schon zurecht. Schlafen Sie wohl.«

Ich ging zur Tür, drehte mich aber noch einmal um. »Und dann bitte ich Sie noch, nicht mehr zu singen. Sie singen sowohl falsch als auch lauter dumme Sachen.«

Damit ging ich hinaus und ließ ihn allein. In meiner dunklen Kammer starrte ich wieder durch das Fenster und in den Mond. Er war ein Stück weitergekommen, sah aber ebenso blutig aus wie zuvor. Ich legte mich schlafen und dachte, daß aus den Worten und aus dem Verhalten des Feldschers etwas hervorschimmerte, was ich mir nicht erklären konnte. Vielleicht steckte eine Absicht oder irgendein Wille dahinter, doch für mich blieb alles im Dunkeln und ich vermochte es nicht zu deuten.

Bevor ich einschlief, dachte ich noch an den kommenden Tag, und plötzlich spürte ich, daß ich fror im Bett.

Ich stellte mir vor, ich würde krank und zurückkommen nach Gotha, wo die Frau auf mich wartete.

Als ob es mit dem Teufel zuging, träumte ich wieder von dem verfluchten Feldscher.

Wir standen voreinander und starrten uns an. In meinem Gehirn wirbelte alles durcheinander. Ich hatte Angst vor ihm.

Er bewegte die Lippen und flüsterte, und ich hörte ganz deutlich, wie er sagte: »Strikte Observanz, strikte Observanz!«

Ich erwachte auf der Stelle und sah das Bild noch immer. Er bewegte die Lippen und flüsterte, aber die Worte waren deutlich zu hören. »Strikte Observanz, strikte Observanz!«

Ich richtete mich auf und horchte. Es war dunkel und still. Im Haus regte sich nichts.

Diese Worte hatte er geflüstert, als ich in seiner Kammer war. Es war der blanke Unsinn. Was hatte das nun wieder zu bedeuten?

Ich legte mich zurück und starrte an die Decke.

Im letzten Jahr hatte ich diese Worte mit dem gleichen merkwürdigen Unterton gehört. Aber wann und wo?

Ich sann verzweifelt darüber nach, schlief aber wieder ein und traumlos in einem Zuge fort bis zum Morgen.

XXI. KAPITEL

Am Vormittag ritt ich aus der Stadt zur Scharfrichterei. Als ich das Haus sah, bekam ich einen Ekel und hielt einen Steinwurf von ihm entfernt an.

Sodann schrie ich nach dem Henker. Aber er hatte mich wohl schon gesehen und kam vom Hof gelaufen.

Als er weit genug herangekommen war, bedeutete ich ihm, er möge anhalten und mir nicht zu nahe kommen.

Mein Ekel wuchs noch immer. Der Mann trug lederne Hosen und einen Bauernkittel. Die nackten Füße steckten in Holzschuhen. Er war hageren Gesichts und wohl lange nicht beim Barbier gewesen, wenn ihm überhaupt einer den Bart schnitt.

Ich brachte mein Anliegen vor und sprach auch von den fünfzehn Talern, die er bekommen würde, wenn er seine Sache gut machte. Blitzte es auf in seinen Augen oder hatte ich mich getäuscht? Er stand unbewegten Gesichts und starrte auf die Richtstätte, die in der Nähe lag, und er sagte, daß er es tun und alles vorbereiten wolle.

Nach dem Mittag marschierten die Völker zum Richtplatz.

Wir machten es wie gewöhnlich. Ich ließ die Völker einen Zirkel schließen um den Platz und die Piqueniers inwendig im Kreise defilieren und zwischen die Musketiers treten. Sie fällten die Piquen alle miteinander nach links, als die drei Delinquenten in den Kreis geschafft wurden. Die Musketiers griffen zugleich die Piquen mit an, damit der Kreis um so fester war.

Dem Bockmann und der ganzen Mannschaft wurde das Urteil zur Kenntnis gebracht. Der Profoß schrie es mit lauter Stimme über den Platz, und Bockmann sah nicht einmal zu ihm hin, sondern, wie mir schien, in den Himmel, als sähe er dort im letzten Augenblick noch etwas ganz merkwürdiges.

Auf die Frage, ob er noch etwas zu sagen habe, antwortete er nicht. Er schüttelte nicht einmal den Kopf, sondern starrte immer noch nach oben, als wäre er schon nicht mehr bei Sinnen.

Da wurde er zum Galgen geführt, konnte aber nur kleine Schritte machen, weil er ziemlich kurzgeschlossen war an den Fußgelenken. So trippelte er nur und tappte wie ein Greis zu dem hanfenen Fenster, und seine beiden Mitdelinquenten starrten mit großen Augen und leichenblassen Gesichtern hinterher.

Als er kurz vor dem Galgen war, stieß ihn der Profoß zum Henker, wo ihn die beiden Knechte auffingen.

Jetzt begannen die Tambours zu schlagen, die Knechte führten ihn hoch auf die Bühne, der Henker lief hinterher, riß ihm das Hemd herunter, um hernach die Schlinge fein säuberlich um den Hals zu legen.

Er trat einen Schritt weg und besah sich das Werk, als wolle er noch einmal prüfen, ob alles seine Ordnung habe.

Die Tambours schlugen noch immer, jetzt etwas lauter und schneller, wie es ihnen befohlen war.

Der Henker stieg von der Plattform und schlug – ich sah es kaum, so geschwind ging alles vor sich – den Pflock weg, so daß im gleichen Augenblick die Klappe herabfiel, auf der Bockmann stand.

Er fiel und kam nicht einmal dazu, einen Schrei auszustoßen. Wenn er geschrien hat, so hat ihn keiner gehört, denn die Tambours schlugen wie besessen.

Ich sah nur das plötzliche Entsetzen im Gesicht des Deserteurs, das noch dazu jählings einen verzerrten, gequälten Ausdruck annahm. Die Augen sahen ganz verquer noch immer in den Himmel, der ihm aber auch nicht helfen konnte.

Die Völker starrten auf Bockmann, durch dessen Leib ein unmerkliches Zittern rann, eine letzte Regung, als lebten Nerven und Muskeln noch eine Weile, und wunderten sich, was mit ihnen geschah.

Ich blickte auf den Feldscher, der wenige Schritte von mir weg stand.

Er sah nicht zu Bockmann, sondern zu mir, und das mit einem merkwürdigen, wie versteinerten Gesicht. Es war, als ströme eine abweisende Kälte von ihm aus, und als glaube er, er sei unbeteiligt an allem und hätte damit nichts zu tun.

Ich machte eine Bewegung zu dem Gehenkten hin, und der Feldscher gab sich einen Ruck, lief zur Leiter und hoch auf die Bühne und sah ihn sich an, aber so, als ob er nicht bei sich wäre, sondern als täte das ein anderer, nicht er.

So stand er eine Weile wie erstarrt und hatte seine Augen dem Gehenkten zugewandt, aber ich glaube, er sah ihn gar nicht an, sondern vielleicht in ihn hinein oder auch an ihm vorbei.

Endlich drehte er sich um und rief nicht zu mir, sondern über den Platz, als wolle er es den Soldaten sagen: »Er ist tot.« Und mitten im Satz mutierte seine Stimme oder überschlug sich. Es war am Anfang, als hätte sie die Absicht, nur etwas mitzuteilen, aber das letzte Wort kam seltsam verkrampft und fast ein wenig vorwurfsvoll oder auch erstaunt heraus.

Der Feldscher oder der Mensch, der in ihm steckte, schien nicht zu glauben, daß dies alles Wirklichkeit war, und er lief wie abwesend über die Bühne und hätte fast die Leiter verfehlt. Sein suchender Blick glitt rundherum, ehe er sie fand.

Was ich empfand?

Ich hatte meine Arbeit zu tun und keine Zeit für Empfindungen. Es konnte sein, daß im Angesicht des Todes ein verborgenes, leises Grauen in mir hochstieg, aber das drängte ich im Nu zurück, auch das Mitleid, daß doch tatsächlich jäh in mir aufgekommen war, als ich das Entsetzen in Bockmanns Gesicht gewahrte.

Nun ließ ich den Kreis öffnen und die Mannschaft gliederweise vier Mann breit aufmarschieren, sodann die zwei mittleren Reihen links und rechts die äußeren Reihen douplieren, daß eine richtige Gasse formiert ward. Die Unteroffiziers traten nach ihrem Rang mit ein, und die Offiziers nahmen Aufstellung an beiden Enden, wo sich auch die Tambours befanden.

Major von Benneckendorff und ich saßen zu Pferde und waren rechts und links der Gasse.

Der Steckknecht trat heran und in die Gasse, unter jedem Arm ein Rutenbündel, und marschierte hindurch. Da zog nun jeder Soldat seine Rute am dicken Ende beim Steckknecht hinterwärts heraus und setzte das Gewehr etwas vorwärts, damit die Delinquenten recht in der Mitte der Gasse bleiben mußten.

Der Ruten waren genug geschnitten worden. Sie wurden erhoben auf meinen Befehl, der Grenadier Seelig wurde in die Gasse gestoßen, ein Unteroffizier ging rückwärts vor ihm und hielt das kurze Gewehr auf ihn gerichtet, die Tambours begannen ihre Wirbel, der Deserteur lief und die Soldaten schlugen ihn auf den nackten Rücken.

Wir ritten rechts und links nebenher und gaben Obacht, daß fest zugeschlagen wurde. Der Unteroffizier ging Schritt für Schritt rückwärts, und ich sah, wie schnell der Rücken des Deserteurs die Farbe wechselte. Zuerst waren es nur einzelne rote Streifen. In der Hälfte der Gasse war die ganze Haut so rot wie der Mond der vergangenen Nacht und am Ende der Gasse begann er blutig zu werden.

Wir hörten nur die Schläge der Soldaten und die Wirbel, die die Tambours machten. Der Delinquent schrie nicht. Er lief mit verzerrtem Gesicht, da er doch nichts machen konnte.

Auf dem Rückweg troff das Blut herunter. Am Ende der Gasse begann er zu schreien, aber es half ihm nichts, er mußte den Weg zum dritten und zum letzten Mal machen. Im letzten Drittel aber geriet er ins Stolpern, schrie nicht mehr und wäre fast auf das Gewehr des Unteroffiziers gefallen, wenn ihn der Fähnrich, der hinterherlief, nicht festgehalten hätte.

Es entstand eine Pause, wir hielten – die Tambours schlugen immer noch – da schwankte er weiter bis zum Ende der Gasse, wo er wieder anfing zu schreien und zu stöhnen.

Die Soldaten zerschlugen jetzt ihre Ruten, soweit sie nicht schon zerprügelt waren, an ihren Gewehren, und warfen die Reste nach hinten.

Und genauso ging es bei dem Deserteur Bärlapp zu. Der Steckknecht lief wieder, und die Soldaten zogen die frischen Ruten heraus. Alles wiederholte sich, nur war der Bärlapp kräftiger. Er schrie nicht und stand es durch. Aber sein Rükken war ebenso zerfleischt.

Da hatte nun der Feldscher zu tun. Aber kaum war eine halbe Stunde vorüber, kam der letzte Teil der Prozedur.

Ich ließ die Völker zur Parade in Reih und Glied stellen, der Fahnenjunker erhob das Fähnlein, und der Major von Benneckendorff, zu Pferde sitzend und mit bloßem Degen, kommandierte. Die Völker machten Front gegen den Major, und er schrie: »Rechts und links von beiden Flügeln, schwenkt euch zusammen und formiert einen Kreis!«

Die beiden Unglücksraben mit ihren blutigen Rücken wurden herbeigeschafft von Musketiers und in den Kreis gebracht, so daß sie entblößten Hauptes hinter dem Major standen.

Sodann gab der Fähnrich dem Fahnenjunker sein Sponton und nahm statt dessen das Fähnlein vor sich.

Der Major fragte den Seelig: »Wer bist du?«

Seelig raffte sich zusammen und antwortete: »Ich bin ein Schelm!«

Der Major: »Was willst du hier?«

Seelig kniete nieder: »Ich bitte, mich ehrlich zu machen.«

Der Major wies mit dem Degen zum Fähnrich. Ein Unteroffizier reichte dem Seelig seinen Hut, der mußte ihn ins

Maul nehmen, und nun kroch er auf allen Vieren bis unter das Fähnlein.

Der Fähnrich schwang das Fähnlein dreimal ganz dicht über den Kopf und den blutigen Rücken, stieß ihn mit dem Stiel zum Andenken auch dreimal vor den Kopf, und Seelig warf sodann seinen alten Hut über den Kreis der Soldaten.

Das gleiche geschah mit Bärlapp.

Nun schrie der Major: »Rechts um, kehrt euch, rechts und links um beide Flügel, schwenkt euch ab, und postiert euch auf voriger Stelle, marsch!«

Als alles ruhig war, rief er: »Weil auf allergnädigsten Pardon diese Infamen von dem Fähnrich ehrlich gemacht, wird hierdurch einem jeden bei Strafe des Spießrutenlaufens anbefohlen, diesen Ehrlichgemachten nicht mehr den geringsten Vorwurf zu tun!«

Der Major steckte den Degen in die Scheide, und ich ließ die Völker abmarschieren.

Seelig und Bärlapp konnten nicht laufen. Sie wurden mit dem Karren gefahren, und der Feldscher lief nebenher.

XXII. KAPITEL

An diesem Abend war ich so malade, daß ich Furcht hatte, krank zu werden. Da war es nichts mit dem Wirtshaus. Ich lag auf meinem Bett, starrte an die dunkle Decke, und in meinem Kopf war ein dumpfes Gefühl, als säße dort etwas Fremdes und Bedrohliches.

Mir fiel ein, was ich in der letzten Nacht geträumt hatte. Aber es machte mir Mühe, mich daran zu erinnern.

Endlich kam es mir in den Sinn, doch ich wußte jetzt nicht mehr, oder ich war mir nicht mehr sicher, ob es wirklich diese beiden Worte waren, die der Feldscher geflüstert hatte: Strikte Observanz, strikte Observanz.

Gott sei's geklagt, ich kam nicht dahinter, bei welchen Vorfällen ich diese Worte schon gehört hatte.

So war ein großer Wirrwarr im Kopf, und ich kam in einen Zustand, der weder Wachen noch Schlafen war, es war vielmehr etwas Zwitterhaftes, als lägen da zwei, von denen einer schlief, während der andere den Schlafenden unter Observanz hatte.

Dann hörte ich die Schritte des Feldschers auf dem Gang. Er lief an meiner Tür vorüber und ging in seine Kammer.

Ich wurde auf einmal hellwach und horchte hinüber, aber da war nichts zu hören. Eine Ewigkeit lang schien es nichts weiter zu geben als Dunkelheit und Stille, bis ich endlich einen Laut vernahm, der sich anhörte, als käme er von einem Tier, das gequält wurde.

Ich setzte mich aufrecht, alle Müdigkeit war verflogen, nur das Dröhnen war noch in meinem Kopf, schmerzhaft jetzt vom angespannten Achtgeben auf jeden Laut.

Aber wieder war es still. Ich wußte nicht mehr, wie lange ich schon saß. Nun aber erhob ich mich und ging hinüber.

Eine Kerze brannte, und er lag mit offenen Augen auf dem Bett.

Ich setzte mich auf den Stuhl und fragte ihn, ob er etwas gegen Schmerzen im Kopf habe.

Er erhob sich, tat ein paar Tropfen in einen Becher, gab Wasser dazu und reichte ihn mir.

Ich trank es aus und fragte ihn, wie es den beiden ginge.

»Sie liegen im Spital auf dem Bauch und können sich nicht regen. Sie stöhnen, Herr Leutnant, und das in einer Tour.«

Er legte sich, ungeachtet meiner Präsens, wieder auf das Bett und starrte erneut an die Decke.

»Wollt Ihr nicht ins Wirtshaus, Herr Leutnant, dort saufen sie wieder. Da vergehen Ihnen Ihre Kopfschmerzen.«

»Ich will nicht.«

Er schwieg still und sah mich immer noch nicht an.

Plötzlich öffnete er den Mund und sagte:

»Sie legten ihn auf einen Tisch
und teilten ihn wie einen Fisch.
Und wo ein Tropfen Blut hinsprang,
da saß ein Engel ein Jahr und sang.
Und wo der Mörder das Schwert hinlegt,
da sitzt ein Rabe ein Jahr und kräht.«

Und damit drehte er den Kopf zur Wand und schwieg wieder still. So verging eine Weile, ohne daß er mich ästimierte. Da wurde es mir zu bunt, ich erhob mich und dachte, willst du nichts von mir wissen, will ich auch nichts von dir wissen, und ging ohne Gruß in meine Kammer.

Dort schlief ich eine Ewigkeit nicht ein, und mir kamen die sonderbarsten Gedanken.

Ich dachte, daß es gut wäre, wenn meine Frau mit dem Jungen aus Gotha herkäme und wenn es nur ein paar Tage dauerte. Dann kam mir noch der Gedanke, daß ich nutzlos und überflüssig und mit mir so unzufrieden war, daß man es gar nicht beschreiben konnte. Darüber schlief ich aber unversehens ein.

Am nächsten Morgen hieß es, unser lieber Generalmajor

von Rautenkranz aus Gotha käme im Laufe des Tages angereist, die Völker zu inspizieren.

Da könnt ihr euch nicht vorstellen, wie der Herr Oberstleutnant von Goldacker umhersprang und zum erstenmal anfing, nach uns zu sehen. Wie mußte da alles eingeschmiert und geglänzt werden. Er stolzierte herum und schnauzte die Kerls an, wenn er nur ein Stäubchen gewahrte. Wo unser Ober-Offizier sonst nie zu erblicken war, jetzt kroch er dort auf allen Vieren und gab die schönsten Befehle, als wären wir Offiziers gerade erst vom Mond herabgestiegen.

Nun, auch das ging vorüber, und als unser Herr Generalmajor von Rautenkranz mit seiner Karosse zum Tor hereinfuhr, da staunte er nicht schlecht, wie ihm die Musketiers das Geleit gaben. Alles war proper und in der rechten Ordnung, wenn auch der Dreck nur unter den Tisch gekehrt war.

Da stieg nun unser guter General aus der Karosse und begab sich mit seinem Adjutanten in den »Roten Ochsen«, um sich erst ein wenig zu erholen.

Am anderen Morgen nahm die Sache ihren Lauf. Er versammelte die Offiziers und erklärte, daß er alles in Augenschein nehmen und dann nach Kriegsgebrauch regulieren wolle, damit uns die Teufelsgeschwüre, die Meininger, nichts tun könnten.

Und so marschierte der nimmermüde General die Berge auf und ab mit dem ganzen Schwanz von Offiziers hinterher und zeigte unserem Ober-Offizier, wie er sich zu verhalten habe. Der liebe Gott hatte es dem General aber auch ganz genau vorgestellt, wie es künftig zugehen sollte.

Dem Oberstleutnant freilich war das Bergsteigen recht beschwerlich, aber was half es ihm, er mußte mit auf und ab marschieren und mit dem Kopfe nicken.

Am Ende sahen wir alle von oben auf die Stadt. Der General machte eine Handbewegung, als wolle er das ganze Land an sich reißen, und sagte: »Meine Herren Offiziers! Es ist gewiß, daß unsere heutige Kriegskunst die alte weit übertrifft. An Geschicklichkeit und Umsicht geben unsere heutigen Generale, meine Lieben, keineswegs den größten Kapitainen der alten Zeiten nicht nach. Achten Sie, meine Herren Offiziers, auf die Brunnen und Mühlen wegen der täglichen Notdurft. Die alten Belagerungen kommen mit den heutigen in keine Vergleichung. Die Waffen und Maschinen, so man dabei braucht, sind gar sehr voneinander verschieden. Unsere Ingenieure sind den alten an Geschicklichkeit weit überlegen. Was brauchen sowohl Belagerte als Belagernde nicht für Listen und Schikanen! Hierin übertreffen wir die alten Römer, aber, meine Herren Offiziers, geben Sie Obacht auf die Brunnen und Mühlen wegen der täglichen Notdurft, denn dann, meine Herren Offiziers, wird heutigentags selten ein Platz überrumpelt, man weiß diesem schon durch kluge Anstalten und Vorsichten vorzubeugen.«

Der General hatte seine Stimme schon etwas erhoben, weil er in Hitze gekommen war. So ging es furioso weiter.

»Was sehe ich? Ich sehe es von hier aus, daß die gefährlichen Tore nicht recht behandelt werden, Ihr Herren Offiziers. Sehe ich, daß man sie inwendig mit starken ausgefüllten Steinkästen versetzt hat? Sehe ich, daß man sie mit starken Baumstämmen verkeilt oder mit Mist und Erde zugeschüttet hat? Keineswegs, Ihr Herren Offiziers, sehe ich das, obzwar doch nur dann der Feind mit keiner Kanonenkugel durchzuschießen vermag. Und was, meine Herren Offiziers, ist mit den Brunnen und Mühlen wegen der täglichen Notdurft, und daß kein Mangel an gutem, frischem Wasser und im übrigen kein Mangel an Brot und Mehl vorfalle? Haben Sie Obacht darauf, meine Herren Offiziers?«

Jetzt schrie er über die Stadt und über die Werra mit donnernder Stimme, daß alle Vögel sich entsetzt davonmachten und es gewiß bis nach Meiningen schallte, wenn nicht noch weiter. Er machte wieder eine weitausholende Handbewegung und schrie wie zuvor: »Der Horizont, meine Herren Offiziers, muß glattrasiert werden, damit das Blickfeld um so freier ist und Sie, meine Herren Offiziers, den Feind herankommen sehen. Sie sehen ja gar nichts! Und was stehen noch die hohen Kamine in der Stadt und die hohen Türme? Man muß sie einreißen lassen, damit sie keinen Schaden tun. Sie möchten einfallen, wenn der Feind schießt und möchten wohl Schaden auf den Gassen tun. Und geben Sie Obacht, meine Herren Offiziers, auf die Brunnen und Mühlen wegen . . .« – So ging es im Schweinsgalopp von einem Gegenstand zum anderen, aber sonderbarerweise kam er immer wieder auf seine Brunnen und Mühlen zurück.

Und was unserem Oberstleutnant gar nicht gefiel, sondern ihn im Gegenteil aufs höchste alterierte, waren folgende Worte unseres guten Generals: »Ein kluger Kommandant, Ihr Herren Offiziers, muß das Pflaster auf den Gassen aufheben lassen. Der Feind möchte es bombardieren, und was ist dann? Und er muß auch, wenn er klug ist, die hohen Dächer und Türme abtragen oder sie mit Erde ausfüllen lassen.«

Da kam also unser lieber und guter General wie ein Gewitter daher und sagte uns allen seine Meinung, wie wir Krieg führen sollten.

Endlich stiegen wir vom Berg herab, der Oberstleutnant als ein gebrochener und blessierter Kriegsmann, und der General meinte, ich solle als Adjutant von allem, was er gesagt hatte, eine Instruktion machen. Im übrigen aber wolle er nun ein prächtiges Soldatenmahl geben für alle Offiziers und ihre Weiber, so sie präsent wären.

Da war ich übel dran. Die anderen soffen an der Tafel und ich mußte in meiner Zelle sitzen und die Instruktion aufs Papier schmieren. Gott sei's geklagt, wie wurde mir da die Zeit lang.

Doch ich schrieb alles richtig auf und trug die Instruktion im Geschwindschritt zum Gasthof, da ich auch Durst hatte.

XXIII. KAPITEL

Ich trat in die Gaststube, wo sie alle an der Tafel saßen und wo der General seine donnernden Vorträge hielt, denn er brüllte schon wieder wie zehn Ochsen, wenn sie kein Wasser haben.

Der Herr Oberstleutnant hatte sich allerdings ein wenig zurückgezogen. Statt seiner saß der Geheime Rat am Tische und hörte mit Entsetzen das Geschrei des Generals. Ich sah es wohl an seinem Gesicht.

Es war erstaunlich, was der General alles aus der Stadt machen wollte. Und nach wie vor hatte er's mit sonderbarer Beharrlichkeit auf die Brunnen und Mühlen abgesehen, Gott allein wußte warum.

Jetzt hörte ich gerade, wie er dem Major von Benneckendorff eine recht knifflige Frage stellte.

»Ich will Euch, Herr Major, einmal eine Gewissensfrage vorlegen. Herr Major, trauen Sie sich wohl zu, mir die Notwendigkeiten zu erläutern, die vor Ihnen stünden, wenn aber nun ein Fluß durch die Stadt geht, die Sie besetzt halten? Was würden Sie tun als kluger Kommandant?«

Der Major lächelte. Alle wußten wohl, daß er der Tapfersten und der Fähigsten einer war, und warteten auf eine schlagfertige Antwort.

»Herr General«, sagte er, »ich bin Ihnen dankbar für diese Frage und habe sie erwartet. Wir wissen alle, wie wir hier sitzen, daß Sie mit Recht aufs Wasser großen Wert legen, und so will ich Ihnen in meiner Einfalt folgende Antwort geben. Ich würde, als ein guter Kommandant, strengste Obacht auf den Wasserlauf geben, ob nicht etwa ein Feind oder eventuelle Partisans den Fluß herabgeschwommen kommen und so in die Stadt einsickern können.«

Er lächelte wieder und lehnte sich zurück.

»Das ist zu allgemein«, schrie der General, »Herr Major, ich hätte mehr Genauigkeit und Gründlichkeit erwartet. Ich will Ihnen sagen, was ich als kluger Kommandant ins Werk setzen würde. Ich würde wohl zusehen, daß Ein- und Ausgänge des Flusses mit starken Fallgattern versehen, die Schleusen und Ketten wohl verwahrt und versperrt, und daß der Fluß horizontal mit den Geschützen bestrichen werden kann. Und was sehe ich? Nichts dergleichen sehe ich. Ich bitte«, jetzt sah er mich streng an, »dies umgehend in die Instruktion mit aufzunehmen.«

Auf diese Art hatte auch mein guter Major seinen Nasenstüber weg. Er kniff den Mund zusammen und schwieg eine Weile, bis er endlich zugab, daß der General hier einen klugen Ratschlag gegeben hatte. Doch solle er, der Herr General, ein Einsehen mit ihm haben, da er, der Major, weit unter ihm stünde und durchaus nicht so kriegserfahren sei.

Da lächelte der General voller Wohlwollen und meinte, die Hauptsache wäre, daß die Herren Offiziers seine Lehren gut im Gedächtnis behielten und danach handelten.

Nun ergriff der Major die Initiative und wollte – in seiner Einfältigkeit, wie er sagte – auch eine Frage tun.

Der General war so gnädig, sie ihm zu gewähren.

»Herr General, ich hätte gern gewußt, warum wir diesen Krieg führen?«

Da reckten alle die Köpfe, als wären sie Gockel und ein Habicht sei zu sehen. Der Major traute sich was. Aber, das war vorauszusehen, er bekam die passende Antwort.

Unser guter und allwissender General gab sich gleich einen tüchtigen Ruck, sah ihn an, begann zu lächeln und meinte: »Herr Major, was soll denn das? Ein Krieg ist ein Krieg. Er ist sich selbst genug. Was braucht es einen Grund. Wir führen Krieg, mein lieber Herr Major, um des Krieges willen, und, merken Sie auf, meine Herren Offiziers, es ist des Nutzens wegen. Sie sagen ja selbst, meine Herren Offiziers, daß Handel und Wandel mit dem Krieg in dieser Stadt zu hoher Blüte gelangt sind. Was braucht es mehr. Und dann, Herr Major, bedenken Sie einmal, daß es schon immer Kriege gegeben hat und demzufolge auch immer Kriege geben wird. Und was nützt es, wenn wir unser Handwerk, nämlich das Kriegshandwerk, erlernen und nicht ausüben können? Es muß immer wieder probiert werden, damit wir unser Handwerk nicht verlernen.

Herr Major, bedenken Sie bitte auch, daß der Krieg nicht nur ein Handwerk, sondern auch eine Kunst ist. Der Krieg gehört zu den Künsten der Menschheit. Es heißt nicht umsonst Kriegskunst. Eine Kunst aber muß gepflegt werden. Was ist da noch zu sagen, meine Herren Offiziers. Der Herr selbst, unser lieber Herrgott, hat es uns vorgemacht. Er sandte den Würgeengel, der in einer Nacht hundertfünfundachzigtausend Assyrer tötete, und er schickte den Simson aus, um die Philister zu vernichten. Und nicht zu vergessen, Ihr Herren, der Krieg macht Mut und befördert die Tapferkeit, macht starke Männer und bringt schließlich und endlich auch Würden ein. Und damit, meine Herren Offiziers, sei's genug. Wir wollen alle tapferen und braven Soldaten hochleben lassen und auf den Krieg trinken.«

So hob denn unser guter und allwissender General sein Weinglas und sich selbst hoch, und wir alle, ohne Ausnahme, standen wie ein Mann auf, brachten ein Hoch aus und soffen die Gläser auf einen Zug leer.

Jetzt aber wurde Glas auf Glas getrunken, und wie die Weiber schon zu kreischen anfingen, besann sich der General trotz seiner Schnurre, die er schon hatte, und er verlangte den Stückjunker, weil er ihn etwas fragen wollte.

Da war ihm doch tatsächlich auf einmal eine Lust angekommen, uns zu zeigen, wie man die Meininger Teufelsbraten verjagen könnte. Ich rannte und holte den Fähnrich Seebach herbei, und es war keiner froher als er, weil er endlich etwas zu tun bekam.

So marschierte die ganze Gesellschaft hin zum Meininger Tor, und der General ließ einige Bomben und Granaten im Geschwindschuß nach Meiningen abfeuern. Er wies auf den Effekt hin, was eine solche Abfeuerung für einen Nutzen bringen würde, und marschierte an der Spitze der Gesellschaft wieder zurück an die Tafel, um nun die braven Kanoniers hochleben zu lassen.

Es war schon dunkel gewesen, und wo die Kugeln hingeflogen waren, wußte keiner, sondern nur der liebe Herrgott. Aber einen gewaltigen Eindruck und ein großes Vergnügen hat es doch auf alle gemacht.

Ich dachte mir unterdessen, wie es wohl sein würde, wenn dieses im Ernst sollte gespielt werden.

Aber nun hättet ihr sehen sollen, wie die Offiziers die Köpfe zusammenstießen und ihr Erstaunen einander zuflüsterten, was doch der General für ein kriegsgewandter Soldat war. Und wie er kurzerhand losschießen ließ. Kein Feind hätte da eine Chance.

Nun ja, Gott sei's geklagt, am nächsten Tag nahm unser lieber General wieder die Beine in die Hand und machte sich davon nach Gotha, und zur gleichen Zeit kam mit der Post von Gotha meine Frau mit dem Jungen und wollte sich mit mir in Wasungen vergnügen, was sie auch tat.

Aber der General war davon. Aus den Augen, aus dem Sinn, sagt das Sprichwort. Da wurde die Instruktion auf der Stelle vergessen, und wie das zuging, will ich treulich mitteilen.

Doch zuvor sei noch gesagt, daß der liebe General, als er sich mit dem schönsten Glückwunsch von uns verabschiedete, dem Herrn Oberstleutnant die schriftliche Instruktion einhändigte und der Hoffnung Ausdruck gab, es möge alles zum Besten ausschlagen, und daß wir unserem durchlauchtigsten Herzog alle Ehre machten.

Darauf nahm er sein Adieu.

Und gesagt sei auch noch, daß wiederum am Tag darauf eine Ordre ankam, daß der Major von Benneckendorff sich auf der Stelle nach Gotha in Marsch setzen solle, und es kam dafür ein Ersatz anmarschiert in Gestalt eines gewissen Major Schütz.

Da spitzte ich die Löffel, als ob etwas im Busch wäre. Mein lieber Major, mit dem ich mich so gut verstanden hatte, den holte man mir weg, so daß ich ganz allein auf weitem Felde stand.

XXIV. KAPITEL

Kaum war mein guter Major von Benneckendorff aus der Stadt, mußte wohl beim Herrn Oberstleutnant ein Rapport eingelaufen sein, denn mit einem Mal war ein Rennen und ein Laufen in den »Bären« zum Herrn Geheimen Rat, daß sich alles darob verwunderte. Und es lief nicht nur der Oberstleutnant hin und her, sondern vielmehr rannten auch ein paar Offiziers. Bald liefen sie in den »Bären«, bald wieder hinaus.

Was zum Teufel, dachte ich, ist das doch? War etwas passiert, dann mußt du es doch erfahren, aber, Gott sei's geklagt, da war meiner offenbar nicht nötig.

Ich gab Obacht, und tatsächlich, es verging keine Viertelstunde, da rannten sie schon wieder, als ob der Teufel hinter ihnen her wäre. Sollte man denn nicht in solchen Zeiten den Adjutanten zu Rate ziehen? Was können denn profane Zivilisten schon raten! Manchmal kann auch der geringste Offizier, zumal wenn er Adjutant ist, doch den besten Ausschlag geben.

Die Bürgersleute kamen zu mir und fragten mich, was denn der Kommandant so schnell in den »Bären« und wieder zurücklaufe! Was sollte ich antworten?

»Ihr Leute«, sagte ich, »was geht Euch das Gerenne meines Kommandanten an? Und wüßte ich's, würde ich's auch nicht sagen.« Ich ging mit dem Fähnrich Köhler zum mittleren Tor mit der Absicht, die Schilderwache zu visitieren. Es war gerade Kirche, und die Bürgersleute saßen alle auf ihren Bänken und beteten gewiß zu Gott, daß er etwas ändern möge.

Als wir ans mittlere Tor kamen, liefen uns der Oberstleutnant von Goldacker, der Major Schütz, Kapitain Rupprecht und der Leutnant von Witzleben in die Quere.

Mein Ober-Offizier kam mir entgegen, lief aber vorbei und fragte mich so beiher, ob ich was Neues wüßte.

Nun, mir war, als sollte der Teufel dreinschlagen. Ich sollte was Neues wissen, und sie waren in den »Bären« gelaufen, was das Zeug hielt.

Ich sagte, ich wüßte nicht, was gespielt würde. Darauf er: »Ja, Herr Leutnant, wissen Sie denn nicht, daß uns die Meininger diese Nacht attackieren wollen?«

Ich sagte, daß es niemand für nötig gehalten hätte, mich zu informieren. Aber selbst wenn sie kämen, sagte ich weiter, würden wir schon mit ihnen fertig werden.

»Wollen Sie denn Ihre Frau nicht wegschicken, Herr Leutnant?«

»Herr Oberstleutnant, Sie ist ja erst gekommen, und ich will mich mit ihr vergnügen, wenn aber die Meininger tatsächlich kommen sollten, so häng ich ihr auch einen Degen um, mag sie sich wehren, so gut sie kann.«

Da wandte sich der Herr Oberstleutnant ab, weil er wohl mit meiner Antwort nicht zufrieden war, und ging zu den Offiziers, die auf ihn warteten. Sie steckten gleich die Köpfe zusammen, berieten sich und gingen fort. Vielleicht liefen sie aufs Neue zum Herrn Geheimen Rat in den »Bären«.

Unterdessen kam der Major von Voß zu mir und wollte wissen, was da vor sich ginge. Ich erzählte ihm, daß die Meininger kommen wollten und den Unsrigen offenbar schon der Mut aus Herz und Kopf kroch.

Er marschierte sofort zum Oberstleutnant, der aber schon wieder beim Geheimen Rat war, wo er nun auch hinging und mittenhinein in den Kriegsrat platzte. Voß sagte allen Offiziers, daß es nicht nötig wäre, Angst zu haben, sie sollten nur kommen, wir hätten die schöneren Geschwindstücke und die besseren Musketen. An Granaten und Pulver würde es auch nicht fehlen. Da fiel ihm der Oberstleutnant ins Wort.

Der Major von Voß hat mir gleich danach den ganzen Handel erzählt.

Er fiel ihm ins Wort und sprach: »Aber, lieber Herr Major von Voß, wir sind so schwach, es heißt, es sollen mehr als zweitausend Mann kommen, da wäre es doch besser, wir schickten die Weiber fort und setzten eine Schrift auf, wenn wir uns einig werden hier beim Herrn Geheimrat, schickten sie nach Gotha und marschierten einstweilen aus, bis wir ein stärkeres Succurs von Gotha bekommen.«

»Nein«, sagte von Voß, »ein solches Dokument unterschreibe ich nicht. Bevor ich das tun wollte, will ich lieber auf dem Platze bleiben und mein Leben lassen!«

Daraufhin ging er zur Tür hinaus und schlug sie hinter sich zu. Worauf sie abermals einen Kriegsrat hielten und wieder anfingen zu laufen, so daß die Bürger und auch unsere Völker ganz aufsässig wurden.

Unterdessen kamen Postillons von Stadt Schmalkalden und holten Frau und Kinder von Kapitain Rupprecht ab sowie andere Offiziersweiber.

Das Volk murmelte untereinander und wurde ganz falsch. Kapitain Brahms schickte zu mir und wollte wissen, was das bedeuten solle. Sie hatten vergessen, es ihm zu sagen. Ich ließ ihm die Nachricht bringen, die Meininger wollten uns diese Nacht attackieren. Da kam er angerannt, ließ es sich nochmals wiederholen, mietete eine Kalesche in Wasungen, setzte Frau und Kind hinein und ließ sie auch wegbringen.

Ich aber saß und rührte mich nicht und ließ meine Frau, wo sie war. Es dauerte mich der Fahrlohn.

Die Bürgersleute kamen zu mir und fragten, was das zu bedeuten hätte, daß die Offiziersweiber alle so jämmerlich heulten. Nun, es war tatsächlich spektakulär, was da vorfiel, aber was sollte ich den guten Leuten sagen?

Es kam sogar die Marten hereingerannt und fragte mich. Das gefiel mir gar nicht. Ich beruhigte sie und sagte, es ginge lediglich die Angst um, sie solle es sich nicht zu Herzen nehmen. Und dann sagte ich ihr noch, daß meine Familie in längstens drei Tagen wieder weg wäre. Da ging sie erleichtert wieder davon.

Es war nun nach der Mittagszeit, und das Fahren und Postillonblasen ging tapfer auf Stadt Schmalkalden los.

Um die dritte Nachmittagsstunde wurde ich zum Oberstleutnant gerufen, wo ich die gleichen Offiziers traf, welche ich schon für halbtot hielt. Sie steckten so voller Angst, daß sie kaum wußten, was sie sagen sollten. Da dachte ich an den gewesenen Grenadier Bockmann und an seine Meinung von den Offiziers. Endlich fragten sie mich, ob ich meine Frau auch fortgeschickt hätte.

»Warum soll ich sie fortschicken«, antwortete ich, »geht sie zugrunde, bekomme ich wieder eine andere.«

Da war Schweigen in der Runde.

Plötzlich sagte der Oberstleutnant: »Machen Sie, Herr Leutnant, doch bitte eine Disposition, wie die Tore sollen besetzt werden!«

Ich begab mich beiseite und machte die Disposition.

Der Oberstleutnant las sie, war ganz still und, wie ich sah, voller Zittern und Zagen. Er schüttelte dauernd mit dem Kopf, aber das hatte er sowieso an sich.

»Sie ist recht gut!« sagte er dann. Die anderen pflichteten ihm bei, wenn vielleicht auch mit falschem Herzen. Sie dachten inwendig vielleicht schon daran, im Hessischen ihre Disposition zu machen.

Nun schwieg der Oberstleutnant wieder, als hätte er nichts mehr zu sagen. Endlich hielt ich es nicht mehr aus und meinte, ich hätte noch einiges dazu zu offerieren.

Da antwortete er ganz tonlos: »Meinetwegen, sprechen Sie!«

»Erstens, Herr Oberstleutnant, die Leute haben zu wenig Pulver, Blei und Granaten. Die Chefs müssen alles herausgeben. Zweitens ist ein großer Teil des Volks, weil es Feiertag ist, vor der Stadt und betrinkt sich. Die Kerls kommen später herein, wenn sie nicht durch die Unteroffiziers geholt werden. Drittens ist mein unmaßgeblicher Vorschlag, daß Ordre und Parole ein wenig eher ausgegeben werden als sonst. Die Offiziers, Unteroffiziers und Gemeine müssen ihren Gewehren Schmiere zusetzen, jedoch nicht eher wieder laden als vor dem Quartier ihres Chefs. Vor dem Zapfenstreich um neun Uhr muß eine Visitation stattfinden, sodann soll es heißen: Gewehr laden, und nach dem Zapfenstreich müssen sich alle in Marsch setzen zum Quartier des Oberstleutnant und dort nach ihrem Rang Aufstellung nehmen.«

So hatte ich mit meinem einfältigen Leutnantsverstand alle Vorschläge getan, die nötig waren. Sie wurden auch gut geheißen und akzeptiert.

Ich hätte in meinem ganzen Leben nicht für möglich gehalten, daß sie dennoch einen Schalk im Herzen trugen und mich am Narrenseile führten.

Diese Offiziers nämlich waren von der Angst ganz betört. Ich hätte es eher für möglich gehalten, daß ein Schwindsüchtiger sich gegen den Tod wehren kann, als jenes, was danach geschah.

So weit, so gut. Ordre und Parole wurden ausgegeben. Ich schickte die Unteroffiziers, daß sie vor die Stadt zum Kloster gingen und ihre Kerls in die Stadt jagten. Ich befahl, daß jeder vierundzwanzig Schuß Patronen empfangen solle und, wie besprochen, nach dem Zapfenstreich vor des Kommandanten Quartier Aufstellung zu nehmen hätte.

Es geschah alles so, weil ich Gehorsam verlangte, und die Leute liefen wie die Teufel.

Als ich nun zum Volk kam, befahl ich: »Richt euch, und alles Plaudern habe ein End!«

Ich fing an zu richten auf den rechten Flügel, aber kaum war ich dabei, kam der Leutnant von Witzleben und sagte, ich solle mich beeilen und zum Oberstleutnant kommen. Er wolle mich sprechen.

Da lief ich wieder zu ihrem verdammten Kriegsrat, aber ich irrte mich. Der Oberstleutnant war allein und trug mir mit wackelndem Kopf folgendes an: »Herr Leutnant, Sie nehmen sogleich dreißig Mann Dragoner, marschieren zum ›Bären‹ und melden sich dort beim Herrn Geheimen Rat. Sie bringen ihn sodann in Sicherheit nach Schwallungen.«

Ich dachte, ich bekäme einen Schlag vor den Kopf. Wer hätte sich einen solchen Wasunger Streich träumen lassen, der da gespielt wurde. Hätte ich gewußt, was es für ein Streich war, ich wäre mit dem Geheimen Rat stracks in die Werra gefahren, aber nicht nach Schwallungen.

Ich antwortete aber gleich: »Herr Oberstleutnant, ich bin als Adjutant befohlen, das ist nicht meine Funktion, und für diesen Dienst gibt es andere Offiziers.«

Der Oberstleutnant wurde ganz blaß im Gesicht, und ich bemerkte, wie die Ader an der Schläfe zu zucken begann. Er sah den Streich, den sie ausgeheckt hatten, wahrscheinlich gefährdet.

»Der Herr Geheime Rat besteht aber darauf, von Ihnen in Sicherheit gebracht zu werden.«

»Herr Oberstleutnant, ich muß es mir zur Ehre anrechnen, daß so viele Offiziers da sind und der Herr Geheime Rat gerade in mich ein solches Vertrauen setzt.«

»Das tut er, lieber Rauch. Wenn Sie das untere Tor passieren, sagen Sie dem Unteroffizier dort, er soll hier melden, daß Sie durchpassiert wären.«

Das war wieder ein Streich, was ich aber erst später erfahren sollte. Wären doch alle Pferde vor'm Wagen des Rats krepiert!

Freilich, ich muß hier sagen, daß mich auch der Gedanke ankam, daß sich nun endlich der verfluchte Geheime Rat aus der Stadt davonmachte und daß ich ihn rausbefördern durfte. Das ist auch wieder gut, dachte ich, und dieser Umstand versöhnte mich ein wenig mit meinem Auftrag.

XXV. KAPITEL

Ich nahm neunundzwanzig Dragoner und einen Korporal, wie mir befohlen, und marschierte zum »Bären«, vor dem ein Wagen stand. Der Bedienung, die in der Tür des »Bären« herumlungerte, sagte ich, sie solle den Herrn Geheimen Rat informieren.

»Ich bin schon da!« rief der Rat. Er saß schon im Wagen. Die Angst hatte nicht nur ihn, sondern auch den Sekretär stranguliert. Beide saßen und zitterten, wie ich sah.

Da kommandierte ich vierzehn Dragoner hinter den Wagen, und mit den anderen lief ich vorn. Als wir im unteren Tor durchpassierten, sagte ich dem Unteroffizier von der Wache, er möge dem Herrn Oberstleutnant die Durchfahrt melden.

O, hätte ich alles gewußt! Ich wäre nicht auspassiert, eher hätte ich meinen Rumpf frikassieren und von Vögeln und Hunden fressen lassen.

Als wir nun so liefen, dachte ich in meinem Kopf, wenn jetzt die Meininger kommen und du bist nicht dabei, sie zu schlagen, wird es nichts mit Meritenverdienen. Und ich nahm mir vor, sobald ich den Herrn Rat abgeliefert hatte, auf der Stelle umzuwenden und wieder zurückzumarschieren.

In Schwallungen angekommen, ließ ich anhalten, ging zum Wagen und fragte, wo der Herr Rat hinwolle in Schwallungen.

Die beiden schienen halb tot im Wagen und antworteten wie aus einem Munde: »Ins obere Wirtshaus!«

Wo das war, wußte der Teufel, ich aber nicht.

Ein Dragoner meinte, er wüßte es. So ging er vorneweg und zeigte uns den Weg. Es war blinderdenfinster und noch dazu goß es wie mit Kannen aus sämtlichen Himmeln.

Ich ließ das Tor des Gasthauses öffnen und den Herrn Rat hineinfahren. Er und sein Sekretär stiegen schlotternd aus und retirierten sogleich in eine obere Stube, wobei der Sekretär allen Schreibkram und die Akten mit sich schleppte.

Ich besetzte den Wagen mit zwei Schildwachen und ließ die anderen des Regens wegen ins Haus treten. Um den Rat kümmerte ich mich nicht weiter, denn ich hatte ihn auf Geheiß in Sicherheit gebracht.

Da aber im nächsten Dorf ein Leutnant mit fünfzig Dragonern lag, welche sich dort in guter Ruhe befanden und von unseren Händeln nichts wußten, schickte ich den Korporal hin.

Ich ließ ihm bestellen, es wäre Lärm im Brotsack, er solle kommen und mich ablösen und den Posten übernehmen.

Der kam auch gleich anmarschiert und wunderte sich, daß ich als Adjutant mit einem solchen Auftrag daherkäme. Ich sagte ihm, daß es mir auch bedenklich vorkomme.

Er löste mich ab, und ich ging, des Respekts wegen und um mich zu verabschieden, zum Herrn Geheimen Rat, ob er vielleicht noch etwas nach Wasungen zu bestellen hätte.

Er hatte sich von seinem Lager aufgerappelt, kam zu sich und fuhr mich doch tatsächlich an: »Haben Sie nicht Ordre, hier zu bleiben?«

Da wurde ich aber auch frech und gab ihm gleich zurück: »Nein, weder vom Teufel noch von sonst jemand. Meine Funktion war es, Sie hierher zu bringen, jetzt marschiere ich wieder zurück!«

»Was wollen Sie denn in Wasungen, das Kommando marschiert doch aus, und Sie werden im Augenblick sehen, daß es hier ankommen wird.«

Nun, jetzt ging mir ein Licht auf, und ich fiel aus allen Wolken. Ich stand vor'm Rat und hatte jede Sprache verloren, doch in ebendem Moment hörte ich Pferdegetrappel. Ich zur Stube hinaus und hinunter und gefragt, wer da käme.

Es waren, dem Himmel sei's geklagt, die Herren Offiziers, lauter feige Memmen. Mit ihren Purschen kamen sie als erste. Welche Schande! Sie sagten, daß sie glücklich aus dem belagerten Wasungen kämen. Der Oberstleutnant – den hatte auch die Angst stranguliert – ritt als erster und war käseweiß.

Dem Major Schütz, der mich bereden wollte, fiel ich ins Wort und fragte ihn, was das für eine Manier sei, daß man mich mit einer solchen List aus Wasungen schickte. Frau und Kind hätte ich noch dort und mein ganzes bißchen Vermögen, ob das Kriegsgebrauch und nach der Weisung des Generals gehandelt sei?

Ich war in einer solchen Wut, daß ich mein Leben mit ihm angesetzt hätte. Es war durchaus nicht nach der Ordre des Generals gehandelt. Bin ich denn Soldat geworden, weil ich nicht weiß, was zum Handwerk gehört? Sind das Geschäfte, die tags gemacht werden, in des Teufels Namen? Dies alles schmiß ich ihm an den Kopf.

Die Offiziers waren da, aber von keinem Mann war weder etwas zu sehen noch etwas zu hören. Der Major stotterte herum und sagte, ich solle mir keine Sorgen machen um meine Sachen, er stünde mir dafür, und der Herr Geheime Rat werde sicher auch noch sein Wort dazu geben. Da fing ich aber erst an: »Mordssakrament! Hier hat kein Schreiber was zu befehlen. Wenn ich Kommandant bin, muß ich wissen, was zu tun ist und muß dies auch meinem Volke sagen. Aber dies da, was Sie getan haben, ist wider alle Ehre.«

Darauf ließ ich ihn stehen und ging wutschnaubend auf die Straße vor dem Wirtshaus. Wie von ohngefähr kommt in der Dunkelheit einer dahergetappt, ein Flüchtling aus Wasungen, nämlich der Zinngießer Pleißner, der mich dort schon angesprochen hatte. Ich erkannte ihn zuerst nicht, dachte, es wäre einer von unseren Kerls, aber er gab sich zu erkennen und war ganz durcheinander. Der Mann erzählte mir den ganzen Handel, so gut er ihn wußte.

Als ich mit dem Herrn Rat das Tor passiert hatte, stand derweilen das Volk in größter Konfusion auf dem Platz, doch als der Major Schütz hörte, daß ich weg war, gab er dem Volk hurtig die Ordre, daß es die Gewehre ansetzen und ins Quartier gehen sollte, die Bagage zu holen. Da standen die Gewehre ganz allein auf dem Platz. Wäre da ein Trupp Meininger Völker gewesen, der hätte die Gewehre wegnehmen und alles Gothsche Volk waffenlos nach Meiningen führen können. Ich für meine Person hätte dazumal kein Meininger sein dürfen.

Nicht genug, der Major schickt nach den Wachen und läßt sagen, sie sollten hereinkommen, es würde abmarschiert. Die Vorposten und die Schildwacht hat er aber vergessen. Unterdessen wird ihm die Zeit zu lang oder die Todesangst hatte ihn auch schon stranguliert. Er beschließt den Aufbruch zu machen, ruft: »Allons, marsch!«, aber es ist nicht mal die Hälfte vom Volk aus den Quartieren zurück, geschweige denn die Wachen.

Der Major von Voß kommt dazu, hört, daß ausmarschiert wird, packte einem Musketier seine Sachen auf, kommt zum Platz, da war alles weg und nur ein paar Gewehre standen allein noch da. Vergessen hat der Major Schütz auch die kranken Soldaten und die kranken Offiziers. Er hat nicht gewartet, bis das Volk beisammen gewesen, und noch viel weniger hat er an die Artillerie gedacht. Er ist fortmarschiert ohne Aufenthalt, so wie ein Hirt das Vieh zum Tor hinaustreibt. Es war ein solches Spektakel, daß es nicht zu beschreiben war.

Der Major von Voß aber stand wutentbrannt auf dem Platz und wartete, bis die übrigen Mannschaften kamen. Dann erst marschierte er los, und wie sie liefen, schrien die Wasunger Bürger ihnen nach: »Da laufen sie, die Spitzbuben, am Tage sind sie einmarschiert und nachts laufen sie wieder fort wie die Diebe!«

Da könnt ihr euch denken, wie es in dem Major von Voß kochte. Aber es kam noch schlimmer, kaum waren sie durchs Tor, da machten die Wasunger ein bißchen Feuer hinter ihnen her. Die Schweinskerle schossen aus den Bodenfenstern, trafen aber in der Dunkelheit zum Glück keinen von den Unsrigen.

Er war kaum eine Ecke fortmarschiert, fand er unsere Artillerie in einem Hohlweg liegen, ohne einen Mann zur Bedeckung. Und noch dazu lag alles durcheinander wie Kraut und Rüben. Da hat er sich um Rohre und Lafetten gekümmert, der gute Major. Wenn ich ein Meininger Soldat gewesen wäre, was hätte da passieren können! Man muß sich das einmal denken, der Oberstleutnant und der Major Schütz und die anderen feigen Memmen, sie marschieren mit ihrer fliegenden Armee fort und lassen alles stehen und liegen. In allen Kriegen hat es so etwas noch nicht gegeben. Aber sie eilten, um zu ihrem Geheimen Rat zu kommen.

Das war es, was mir hernach der Major von Voß und auch der Zinngießer Pleißner erzählten. Pleißner sagte zum Schluß noch: »Lieber Herr Leutnant, in Wasungen ist mir angst und bange geworden, so wie unsere Leute hinausmarschierten, kamen die Meininger – ohne einen Schuß zu tun – zum oberen Tor hereinmarschiert, visitierten alle Häuser und sagten, sie wollten die Gothschen nach Meiningen führen. Eine Schildwacht, die man vergessen hatte, ein gewisser Guthmann, wurde abgeführt. Und die Miliz erst, sie ist ganz des Teufels und visitiert alle Häuser.«

Da bekam ich einen Schreck. Mir war zumute, als sollte ich vor Wut gleich platzen. Frau und Kind waren in Wasungen, mein Tagebuch und mein ganzes bißchen Vermögen auch, den Musketier Guthmann hatten sie schon nach Meiningen abgeführt. Mir wurde schwarz vor Augen.

»Herr Leutnant, ich bin eine Weile beim Major von Voß geblieben, aber die Wasunger feuerten hinter uns her, und es goß, daß ich wollte unters Dach kommen. Die Leute fliehen, Herr Leutnant, daß der Himmel möchte herunterkommen. Aber einen Offizier habe ich nicht gesehen, nur den Major von Voß.«

»Einen Offizier könnt Ihr auch nicht gesehen haben. Sie sitzen alle schon im Warmen!«

Da stand ich nun da und wußte keinen Rat. Von den Soldaten war noch keiner zu sehen und zu hören. Es regnete ganz erstaunlich.

Endlich kam ein alter Grenadier mitten durchs Dorf, in Kot gebadet, und dann kam noch einer, und ich hörte schon ihre Stimmen und ihre Flüche.

Ich rief ihnen zu: »Da ist nichts zu machen, was hilft das Fluchen!«

Der erste fing aber wieder an und schrie: »Unser Hauptmann liegt noch krank in Wasungen, und unser Major Rupprecht, der sich unser annehmen sollte, ist mit dem Major Schütz auf und davon. Zum Teufel, ist das erlaubt?«

Ich wollte etwas sagen, aber er schrie unbekümmert und voller Wut weiter: »Wir marschieren schnurstracks bis nach Gotha und zum Herzog. Da wollen wir sehen, wer im Recht ist!«

Als ich endlich zu Worte kam, fragte ich nach den anderen Grenadieren.

Er schrie wieder: »Der Teufel hat sie geholt. Jeder tappt auf seine Weise durch den Dreck. Wir haben ja keinen Offizier, der sich unserer annimmt, da läuft jeder, wohin er will.«

Hatte nun dieser Soldat, es war ein Unteroffizier, ein loses Maul, so hatten es jene, die noch angetropft kamen, noch mehr.

Wenn sie gewußt hätten, daß die Offiziers im Wirtshaus saßen, sie wären wohl hingegangen und hätten ihnen Maulschellen geschlagen.

So kamen sie trüppchenweise, naß wie die Raben, und ließen alle Flügel hängen. Nur fluchen konnten sie noch und zwar auf eine Weise, daß mir die Haare zu Berge standen.

Wie sie so daherkamen ohne Ordnung, da dachte ich, o mon Dieu, Ehre verloren, alles verloren.

Als Major von Voß endlich auch eintraf und mir voller Wut

erzählte, wie die ganze Passage abgelaufen war, und welche Wunder es gegeben hatte, da gingen mir nun alle Lichter auf.

Er schrie am Ende seines Berichts: »Wo sind die Projektemacher? Ich will sie alle an die Wand drücken, daß ihnen die Luft wegbleibt.«

Das Volk stand derweilen im Kot bis an die Knie, war ganz rebellisch und rasend wilde, und ich fing an, auf die Kerls einzureden, daß sie sich schämen sollten vor den Schwallunger Bauern, die alle aus den Bodenfenstern heraushingen und sich ins Fäustchen lachten.

Major von Voß wurde schließlich ganz rappelköpfig und hat mir mit seiner Wut einen solchen Ärger gemacht, daß ich bald auch nicht mehr meine fünf Sinne beisammen hatte.

Am Ende sagte ich: »Da hilft uns kein Gott, wir müssen wieder voranmarschieren, wenn es sein muß, ohne die Offiziers.«

»Es ist gut«, sagte der Major, »ich will nur erst zu den Projektemachern in ihre Kriegsversammlung und ihnen die Hölle heißmachen. Ich komme dann nach.«

Ich hatte, als ich das Volk so sah in seiner Ohnmacht und als ich hörte, wie es fluchte zum Gotterbarmen, einen Entschluß gefaßt. Einer, dachte ich, muß doch die Führung übernehmen und ich will es tun, wenn ich auch mein Leben darüber verlieren sollte.

Ich sagte zum Major, daß ich mitgehen wolle, um ihnen die Meinung zu sagen.

Ich rief den Unteroffizier von den Grenadieren und sagte, er solle alles Volk zusammenführen, ich käme sogleich zurück, dann wollten wir den Feind in Stücke hauen.

Wir liefen wie der Wind in ihre Kriegsversammlung und fanden sie bei einer Bouteille Wein. Da ließen sie sich's wohl sein.

Nun, wie wir eintraten, erblaßten sie. Und mit meinen

ersten Worten schon fuhr mir eine solche Rache heraus, daß sie weiß wurden wie die Wände, vor denen sie standen.

»Ist das eine Sache! Unten steht das Volk bis an die Knie im Kot, Pulver, Blei und Artilleriemunition gehen zum Teufel. Das Volk ist rebellisch, wer soll das verantworten.«

Ich wandte mich an den Major Schütz, weil der Oberstleutnant am Tisch schlief trotz des Lärms, den ich machte.

»Ihr habt die Ordre vom General in der Tasche, aber es ist nicht danach gehandelt worden.«

Hernach kam der Major von Voß an die Reihe. Er schrie noch lauter als ich, der ich schon wieder aus der Tür war und hinunter zum Volk lief.

Da fügte es Gott, daß es aufhörte zu regnen.

Ich stand vor der Mannschaft und schrie: »Wir wollen nach Wasungen marschieren und den Feind herausschmeißen. Weil ihr verlassen seid und keine Offiziers habt, wollt ihr von mir geführt werden als brave Soldaten?«

Auf einmal wurde das Volk, das vom Wetter ungeduldig und marode war, wieder fröhlich und lebendig.

»Ich will mich unter freiem Himmel verschwören, und wenn ich meine Schuldigkeit nicht tue, dann sollt ihr Macht und Gewalt über mich haben, und ich will vor euch her gehen und vor euch stehen.«

Da riefen sie: »Herr Leutnant, Sie sollen vor uns hergehen. Wir wollen Ihnen als verlassenes Häufchen folgen. So wir nicht folgen, sollen Sie machen mit uns, was Sie wollen, auch totstechen.«

»Meine Kinder«, rief ich zurück, »keiner von euch wird einen Tropfen Blut verlieren, so wahr ich Rauch heiße. Ich will mich vor euch stellen. Allons, Kinder, marschiert!«

Und so marschierten wir los, und das Volk war mit neuem Mut erfüllt.

XXVI. KAPITEL

Ich fragte mich, als wir aus dem Dorf kamen, wo wohl der Feldscher sein würde. Er war weder unter den ausgerissenen Offiziers noch war er beim Volk. Hoffentlich hatten sie ihn nicht auch nach Meiningen geführt. Ich fragte nach ihm, aber keiner von den Kerls hatte ihn gesehen.

Als wir halbwegs nach Wasungen kamen, fiel mir ein, daß wir durch einen hohlen Weg mußten, wo es uns schlecht ergehen konnte. Wenn die Meininger dort Leute postiert hatten, konnten sie uns Mann für Mann totschießen, oder sie konnten uns allesamt von der Flanke her in die Werra jagen.

Ich machte halt. Einen Kommandanten hatte ich nicht, so wie in aller Welt üblich, der vorneweg marschieren und sagen konnte, was zu tun war.

Ich rief zur Mannschaft, daß ein Major oder ein anderer Offizier hervortreten soll, aber es war immer noch keiner da. Also mußte ich alles alleine machen.

Da rief ich den alten Unteroffizier von den Grenadiers und erklärte ihm die Gefahr. Er sollte mit dem Kommando sachte fortmarschieren, während ich mit fünfzehn Freiwilligen über den Berg vorweg gehen wollte.

Die Freiwilligen bekam ich gleich zusammen, stieg mit ihnen bergauf und inspizierte alle Klippen. Aber da war kein Meiningscher. Das Kommando war unterdessen fortmarschiert, und so trafen wir uns glücklich wieder, ohne daß uns einer hätte was tun können.

Nun befahl ich, das alte Zündkraut von der Pfanne und neues aufzuschütten. Es wurde auch scharf geladen, und wir marschierten sachte in der Stille, dieweil wir die Vorstadt passierten. Wir waren noch nicht am Tor, da rief ich, daß ein Unteroffizier zu mir kommen solle.

Wer kam, war der alte Grenadierunteroffizier. Ich schickte ihn aber wieder zurück und sagte: »Will kein anderer kommen, zieh ich einen an den Haaren herbei. Ihr habt mir Treue und Gefolgschaft geschworen.«

Da kam endlich einer, und ich sagte ihm, er solle sich die Flinte umhängen wie eine Baßgeige, zum Tor gehen und sich umschauen, wie es beschaffen und besetzt wäre. Wenn gefragt würde, wo er herkäme, solle er sagen, aus Salzungen. Er solle fragen, wo das Kommando hinmarschiert wäre, er hätte Ordre nachzumarschieren.

Da ging er los mit seiner Baßgeige, kam aber bald wieder zurück, brachte Rapport und sagte, daß das Tor zu und keine Schildwacht zu sehen sei.

So tappten wir hin zum Tor, doch als wir zehn Schritt entfernt waren, sah ich den Nachtwächter, hielt die Grenadiers an und schlich mich näher. Der Nachtwächter rief gerade ein Uhr, und ich dachte, er muß ja durchs Tor, wenn er rein will, und wenn er aufmacht oder wenn ihm aufgemacht wird, springst du hin und steckst den Degen oder das Gewehr dazwischen, damit er das Tor nicht wieder zumachen kann.

Ich muß hier sagen, daß ich den Nachtwächter an der Stimme erkannte. Er war, Gott sei dank, taub, wie nur ein Mensch taub sein kann.

Als er ans Tor kam, klopfte er mit dem Stock an. Darauf rief inwendig einer: »Wer da?«

Ich schlich näher heran, aber dieser verdammte Nachtwächter mit seinen tauben Ohren mußte dennoch Wind bekommen haben. Er sah mich und schrie: »Macht nicht auf!«, und wollte davon. Ich aber sprang herzu, packte ihn an der Gurgel und sagte: »Ich knall dich über'n Haufen!« Da erkannte er mich und bat um sein Leben. Was sollte ich machen, der arme Kerl dauerte mich.

Die Inwendigen horchten wie die Mäuse und fingen an zu schreien: »Heraus, heraus, die Gothschen kommen.«

Das war ein Alarm in der Stadt.

Ich ließ den Nachtwächter festhalten und das Tor einhauen, auch ein Pförtchen durchbrechen, was wir hatten zumauern lassen, und das Tor besetzen.

Unser Vorteil war, daß die Meininger sorglos im Wirtshaus saßen oder schon im Bett lagen. Sie dachten, wir wären nach Gotha marschiert, womit sie auch bald recht gehabt hätten.

Ich nahm mir die klugen Zimmerleute und ließ die Tore alle einhauen. Die Wachen waren geflohen. Ich stellte überall Leute mit Bajonett und Gewehr auf, sammelte die Mannschaft und rief wiederum: »Majore und Offiziers vortreten!«

Denkt ihr, es kam einer? Sie hatten sich immer noch dünne gemacht. Endlich sagte ein Grenadier, er hätte dahinten den Major Schütz gesehen. Der kam tatsächlich heran und entschuldigte sich, sein Pferd hätte gescheut. Ich sah ihn an und dachte mir meinen Teil.

Die anderen aber waren immer noch nicht da, oder hielten sich irgendwo versteckt.

Auf einmal wurde es hell auf der Straße, weil alle Bürger Licht machten. Ich rief: »Licht weg oder ich laß Feuer darauf machen!« Es sollte niemand unsere Schwäche sehen.

Nun war es wieder blinderdenfinster. Die Bürger riefen: »Wer da?« Wir aber antworteten nicht.

So marschierten wir in der Stadt fort, aber auf einmal standen wir vor einer Wand Soldaten.

Die Offiziers, von denen ich nicht wußte, ob sie blaue, rote oder grüne Röcke anhatten, riefen mich an, und so mußte ich nach Kriegsgebrauch antworten.

»Halt, Leutnant!« rief einer zurück, »ich muß meinem Major Meldung machen.«

Ich sprang zu ihm hin, nahm ihn an der Gurgel und setzte ihm die Degenspitzen aufs Herz. Ich fragte: »Kerl, bist du Freund oder Feind?«

Er antwortete sogleich: »Leutnant Rauch, wir sind gute Freunde!«

»Was faselst du von deinem Major, und was hältst du mich auf?«

Er schwieg darauf still und röchelte nur noch. Ich rief die Grenadiers und ließ ihn fahren.

Da sprang er wie ein angeschossener Hase davon und in eine Gasse hinein, seine Soldaten aber warfen ihre Gewehre weg und sprangen ihm nach über eine Mauer in den Fräuleinstiftsgarten, als ob sie sich dort mit den Damen divertieren wollten.

Ich dachte, den Major wirst du dir greifen, aber denkt ihr, er war langsamer als die anderen? Er hatte sogar die Pferde und den Tee stehen lassen, den ich sogleich nachträglich auf seine Gesundheit austrank.

Ich hätte den Tee gern mit ihm zusammen getrunken, weil er mein Namensvetter war. Er hieß immer nur der wilde Major Rauch und trug ein Husaren-Habit, war aber auf und davon dummerweise. Ich hätte mich gewiß mit ihm vertragen, nun aber war er ausgerissen und zur Stadt hinaus.

So marschierten wir weiter in der Stadt. Die Bürger machten aber jetzt einen Teufelslärm und hingen aus den Fenstern. Da sagte ich laut: »Wer ein rechtschaffener Bürger ist, der bleibe drin, wer nicht will sein Haus und die Stadt in Brand haben!« Dann schrie ich noch einmal: »Licht weg oder ich laß Feuer auf die Fenster machen!«

Ich störte mich nicht am Geschrei der Bürger, schickte ein Kommando zum mittleren Tor, ließ es inwendig besetzen und gab Befehl, weder einen rein noch raus zu lassen. Von dem Torwärter sollten sie sich den Schlüssel holen. Wenn er aber nicht wolle, sollten sie ihn verprügeln oder zu mir schicken.

Ich muß hier noch einmal sagen, daß ich alles war, Adjutant, Leutnant und Kommandant zugleich, denn da war niemand, der wußte, was er zu tun oder zu befehlen hatte.

Der Schütz, dieses Rindvieh von einem Major, wollte die

Mannschaft hinter der Kapelle aufmarschieren lassen, ich aber rief: »Marsch! Marsch!«, zerrte die Leute am Ärmel fort und gerade auf den Feind los. Da schossen nämlich einige Jäger auf uns.

Meine Grenadiers wollten mucksen, ich aber schrie: »Himmeltausendsakrament, muckst nicht, ich will schon sagen, was geschehen soll!«

Das Glück spielte mit uns. Ich ließ einen Haken schlagen und griff von der anderen Seite her an. Die Jäger, die Kanaillen, schossen wild drauflos, trafen aber nur die Bürgerhäuser. Da erkannte ich meinen Vorteil und ließ feuern.

Sie sind wie das Vieh zum einzig offengebliebenen Tor hinausgelaufen und zwar auf eine Art, daß sie sich alle fast selber tottraten, denn sechs Mann haben gewiß auf der Erde übereinander gelegen.

Als die Jäger auf uns schossen, da war unser guter Major Schütz auf einmal wieder verschwunden. Er hatte sich hinter der Kapelle verkrochen. Soll ihn doch der Teufel holen, dachte ich.

Ich kam zum Tor, da lag dort ein Meininger, der war durch's Knie blessiert, und ich ließ ihn von meinen Kerls auf die Seite zur Mauer werfen. In ebendem Augenblick sah ich den Feldscher, als ob er vom Himmel gefallen wäre. Er sah sich die Blessierten an und kam zu mir und begehrte Leute, um sie wegschaffen zu lassen. Er wollte den Meininger verbinden, damit er nicht verblute, wie er sagte. Nun, ich war in einer solchen Rage, daß ich ihn beiseite schubste und ihn anschrie: »Feldscher, ich weiß nicht, wo Sie gewesen sind, aber wenn Sie jetzt nicht weggehen, dann hau ich Ihnen meinen Degen um die Ohren, daß auch bei Ihnen das Blut herauskommt. Lassen Sie ihn liegen, wo er liegt. Stirbt er, dann stirbt er im Herrn. Machen Sie sich davon. Wir können Sie hier nicht gebrauchen, Sie stören nur!«

Ich sah nicht, wie er mich anblickte und was in seinen Augen zu lesen war, aber er war offenbar erschrocken oder verblüfft, vielleicht auch ein wenig traurig. »Aber Leutnant, es steht Ihnen ja der Schaum vor dem Munde, kommen Sie zu sich. Wollen Sie die Leute verrecken lassen wie die Hunde?«

Ich ließ ihn stehen und erst mal alle Meininger rausschmeißen vors Tor, ließ den Schlagbaum herunter und zum Werkstattmeister Schmidt schicken wegen der Radnägel und wandte mich erst dann wieder dem Feldscher zu, der zwischen den Blessierten umherkroch und sie verband.

Währenddessen dachte ich: Steht dir wirklich der Schaum vor dem Mund? Ich wischte mir verstohlen übers Maul und empfand plötzlich, daß alles, was ich tat, wie im Fieber geschah und daß ich eigentlich ganz kraftlos war von aller Arbeit.

Was ist das, dachte ich. Die Arbeit hat dich ganz von dir selbst weggebracht. Oder hat sie dich vielleicht zu dir selbst geführt? Der Feldscher hat als einziger empfunden, daß du nicht bei Sinnen bist.

Ich ließ mir einen Stuhl bringen, saß vor dem Tor, beobachtete den Feldscher und rief einem Grenadier zu, daß er mir einen Schluck Branntwein bringen möchte.

Mon Dieu, dachte ich, wenn er auftaucht und etwas sagt, kommst du ganz aus deinen Gedanken und aus deiner Arbeit. Und er kommt immer unvermutet, wie ein Geist, der sich bisher verborgen hat. Ich spürte sogar, wie der Wunsch in mir hochstieg, zu ihm zu gehen und mich zu entschuldigen wegen der Drohung, die ich ausgestoßen hatte.

Aber glücklicherweise kam gerade ein Unteroffizier mit seinen Leuten und mit viel Geschrei herangestürzt und rief mir schon von weitem zu: »Es ist Kavallerie da, wir werden alle in die Pfanne gehauen!«

Und er lief wie der Wind hinter den Grenadiers vorbei und durch die Musketengeschütze.

Um Gotteswillen, wieder einer davongelaufen und seinen Posten im Stich gelassen.

Es begann Tag zu werden, ich konnte ein wenig ins Feld sehn – und wirklich, da kam Kavallerie.

Ich rief zurück: »Kanonen her!«

Der Stückjunker Seebach war schnell bei der Hand, aber unterdessen schossen wieder ein paar Jäger und trafen einen meiner Grenadiere mitten in den Bauch. Das war schlimm und tat mir leid, aber der Kerl war nicht mehr zu retten.

Nun, wir luden mit Kartätschen. Da kam der stolze meiningsche Oberst Battler angeritten, er war uns noch aus dem vorigen Krieg von der Rheinstraße her bekannt, machte ein Halt an der Straße und informierte wohl seine Reiter, wie sie uns möchten die Köpfe abhauen. Als er noch fünfzig Schritte vom Tor weg war, fing er an, mit einer solchen Force loszureiten, daß wir dachten, er wolle alles niedermachen.

Ich bot ihm einen guten Morgen mit Kartätschen, was ihm einen gewaltigen Verdruß machte, da sein Paradepferd, ein schöner Fuchs, der einem meiningschen Prinzen gehörte, ins Gras beißen mußte.

Ich ließ noch einige Kartätschen rausfahren, weil ich sah, daß es Blitzpferde waren, die wirklich Mut hatten, aber ihre Reiter hatten deren viel zu wenig, denn sie nahmen Reißaus quer über die Felder.

Mit einem Geschwindschuß gab ich ihnen noch das Geleit über sechshundert Schritt weit mit.

Auf einmal kam ein meiningscher Reiter bis vor zum Schlagbaum. Er mochte sich wohl verirrt haben. Wir riefen ihn an, er antwortete aber nur mit einem Grienen. Vielleicht dachte er, es sei alles nur ein Spiel.

Ich rief: »Der Teufel aus der Höll' und seine Großmutter!« Bei dem Wort Großmutter ließ ich die Kartätsche herausfahren.

Pardauz. Da lag unser guter Reiter mitsamt seinem Pferd vor dem Schlagbaum, und alle beide zappelten nur noch.

Ich ließ den Zeißig hereinschleppen und zu den anderen schmeißen, damit sie mittlerweile einen Zeitvertreib miteinander hatten, bis ihnen der Quartiermeister ein anderes Quartier zuwies, entweder ins Sandloch oder wieder zu Pferd.

Aber dem Reiter war das ganze Gesicht entzweigeschossen, und er biß schließlich genauso ins Gras wie der Fuchs vom Oberst Battler.

So waren wir richtig im Feuer, aber auf einmal hörte ich hinter mir Geschrei, und ich wandte mich um. Wer beschreibt mein Erstaunen, als in der Morgendämmerung der Major von Benneckendorff herangeritten kam, vom Pferd sprang, es hinlaufen ließ, wohin es wollte, und uns mit recht herzhaften Worten zurief: »Haltet euch wohl, ihr Kinder!«

Da hatten wir wieder einen Kommandanten. Er war schon in Schmalkalden gewesen, als ihm das Postillionsgeblase auffiel. Er hat auf der Stelle kehrtgemacht, uns zu helfen, entgegen der Ordre, die er hatte.

Aber wo waren die anderen Offiziers?

Siehe, da war nicht ein einziger. Sie hatten sich alle verkrochen und versteckt wie die Hasen vor dem Jäger.

Ich sammelte fünfzig Mann und wollte vor das Tor ziehn, um die verirrten Meininger wieder auf den rechten Weg zu bringen. Als wir gerade losmarschieren wollten, kam der Feldscher erneut auf mich zu. Ich konnte ihm leider nicht ausweichen, und er schrie mir voller Zorn aus fünf Schritt Entfernung zu: »Herr Leutnant, was ist das für eine Art, mit Kartätschen auf einen einzigen Reiter zu schießen? Was hätte er denn ausrichten können? Ist das Kriegsgebrauch? Seht Euch den Mann an. Es ist eine Schande!«

Ich stand eine Weile wie betäubt, aber dann begann das Blut in mir zu kochen, und ich schrie zurück: »Feldscher, wenn Sie nicht gleich das Maul halten, laß ich Sie vors Kriegsgericht stellen. Wir machen keinen Spaziergang, sondern befinden uns im Krieg!«

Ich war in eine solche Wut geraten, daß ich hinlief und ihm einen Stoß vor die Brust versetzte.

Er taumelte zurück, sah mich starr und ungläubig an, ich sah zurück, und so standen wir eine ganze Weile wie zwei Kampfhähne voreinander, bis er sich umwandte und, ohne ein Wort zu sagen, zu den Blessierten ging.

Jetzt hat er dich angesehn, dachte ich, als ob er dich verachtet. Und ich stand, sinnierte und wußte, daß er recht hatte, doch ich konnte nichts weiter tun, nichts gegen mich und nichts gegen alles um mich her.

So wandte ich mich auch um und lief zu den Grenadiers, die schon untereinander murmelten.

Ich war ganz ruhig und sagte ihnen, daß wir die letzten Meininger verjagen wollten. So zogen wir vor die Stadt. Aber kaum waren wir heraus und begannen zu schießen, da warfen die Meininger ihre Monturen und Gewehre weg und liefen, als ob ihnen der Kopf brenne.

Ich sah einen Hauptmann, erkannte ihn an der Uniform und wollte ihm nach, hatte links in der Hand die Flinte und rechts den Degen, aber er lief, als er mich sah, warf Flinte, Feldbinde und Pulverhorn alles hinter sich, offenbar in der Meinung, ich würde mich damit begnügen. Alles wurde hinter mir eingesammelt. Er lief wie der Teufel auf die Scharfrichterei zu und verschwand im Haus. Da bekam ich wieder einen Ekel, hielt an und ließ ihn gehen.

Soll er sich doch, dachte ich, mit dem Scharfrichter divertieren.

Ich erkundigte mich später nach seinem Namen, und es stellte sich heraus, daß es der Hauptmann Häppner aus Salzungen war. Er hat gewiß einen schönen Abschied von seinem Herzog Anton Ulrich zugeschickt bekommen.

Als wir wieder in der Stadt waren, ließ ich alle Gewehre und die Ausrüstung, welche wir auf dem Feld und in den Straßen gefunden hatten, in die Kapelle tragen. Aus der hätte ich einstweilen ein Zeughaus machen können.

XXVII. KAPITEL

Nun war mein ganzes Tun und Trachten auf den Schusterfähnrich Christ von der Miliz gerichtet. Er hatte am Morgen vor dem Ausmarsch gesagt, er wolle heute einen recht fetten Hasen schießen, womit er mich meinte. Ein Bürger trug es mir zu.

Als der Ausmarsch erfolgt war, war er in der ganzen Stadt in allen Offiziersquartieren gewesen. Er sagte, alle gothschen Racker, die er finden würde, wolle er sogleich nach Meiningen abführen lassen. Dies hatte er mit Musketier Guthmann getan. Er hatte solch häßlichen Worte ausgestoßen, daß sich sogar die Bürger darüber ärgerten und mir solches offerierten.

Diesen Schuhmacherfähnrich wollte ich nun gern sprechen und ihm zeigen, wie man einen Fuchs schießt, denn einen Hasen zu schießen ist keine Kunst. Weil er nun ein tausendsakramentischer Fuchs war, da wollte ich ihn lehren, wie er von einem großen Herrenvolk zu sprechen habe.

Gothsche Rackers, hatte er gesagt. Ich hätte ihn mit einer Hundepeitsche solange schlagen wollen, bis ihm die Zunge herausgehangen und er am Ende wie eine verfaulte Rübe ausgesehen hätte.

Aber der Hund hatte seine Flinte in den Schrank geschlossen und war in Strümpfen nach Meiningen gelaufen, als er erfuhr, daß ich ihn suchte.

Ich ließ sein Gewehr mit den vier Laufkugeln in mein Quartier bringen, um, wenn er käme, ihm damit aufzuwarten.

Hier muß ich nun sagen, daß sich der Quartierwirt, der Tischler-Ratsherr, meiner Familie angenommen hatte. Frau und Kind hatten alles gut überstanden, auch meine Sachen waren versteckt worden. Ich habe alles richtig wieder erhalten, gab dem Wirt ein Präsent und bedankte mich bei ihm.

Kaum war es hell geworden, da wurde auf der Stabsgrenadierwacht gemeldet, daß über die Werra eine erstaunliche Menge Volks käme mit Spießen und Stangen, die nicht zu zählen wären.

Wir gingen sogleich mit einem starken Trupp Volks und dem dritten Geschwindschuß nach dem mittleren Tor. Da sahen wir die Bescherung. Es kamen wohl an die tausendzweihundert Spitzbuben angerückt hinter den Gärten und an den Zäunen lang und feuerten auf uns mit ihren gezogenen Rohren, daß es vom Teufel war. Freilich, die mit Stangen und Gabeln konnten uns nichts tun, aber die anderen feuerten über die Werra herüber wie die Berserker auf Böden und Giebel der Bürger.

Einem Förster, der an der Brücke wohnte, schossen sie alle Apfelbäume in seinem Garten zuschanden, so daß er voller Wut aus dem Haus gesprungen kam und mit seiner Flinte sich rächen wollte. Aber die Frau lief hinter ihm her, packte ihn am Rocke und zog ihn wieder in die Stube.

Nun, was sollten wir mit den Kanaillen machen. Wir ließen den Geschwindschuß auf die Brücke fahren und mit Kartätschen rausfeuern. Sie blieben aber dennoch hinter den Hecken und Zäunen stecken und schossen noch immer zurück.

Jetzt schrie der Major von Benneckendorff: »Soll sie doch der Donner und das Wetter erschlagen!«

Er ließ mit einer Kugel scharf laden. Wie die Kugel nun durch die Hecken schlug und aufs Feld zuraste, da war ein Spektakel zu sehen. Ihr Trotz war ihnen mit einmal genommen. Ein solches Ausreißen und Laufen hatte ich noch niemals gesehen. Wie ganze Herden Schafe sind sie durch die Fruchtfelder nach dem Walde zu gesprungen.

Sogar die Bürger, die auf ihren Böden standen und dieses ansahen, mußten trotz ihres großen Unglücks lachen.

Die Felder aber waren auf der einen Seite verritten und auf der anderen Seite vertreten. Zu bedauern waren die armen Leute, weil sie großen Schaden hatten auf Weiden und Feldern. Es sollen über tausendzweihundert Mann gewesen sein, die alles zertrampelten, lauter Spitzbuben und Wilddiebe und rebellisches Volk.

So hatten wir auch hier den Platz behauptet und am Ende gesiegt.

Jetzt regelten wir die Besetzung und die Wachen an sämtlichen Toren und stellten überall Kommandos auf, ans Schloß, an den Gottesacker, zur Werra hin, an das Kloster, an die Ziegelscheune nach der Werra, sowie nach Schwarzbach zu. Da waren wir nun wohl behütet.

Über diese Position und gute Einrichtung geschah auf einmal ein Schuß am mittleren Tor. Da hatte die Schildwache einem Bürgerlichen durch den Arm geschossen. Der war gekommen und wollte per Force zum Tor hinaus, was verboten war. Die Schildwache sagte ihm, er solle zurückbleiben, weil so der Befehl lautete. Aber dieser bürgerliche Hundsfott hatte das große Maul, bekam die Schildwache beim Zopfe zu fassen und wollte sie niederreißen. Die Schildwache wehrte sich und schoß ihm durch den dicken Arm.

Darauf sagte der Major von Benneckendorff: »Dieser Spaß ist mir lieber als hundert Treffer. Die Bürger sollen sehen, daß wir hier nicht Spaß treiben und daß Befehle von mir schnurstracks befolgt werden müssen. Du hast wohlgetan, mein Sohn!« wandte er sich an die Schildwacht, »du hast deines Herrn Befehl gehorsamlich nachgelebt. Bleib du allemal, wie du bist, ich steh mit meiner Ehre für dich ein!«

Und er beschenkte die Schildwacht mit einem Präsent.

Da hättet ihr sehen sollen, wie der Kerl mit Freuden für uns gestorben wäre. Die Tränen traten ihm in die Augen. Da war mit einem Mal ein ganz anderer Geist und ein anderes Leben.

»Ja«, sagte der Major, »das ist ein vermaledeiter Bürger gewesen. Um diesen nicht allein, sondern auch allen anderen zu zeigen, wo der Weg geht, und daß wir keinen Spott treiben, sondern wider sie keine Furcht haben, muß man hart durchgreifen.«

Solche Kleinigkeiten gefielen mir wohl, denn darauf kam tatsächlich ein Schrecken unter die Bürger, und sie waren zur Raison gebracht. Wenn einer mit Vieh aufs Feld gehen wollte, dann kam er und meldete sich beim Major. Der aber schickte eine Ordonnanz mit zum Tor, damit der Mann passieren konnte. So war wieder Ordnung und Zucht in der Stadt, denn wo keine Furcht, da ist auch keine Zucht und keine Ordnung.

Auf Regen folgt Sonnenschein, und hilft Gott nicht zu jeder Frist, so hilft er doch, wann's nötig ist.

Der liebe Major von Benneckendorff war wie der Ölzweig, den die Taube in den Kasten Noah brachte, um dem ganzen Volk Freude zu verkündigen.

Mitten auf dem Markt setzte er eine freundliche Miene auf und sagte: »Kinder, ihr werdet müde sein. Setzt euch und legt euch, wie ihr wollt. Ihr habt als brave Kriegsknechte eure Schuldigkeit getan. So will ich euch einstweilen meinen Dank abstatten. Den größeren Dank und die entsprechende Vergeltung wird jeder selbst durch unseren durchlauchtigsten Landesherrn empfangen.«

Darauf bat ich um's Wort. Er gewährte es mir gnädig.

»Herr Major von Benneckendorff, ich bedanke mich untertänigst für Ihre gütige Danksagung, aber ich habe nicht nach unserer Ordre und Schuldigkeit, die wir unserem durchlauchtigsten Fürsten und Herrn zu tun schuldig gewesen, getan, als ich hätten tun sollen. Hier muß sich ein jeder ins Gesicht sagen können, was er nicht getan hat, und dies müssen sich vor allem die Offiziers sagen.«

Der Major war ganz verwundert und fragte: »Wieso, mein lieber Rauch, ist etwas vorgefallen?«

»Herr Major«, entgegnete ich, »ich muß es frei gestehn, daß ich weder Ordre noch Befehl gehabt, was ich habe tun oder lassen sollen. Als der Ruf kam, die Meininger wollten uns überfallen, habe ich eine Disposition machen müssen. Ich kann sie Ihnen zeigen. Sodann hat man mich mit einer solchen List aus Wasungen geschickt, daß ich nicht gewußt habe, ob ich verraten oder verkauft bin. Das war wider allen Kriegsgebrauch, einen Adjutanten vom Korps zu schicken und ihn einen Dienst tun zu lassen, der ihm nicht zukommt. Andere Offiziers waren genug zugegen – wenn es nicht mit einer gewissen Bedeutung geschehen ist. Man hat mir kein Wort gesagt, daß man hat ausmarschieren wollen. Ich mußte Frau und Kind ohne Wissen im Stich lassen. Ist das rechtschaffen gehandelt, muß sich hier jeder Mensch fragen. Sodann ist ein Ausmarsch erfolgt, von dem die ganze Welt sprechen wird. Erstens: alle Kranken vergessen, zweitens: nicht gewartet, bis alle Wachen und alles Volk zusammen gewesen, drittens: hat man die Schildwacht vergessen, viertens: hat man sich nicht um die Artillerie gesorgt, fünftens: ist man zum Tor hinausgelaufen wie das Vieh, daß es ein Spektakel gewesen ist. Es ist aber kein guter Hirt, der seine Schafe verläßt. Ein guter Hirt läßt sein Leben für seine Schafe, sechstens: keinen Feind gesehen, kein Schuß geschehen. Ist das nach der Ordre gehandelt, die der Herr Oberstleutnant vom Herrn General erhalten hat? Ich habe sie ebensogut in der Tasche. Wollen Sie die Ordre sehn? Siebentens: als ich die Tore einhauen ließ und in die Stadt einmarschierte, war kein Offizier zu sehen – weder Kommandant noch Major. Ich habe weder Ordre noch Befehl gehabt, was ich hätte tun oder lassen sollen. Achtens: ich bin im größten Scharmützel, nur habe ich keinen Kommandanten und keinen Major gesehn, der mir zur Hilfe kam.«

Als ich soweit gekommen war, schrien die Grenadiere hinter mir: »Hinter der Kapelle haben sie gesteckt!«

»Sie hören die Grenadiers, Herr Major. Ich mußte allein fechten. Es kommt noch dazu, daß, als der Feind weiter anrückte, alle vom Erbprinzen in die Gasse springen und davonlaufen, und ich mit der Grenadierkompanie allein kämpfen muß. Es ist mir kein einziger Offizier vom ganzen Kommando zur Hilfe gekommen.«

Die Grenadiers hinter mir schrien erneut: »Hinter'm Baum haben sie gesteckt und in den Häusern auf Stühlen gesessen, wo keine Kugeln hinkommen!«

»Sie hören die Grenadiers, Herr Major. Die Offiziers haben mich allein fechten lassen, bis Sie, Herr Major, zur Hilfe kamen. So habe ich gefochten ohne Ordre und Befehl, sondern aus meiner reichen Autorität und Continuität heraus. Habe ich recht getan, ist es gut, habe ich unrecht getan, will ich mich aller Strafe unterwürfig machen. Aber wenn ich ein solches getan haben sollte, so wollte ich hingehen auf die Werrabrücke und mich versaufen und mein Lebtag nicht mehr meinem Herrn unter die Augen kommen. Aber wenn mir ein gleiches passieren sollte, so wollte ich auf meinen Kommandanten Feuer geben lassen. Ich trage meine Haut so gut zu Markte wie jeder andere und noch besser, wenn es sein muß, aber wenn ich nicht weiß, ob ich verkauft oder verhandelt bin, dann lasse ich mich nicht mehr von einem solchen Mann kommandieren. Solang ich lebe nicht mehr. Jeder rechtschaffene Soldat würde seinen Mut sinken lassen.«

Die Memmen, die ich meinte, wurden vor Schande alle schamrot und von den Grenadiers ausgelacht und verhöhnt.

Sie gingen beiseite, und der Major nahm mich an der Hand. Ich sagte ihm, wenn er vom Kommando wegginge, daß ich nicht eine Stunde mehr bliebe, und wenn es selbst mein Leben kosten sollte.

XXVIII. KAPITEL

Als mich der Major zu beruhigen versuchte, kam der Kapitain Rupprecht heran und bat den Major, mich einen Augenblick sprechen zu dürfen.

Wir gingen einige Schritt beiseite, und er sagte mir, daß er im Auftrag des Leutnants von Witzleben spreche.

»Herr Leutnant«, sagte er halblaut, »der Herr Garnisonsleutnant von Witzleben fühlt sich durch Ihre Worte beleidigt. Ich habe eine Herausforderung zu überbringen.«

Ich zuckte mit keiner Muskel. »Sagen Sie ihm, ich werde ihm das Gehirn herausschießen, sobald es ihm beliebt.«

Der Kapitain Rupprecht wollte schon gehn, da hielt ich ihn zurück und sagte noch: »Und bestellen Sie ihm, daß er sich in meinen Augen als Feigling erwiesen hat. Er soll kommen, so will ich ihm mit der Hundepeitsche eine überziehn!«

»O«, der Kapitain wich zurück und musterte mich erstaunt, »meinen Sie das im Ernst?«

»Denken Sie, ich mache Späße?«

Er sah mich an, wandte sich um und ging weg zu dem Häuflein der Offiziers. Ich trat wieder zum Major. Er musterte mich und fragte: »Was gibt es denn?«

»Witzleben hat mich herausgefordert.«

Der Major schwieg, sah auf die Gruppe der Offiziers, sah wieder auf mich und sagte: »Ist Ihnen die Sache soviel wert?«

»Sie wissen doch, Herr Major, daß ich annehmen muß, und außerdem reizt es mich, diesem Laffen eine Lehre zu erteilen.«

»Wissen Sie, womit sie rechnen können?«

»Das bedenke ich nicht!«

»Wegen mir machen Sie, was Sie wollen, aber denken Sie nicht an meine Unterstützung.«

»Ich wollte Sie eben bitten, mein Sekundant zu sein.«

»Mein lieber Rauch, Sie wissen, daß es verboten ist, sich

zu duellieren. Jetzt wollen Sie mich in die Sache hineinziehen.«

»Herr Major, ich bitte Sie darum. Sie können mich nicht im Stich lassen.«

»Ich will Sie nicht im Stich lassen, aber es ist Unfug.«

Jetzt kam der Kapitain erneut heran. »Herr Leutnant, ist Ihnen der kommende Morgen, acht Uhr, angenehm?«

Ich mußte Frau und Kind wegschicken. Das würde gehn.

»Ich bin einverstanden. Pistole oder Degen?«

»Der Leutnant schlägt Pistolen vor. Sind Sie einverstanden?«

»Mir soll es recht sein.«

»Um acht Uhr am Wäldchen in der Nähe des Richtplatzes?«

»Wie Sie wollen.« Ich sah zum Major und sagte: »Herr Major wird mein Sekundant sein.«

Rupprecht machte eine Verbeugung zum Major hin. »Herr Major, ich habe die Ehre als Sekundant den Herrn von Witzleben zu vertreten.«

»Es ist gut, Kapitain. Die Ehre ist ganz meinerseits.«

Der Kapitain ging weg. Der Major sah mich vorwurfsvoll an. Ich war erregt und wäre am liebsten sofort mit dem Halunken zum Kampfplatz gezogen.

»Sie sind im Begriff, Dummheiten zu machen.« Der Major sah starren Blicks auf mich und dann auf die Gruppe der Offiziers, die zusammenhing wie ein Bienenschwarm und auch so summte.

Jetzt mochten sie wohl etwas aushecken. Vor Stunden waren sie nicht einmal in der Lage, ein Gewehr anzufassen und standen versteckt hinter Bäumen und in Hausfluren.

»Meine Ehre, Herr Major, steht über allem, was ich tue!«

»Schon gut, Sie werden sehen, was Sie davon haben, Herr Leutnant!«

Damit entfernte er sich und ließ mich allein.

Ich fühlte, daß die Welt von einer Minute auf die andere verändert war. Was ich von nun an tat, geschah ganz außerhalb von mir. Alles entfernte sich und schrumpfte zusammen zu winzigen Nebensächlichkeiten.

Es waren einzig die wirbelnden Gedanken in meinem Kopf, und es war mein Körper, den ich plötzlich spürte. Das war alles. Das andere, was außerhalb war, ging mich nichts mehr an.

Ich war müde. Ein Tag und eine Nacht noch und du kannst tot oder blessiert sein. Und wie schnell sich das entschieden hatte. Mit einem einzigen Satz. Hätte ich sagen sollen, daß ich mich mit einem Feigling nicht schlagen könne?

Ich ging ins Quartier und bat die Frau, sofort mit dem Jungen zurückzufahren nach Gotha, da die Meininger noch einmal angreifen würden. Es sei zu gefährlich. Sie solle mit der ordinären Post um zehn Uhr fahren.

Sie seufzte, ergab sich in ihr Schicksal und begann das Bündel zu packen. Der Junge fragte mich nach dem Feind und wieviel totgeschossen waren. Ich wich ihm aus, als ich noch einmal das zerschossene Gesicht des Reiters vor mir sah. Dann fragte er mich, ob ich tapfer gewesen sei. Hier dachte ich an die Worte des Feldschers: Die Tapfersten sterben zuerst, sie haben das meiste Stroh im Kopf. Und ich begann nachzugrübeln. Meine Frau wurde unruhig und fragte, was ich hätte.

»Ich denke eben«, sagte ich, »wenn du nach Gotha kommst, solltest du einmal mit dem Stadtpfeifer reden und ihn fragen, wie man es anstellen kann, daß der Junge ein Musikus wird.«

»Ja!« antwortete sie mit verklärtem Gesicht, »das wäre schön. Wir hätten immer Musik im Haus, solange er da ist. Nur, ob er sich dabei gutsteht, ist die Frage.«

»Versprech mir nur, daß du mit dem Stadtpfeifer sprechen wirst.«

»Das will ich tun.«

So brachte ich sie zur Post, und es gab ein Adieu. Was es für eins war, das wußte nur Gott allein.

Ich tat meinen Dienst, ließ mich aber dann von dem Major von Benneckendorff beurlauben und ging ins Quartier. Dort schrieb ich weiter am Tagebuch und vergaß alles um mich her.

Und indem ich alles aufschrieb, erkannte ich diesen Mann, der da saß und den Kiel immer wieder eintauchte, mit sonderbarer Deutlichkeit. Ich war so ruhig wie lange nicht mehr.

Es war seltsam, wie dieser Mann, der ich war, sich alteriert und wie er geflucht hatte, wenn ihm etwas gegen den Strich ging. Mich selbst schrieb ich auf, so daß ich zuletzt fast neben mir stand und sah, wie ich agierte, wie ich die Leute anfuhr, wie wütend ich war und wie grausam. Ich vergaß den kommenden Morgen und schrieb wie ein Besessener bis in die Dämmerung hinein. Da erst legte ich die Feder beiseite und spürte, daß ich in meiner Kammer war und noch existierte. Doch schien mir, als würde ich nicht mehr zu all dem gehören, was um mich war. Alles war fremd und hatte nichts mehr mit mir zu tun.

Ich dachte an den Leutnant von Witzleben und wußte auf einmal, daß er mir gleichgültig war. Weder haßte ich ihn noch empfand ich Mitleid mit ihm. Das Duell war etwas, was sich nebenbei vollziehen würde. Ich hatte mich noch nie duelliert. Es hat immer nur die gewöhnlichen Raufhändel gegeben mit Fäusten und Degen. Kindereien, wie ich heute sah. Jetzt aber konnte einer den anderen schwer blessieren, sogar erschießen.

Es war tatsächlich ein Spiel mit dem Tod, aber selbst das war mir gleich.

Mich befiel eine tiefe Schwermut und Melancholie, da ich trotz meiner Gleichgültigkeit spürte, daß der Zufall meinem Leben ein Ende machen konnte. Daran sah man, was der Mensch wert war. Es war ein Lebewesen, das entstehen und vergehen konnte durch eine reine Laune der Natur. Und wie unwichtig dieses Lebewesen war im Angesicht des Todes.

Ich sah in die zunehmende Dunkelheit und fühlte, daß ich ganz allein war, nur umgeben von dieser Dunkelheit und von Geräuschen, die ganz von ferne kamen und nichts mit mir zu tun hatten.

Der Feldscher war nicht da. Ich hatte auch eine Scheu davor, mit ihm zu sprechen. Es blieb mir nur die Marten.

Ich lief durch die Stadt und fand sie am Feuer. Für einen Augenblick hatte ich den Wunsch, dort zu sitzen und ganz still zu sein, nur ins Feuer zu sehen neben all diesen heruntergekommenen Menschen, die wer weiß wovon lebten. Ich wollte nur sitzen und sie schwatzen hören. Ich sah, wie eine Flasche die Runde machte. Dann kam die Marten zu mir, und wir gingen weg.

Später, in meiner Kammer, lag sie neben mir und sagte Dinge, die in ein Ohr hineingingen und zum anderen wieder hinaus. Ich vergaß alles auf der Stelle und hatte ganz andere Gedanken.

Es kann, dachte ich, das letzte Mal sein, daß du neben einer Frau liegst. Dieser Gedanke entsetzte mich im ersten Augenblick, doch dann lachte ich und berührte ihre Haut. Noch gab es sie, noch war alles für mich da.

Und wie ich so neben ihr lag und sie plappern hörte, fühlte ich, wie weit ich schon von ihr entfernt war. Was sie sagte, war meine Sache nicht mehr. Ich war woanders und dachte an andere Dinge.

Als sie ging, gab ich ihr Geld und sagte, daß wir uns vielleicht nicht mehr sehen würden. Es könnte sein, daß ich abkommandiert werde, sie solle mich, wenn wir uns nicht mehr wiedersähen, in guter Erinnerung behalten.

Sie riß ihre Augen auf und sah mich ungläubig an.

»So schnell geht das?«

»Bei einem Soldaten ist alles ungewiß.«

Da schwieg sie und ging.

Ich nehme noch einmal das Tagebuch vor und schreibe nun die vorerst letzten Zeilen.

Der Feldscher ist noch nicht da. Ob er noch immer im Spital die Blessierten zusammenflickt?

Ich werde das Tagebuch verschnüren, auf den Tisch legen und es mit seinem Namen versehen.

Und morgen Vormittag, nach dem Duell, will ich es wieder aufbinden. Das aber liegt in Gottes Hand.

Jetzt bin ich müde und will mich niederlegen ...

Ich, der Feldscher, war schon am Waldstück, als die anderen kamen. Ich wollte nicht gehen und hatte abgelehnt, aber am Ende dachte ich mir, daß ich dem Leutnant beistehen müßte, wenn ihm etwas geschähe.

Es war nur – ich hatte einen starken Widerwillen gegen ihn gefaßt, als ich sein Gesicht am gestrigen Morgen sah. Beim Morden wird der Mensch zum Tier. Doch ich hatte das überwunden und bin gegangen. Sie hatten tatsächlich einen Medici in der Stadt aufgetrieben und schleppten ihn mit aufs Feld. Ansonsten kamen nur die Duellanten und die Sekundanten, Benneckendorff und Rupprecht.

Benneckendorff bat die beiden, einander zu verzeihen und sich nicht zu duellieren. Sie lehnten ab.

Rauch war sehr ruhig, aber blassen und übernächtigten Gesichts. Der andere war aufgeregter und offenbar begierig aufs Schießen. Die Sonne stand knapp über dem Horizont. Sie war blaßrot und schien auseinanderzufließen.

Rechterhand, vielleicht hundert Schritt entfernt, befand sich die Richtstätte mit dem Galgen. Bockmann hing noch immer dort. Ich sah, wie er im Morgenwind schaukelte.

Es wurde um den Platz gelost. Rauch erhielt den schlechteren, er mußte in die Sonne sehen, während der von Witzleben sie im Rücken hatte.

Die Sekundanten nahmen die Mäntel der beiden und legten sie als Barriere fünfzehn Schritt auseinander.

Sie hatten vier Pistolen, und jeder wählte zwei.

Ich hörte, wie Benneckendorff fragte: »Mit welcher wollen Sie zuerst schießen, Herr Leutnant?«

»Es ist mir gleich«, sagte Rauch.

Benneckendorff lud eine und gab sie ihm.

Sie stellten sich vier Schritt vor der Barriere auf. Also betrug der Abstand zusammen dreiundzwanzig Schritt. Die Sekundanten hatten dort die Degen der beiden in die Erde gestoßen.

Der Major Rupprecht rief: »Sind Sie bereit, meine Herren?«

Beide bejahten.

»Macht euch fertig!«

Ich hörte, wie die Hähne knackten. Der Doktor neben mir war weiß im Gesicht.

»Feuer!«

Sie schossen beide, so schien es mir, zu gleicher Zeit.

Der Leutnant von Witzleben zuckte zusammen, blieb aber stehen. Rauch stand ebenfalls.

»Ein Streifschuß an der Hüfte. Es ist nichts besonderes«, sagte Witzleben und ging mühsam vor bis zur Barriere. Rauch tat desgleichen. Beide warfen die abgeschossenen Pistolen beiseite und bekamen die anderen.

Wieder kamen die Kommandos. Diesmal schoß Rauch um ein weniges früher als Witzleben, aber sie trafen sich beide.

Witzleben hatte die Kugel unterhalb des Nabels, und bei Rauch wurde die linke Halsseite gestreift. Das Blut schoß heraus wie ein Fontäne, während er noch immer stand, erstaunt und benommen, wie es schien. Witzleben krümmte sich und fiel. Erst dann kniete Rauch nieder und griff mit der Hand an den Hals.

Ich war sofort bei ihm, das Blut spritzte noch immer in

Stößen heraus. Die Ader war zerrissen, und was ich auch tat, es floß und floß. Er lag auf dem Rücken und sah mich an, noch immer ruhig, doch viel blasser als vorher.

Er sagte: »Werd ich noch Kapitain, Feldscher?«

Er versuchte zu lächeln, aber es wurde nichts Rechtes draus. Ich dachte, wenn er Kapitain wird, dann in der Hölle bei des Teufels Barbieren.

Er fragte mühsam: »Ist er tot?«

»Er wird Sie auf Ihrem Marsch begleiten, Leutnant.«

»Schade, er hat so viel Späße gemacht.«

»Es trifft jeden ohne Unterschied.«

»Hören Sie, Feldscher, nehmen Sie mein Tagebuch. Es liegt ...«

Er schwieg. Nach einer Weile flüsterte er: »Sterben ist schön. Ich bin ganz leicht. Mir ist ...«

Er brach ab und sah an meinem Gesicht vorbei in den Himmel.

Das war das letzte, was er sah.

Der Major neben mir sah auf den toten Rauch. Und da sah ich, daß seine Augen voller Tränen standen. Wer hätte das gedacht, sagte ich mir, dieser hartgesottene Kriegsmann heult um seinen Leutnant.

Ich sah nach dem Garnisonsleutnant, um den sich der Doktor bemühte. Die Wunde war böse. Er mußte schnell in die Stadt.

Die beiden wurden in Holzmollen durchs Tor getragen, der eine tot, der andere halbtot. Zu Mittag starb auch noch der Halbtote, und so marschierten sie, wie ich vorausgesagt hatte, gemeinsam in den Himmel oder in die Hölle, wohin auch immer.

Ich ging sofort in des Leutnants Kammer und fand das Journal auf dem Tisch, eingeschlagen, verschnürt und mit meinem Namen versehen. Bei mir las ich es dann in einem Zuge durch.

Eines muß man zugeben: Er hatte angefangen nachzudenken. Das Denken ist das Wichtigste. Das Denken und der Zweifel.

Wenn man gesagt bekommt, das Ding ist weiß, so muß man es nicht glauben, sondern nachdenken und sich die Sache ansehen oder erst ansehen und dann nachdenken. Womöglich ist die Sache schwarz. Einer meiner Brüder fragte mich, warum ich die Gräte nicht im Hals des Obristen gelassen hätte. Vielleicht wäre alles anders gekommen.

Ich antwortete, daß die Bestimmungen der Loge mich sowohl zur strikten Observanz, als auch zur Menschen- und Friedensliebe verpflichten.

Ich will, was mein zukünftiges Leben betrifft, den Dienst quittieren und mir eine Barbierstube einrichten. Dort kann ich den Leuten etwas erzählen. Und wer weiß, vielleicht wird das Tagebuch einmal gedruckt. Die Bürger wollen doch auch hin und wieder etwas Vergnügliches lesen, und sie werden vielleicht dabei erkennen, daß zu ihrer Zeit alles anders ist und daß in diesem Tagebuch nur die Narrheiten unseres Jahrhunderts zur Sprache kommen.

Als Grundlage für »Der närrische Krieg« benutzte ich das handschriftliche Tagebuch des Leutnants Rauch aus dem Jahre 1747 und den dritten Band von Gustav Freitag »Bilder aus der deutschen Vergangenheit«.

Ich habe zu danken für tätige Mithilfe: Frau Renate Brose und Marina Stade, meinen Freunden Peter Lang und Jürgen Kieser sowie all jenen, die mich geduldig und kritisch anhörten, als ich aus dem Manuskript las.

Martin Stade
Altrosenthal – Vorwerk
Juli 1980

Verlagsgemeinschaft Ernst Klett –
J. G. Cotta'sche Buchhandlung
Nachfolger GmbH, Stuttgart

Lizenzausgabe mit freundlicher Genehmigung
des Buchverlages Der Morgen

Printed in Germany 1981
Design: Heinz Edelmann
Satz: Steffen Hahn, Kornwestheim
Druck und buchbinderische Verarbeitung:
Hieronymus Mühlberger, Augsburg

CIP-Kurztitelaufnahme
der Deutschen Bibliothek
Stade, Martin
Der närrische Krieg:
Roman/Martin Stade. –
Stuttgart: Klett-Cotta, 1981.
ISBN 3-12-907461-9

Brigitte Kronauer

Die gemusterte Nacht

Erzählungen. 223 Seiten, engl. broschiert.
ISBN 3-12-904551-1

Frau Mühlenbeck im Gehäus

Roman. 236 Seiten, engl. broschiert.
ISBN 3-12-904501-5

Brigitte Kronauer »gehört zu den ganz wenigen, die nicht dem Trend entsprechen. Dafür erfüllt sie traumhaft sicher die Gesetze einer anspruchsvollen Kunstprosa und löst dabei noch das ein, was die massierte Talentlosigkeit nur vorgibt. Sie schreibt aus sich heraus, ohne immer von sich schreiben zu müssen. Man kann sehr nah an den Ereignissen des Alltags sein und sie dennoch aus einer großen Ferne wahrnehmen, sie so objektivieren, daß sie als eine Kette unverbundener Geschichten erscheinen; als Geschichten, die für sich stehen, die man begreifen oder über die man nur staunen kann.

Brigitte Kronauer verfügt über die selten gewordene Fähigkeit eines solch artistischen und antipsychologischen Erzählens. Sie kann sich ganz in einen Gegenstand versenken, ohne aufzuschauen, ohne ihn deuten zu wollen.

Die Sprache dieser Passagen sucht in der deutschen Gegenwartsliteratur ihresgleichen. Sie ist geschmeidig, ohne glatt zu sein, sie ist gedankenreich, aber nicht gedankenschwer – sie läßt einen nicht mehr los.«

Süddeutsche Zeitung

Klett-Cotta

55—